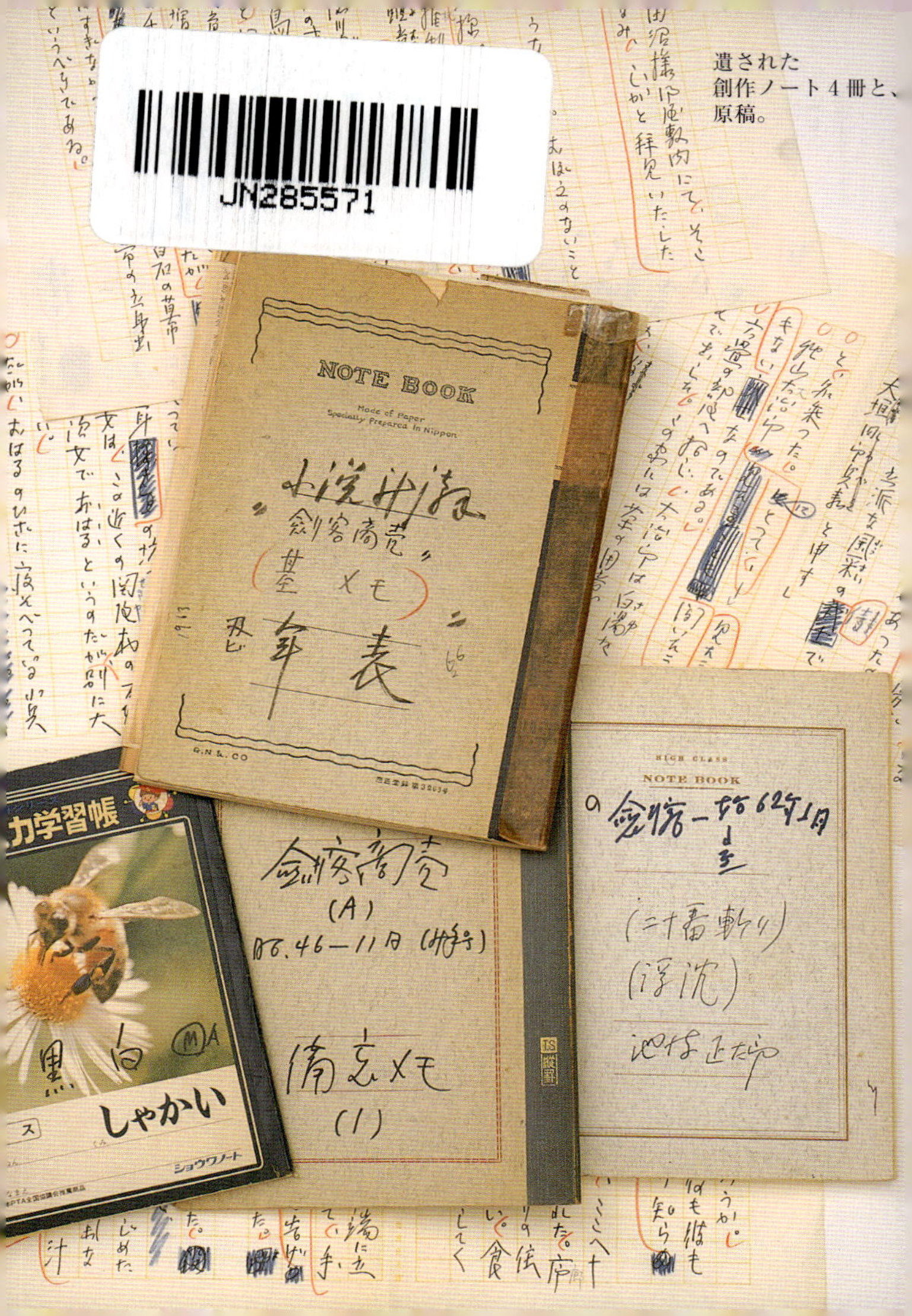

遺された
創作ノート４冊と、
原稿。

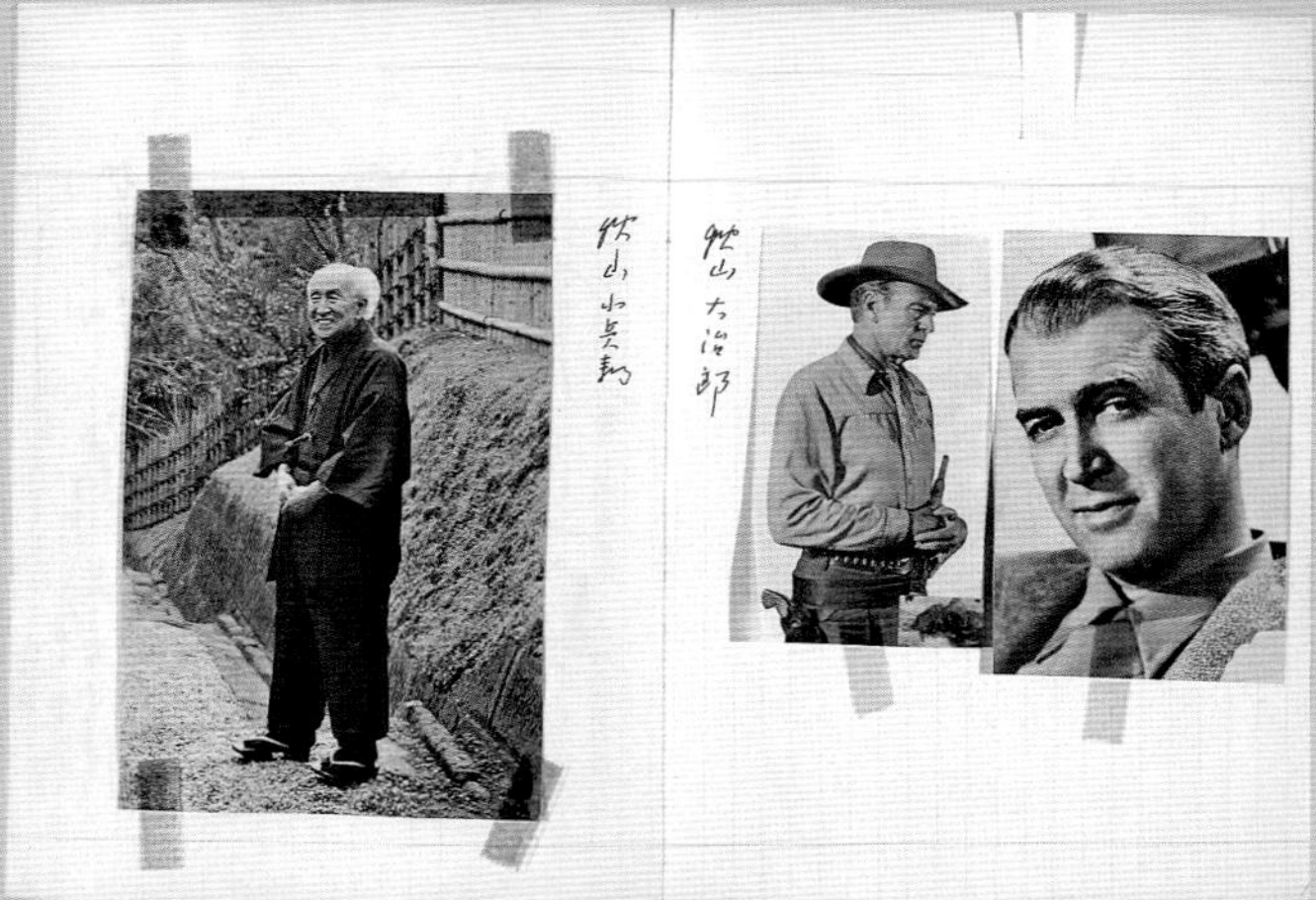

「基メモ」の最初の２頁。右より、J・スチュアート、G・クーパー、前田青邨。

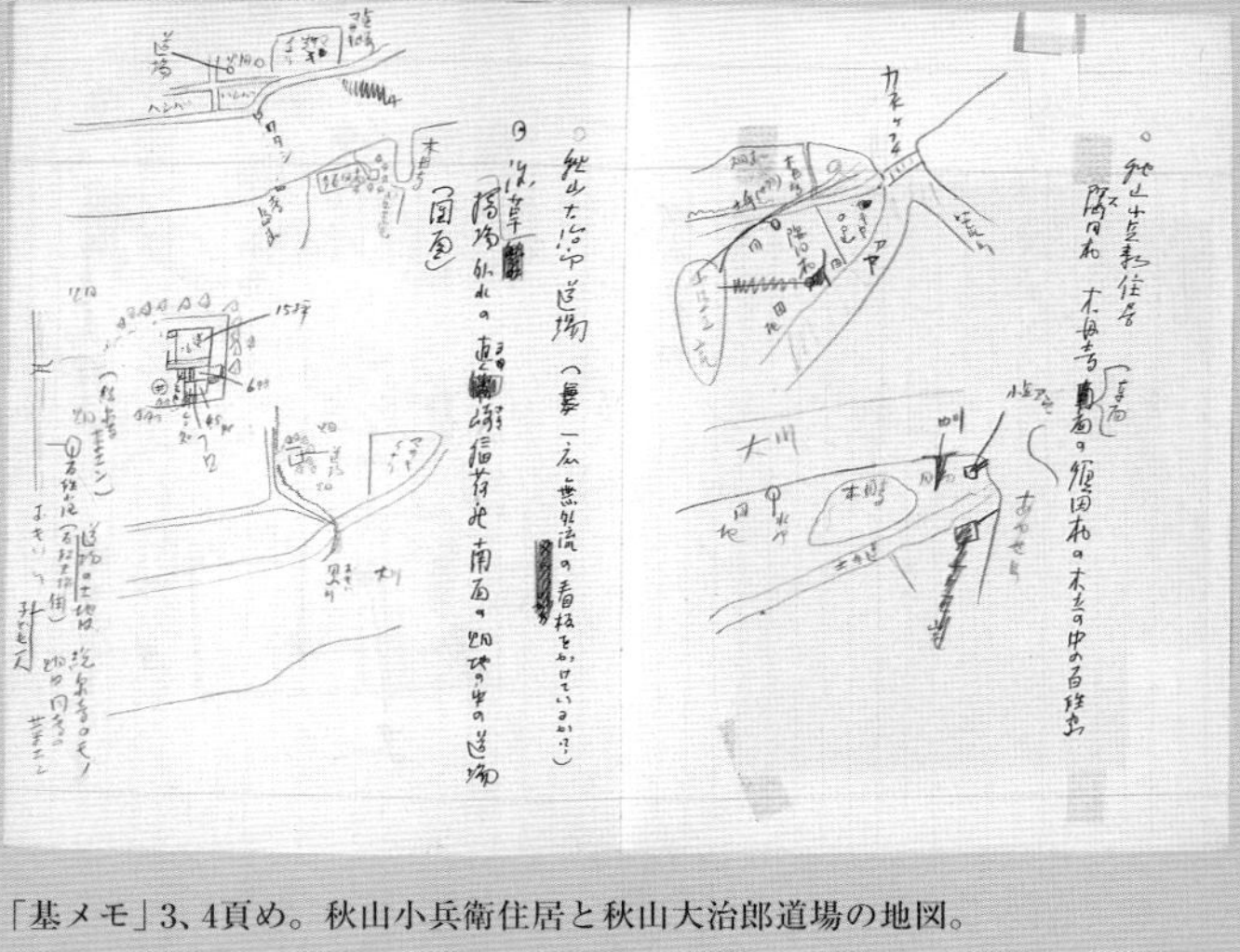

「基メモ」３、４頁め。秋山小兵衛住居と秋山大治郎道場の地図。

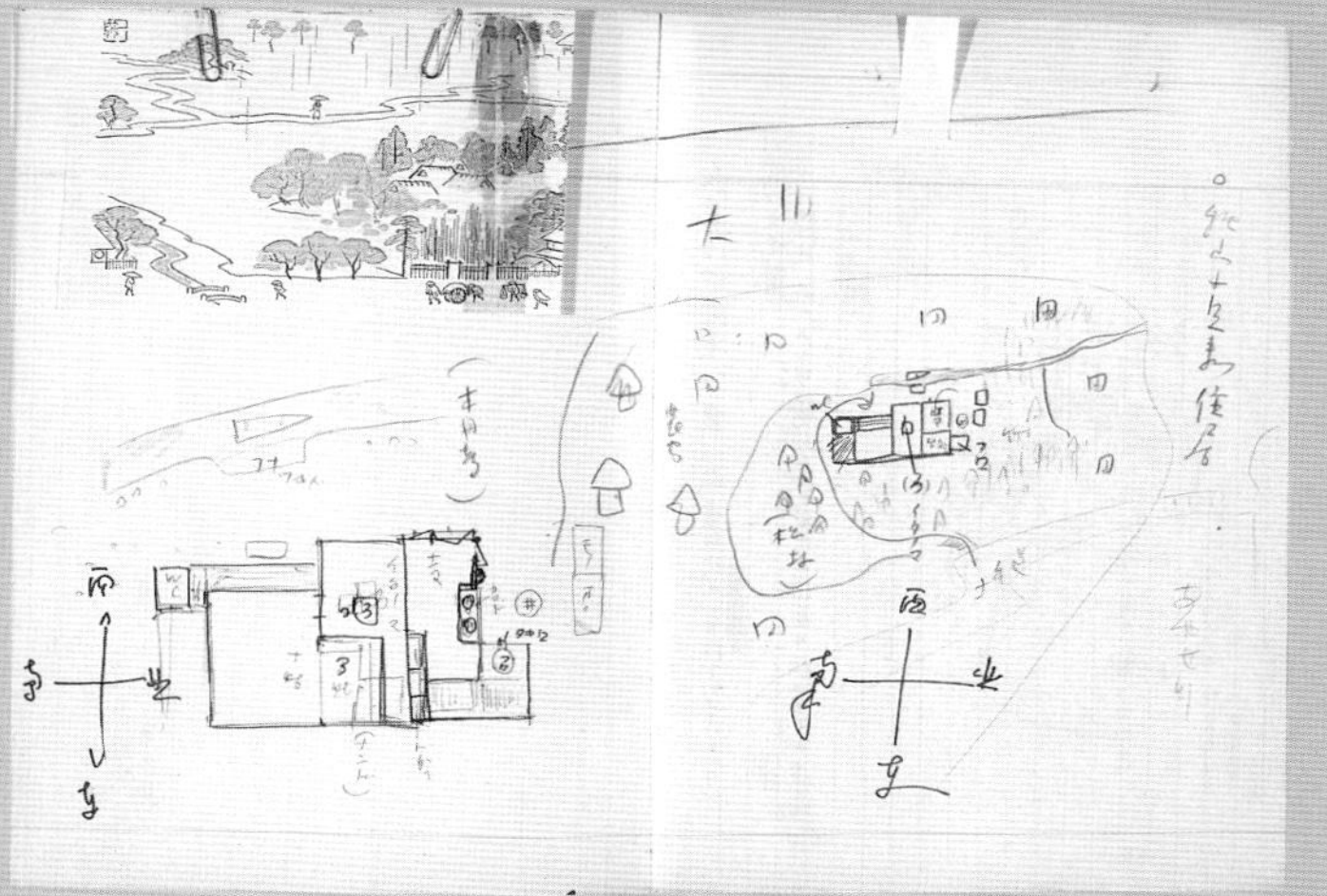

「基メモ」5、6頁め。秋山小兵衛住居の間取り図。左上は中一弥氏の絵。

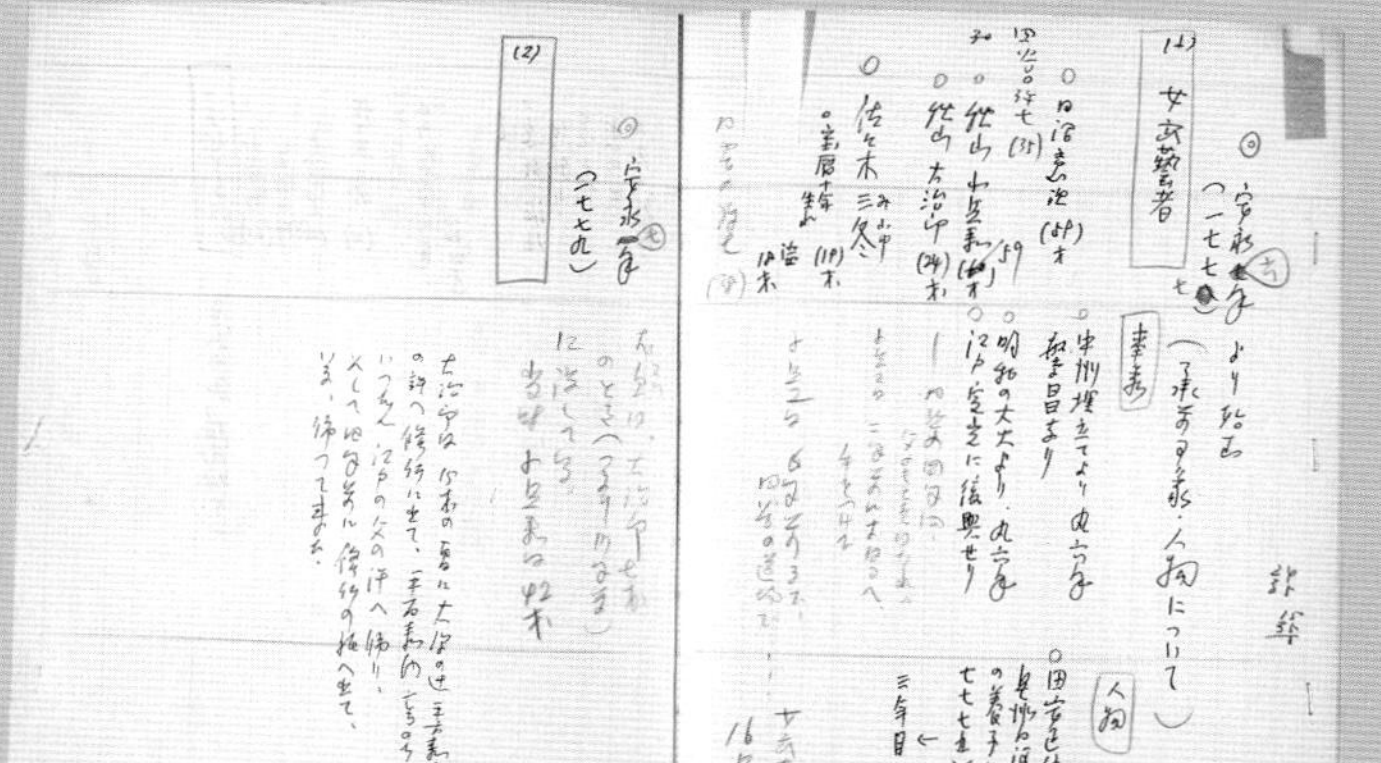

「基メモ」年表の最初の2頁。『浮沈』までの作品が編年順に13頁にわたって並ぶ。

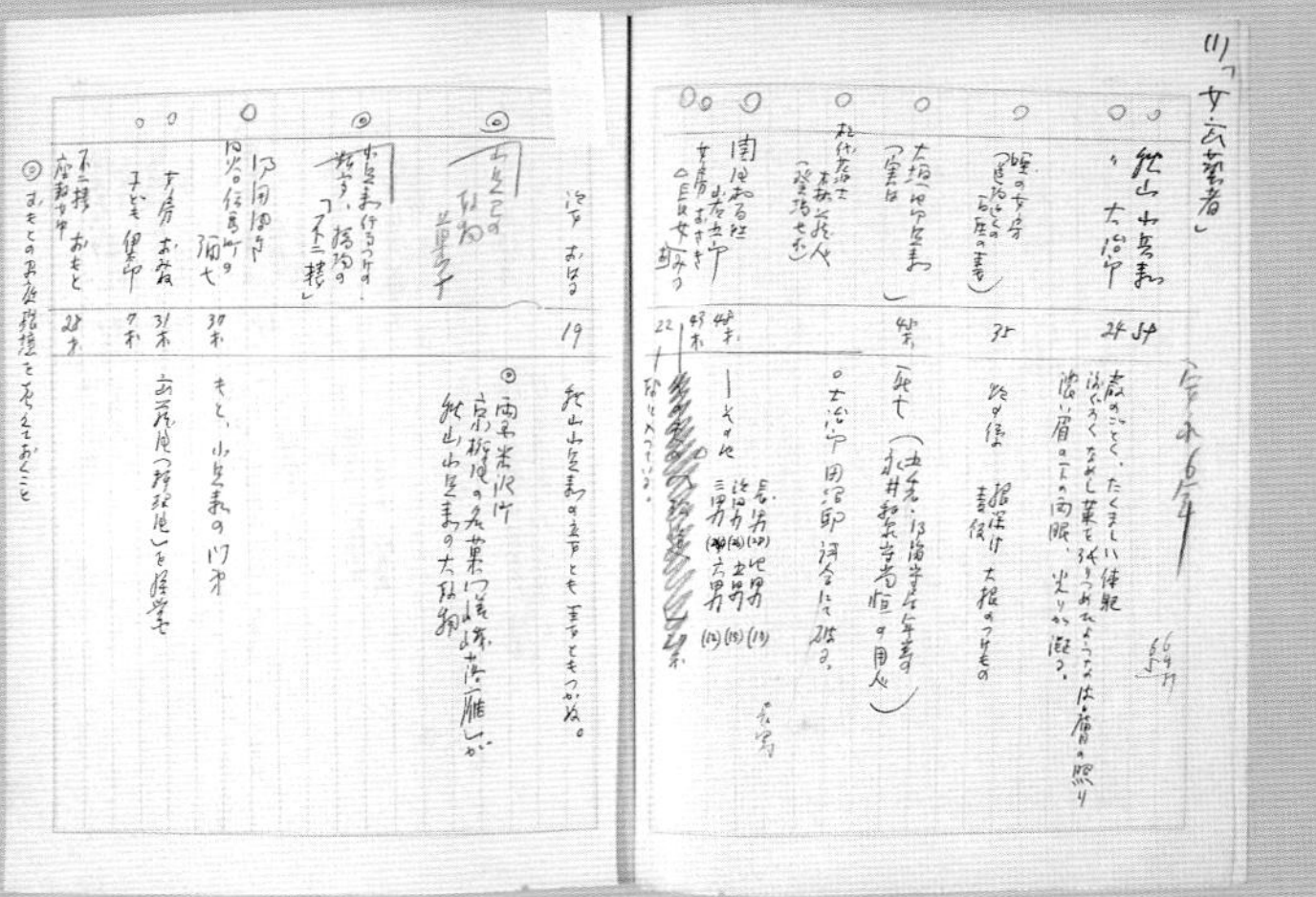

「備忘メモ」最初の２頁。第一話「女武芸者」のメモ（以下２点も）が６頁にわたる。

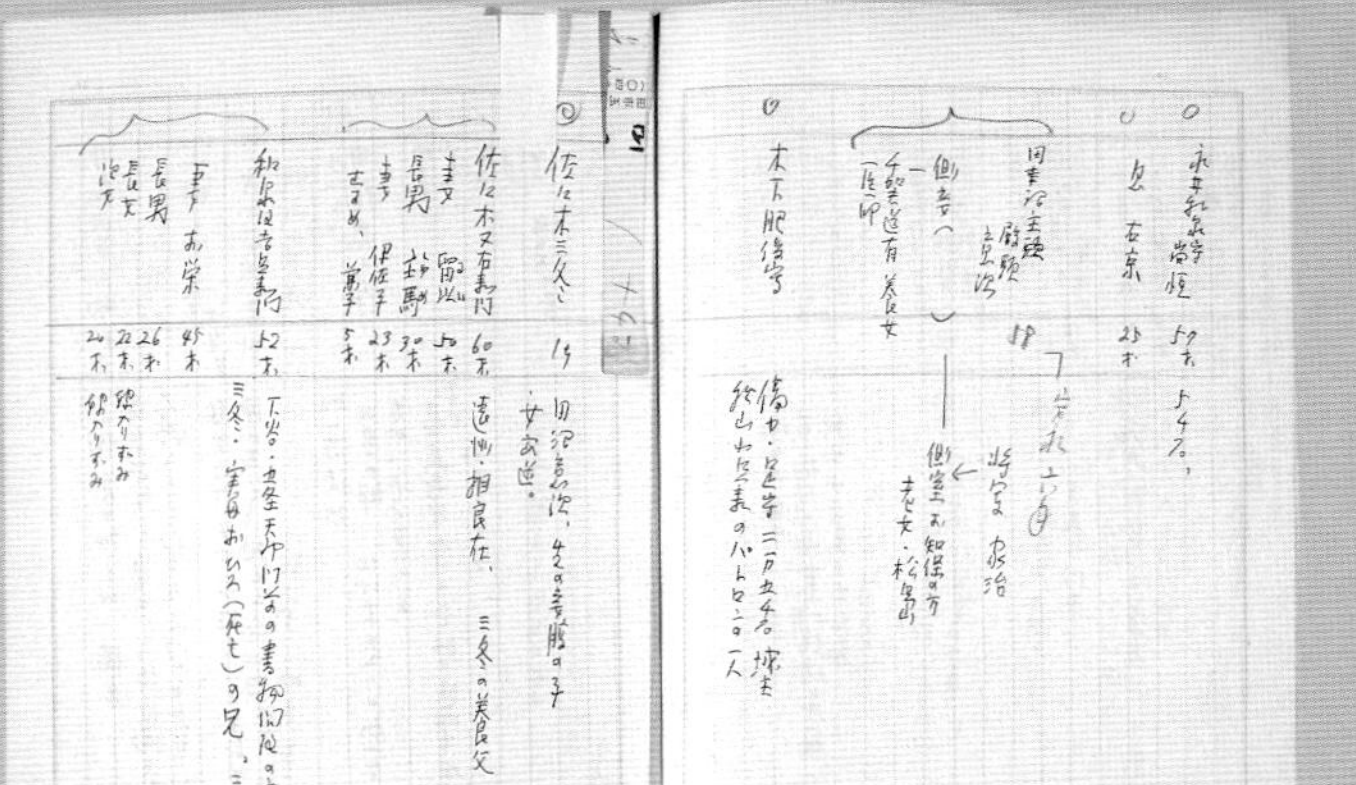

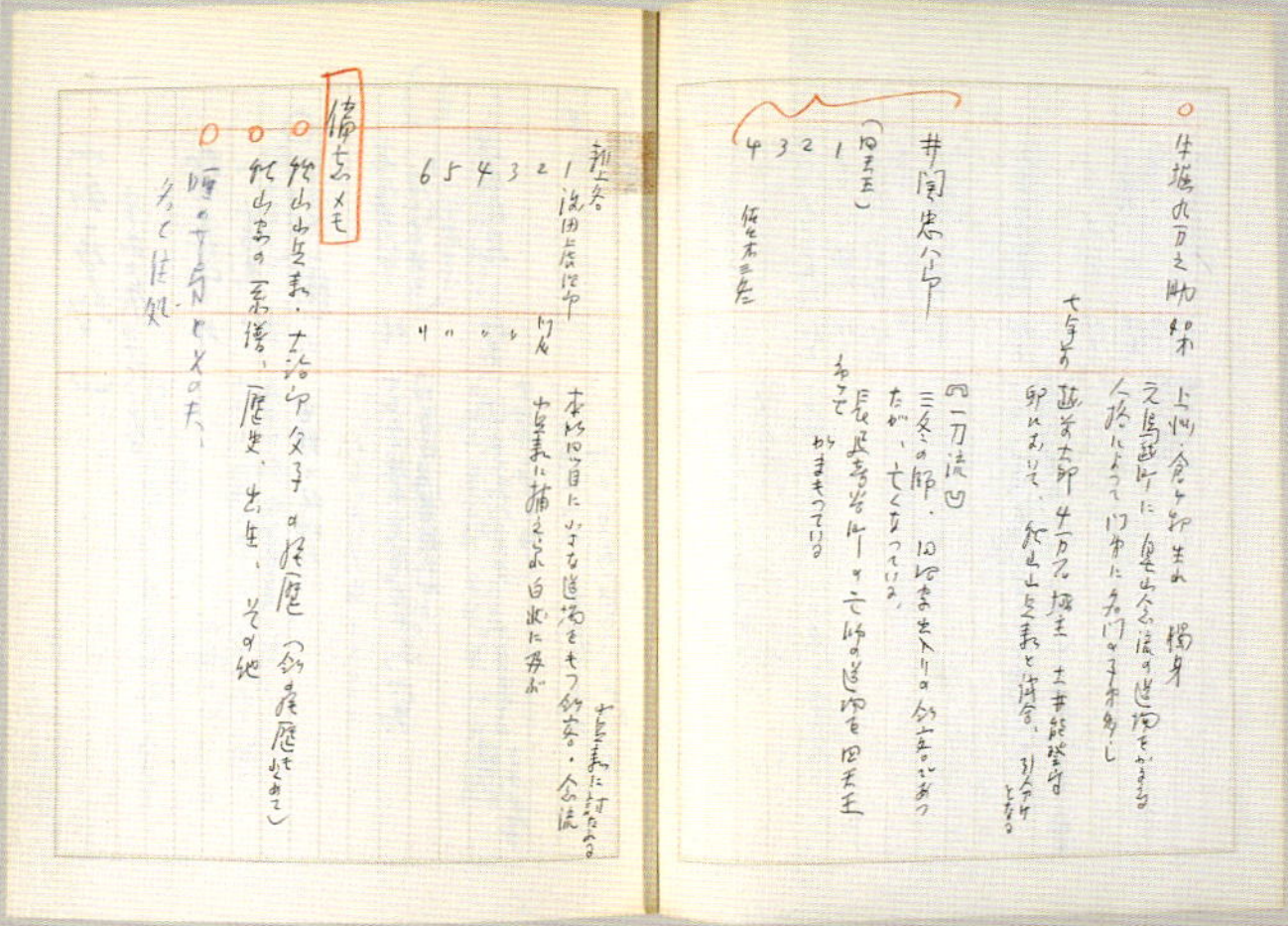

このあとに、第二話「剣の誓約」以降「辻斬り」までのメモが収められている。

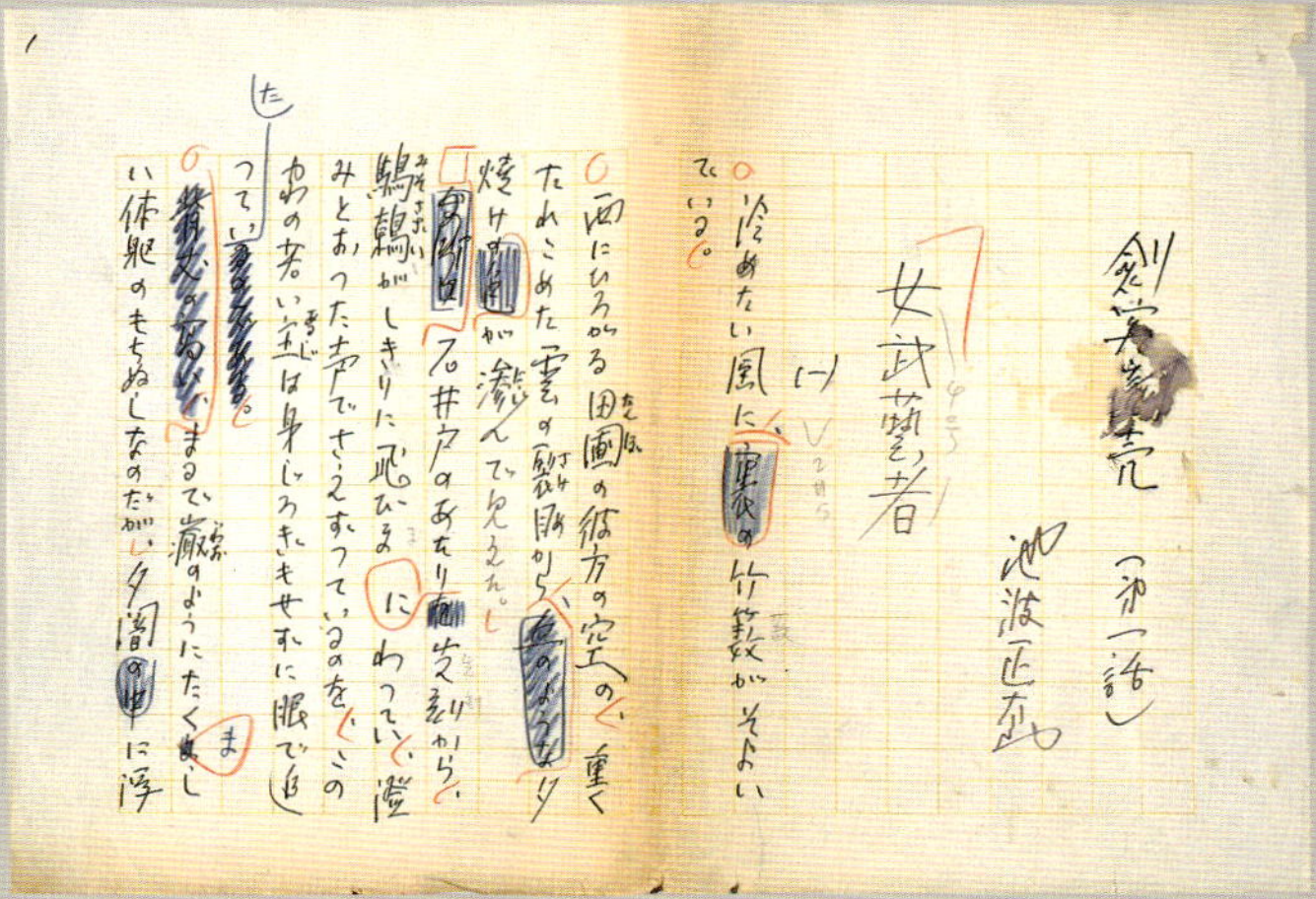

第一話「女武芸者」の原稿冒頭。

「黒白」ノートより。主人公、波切八郎のイメージとなったプロ野球・武上四郎選手。

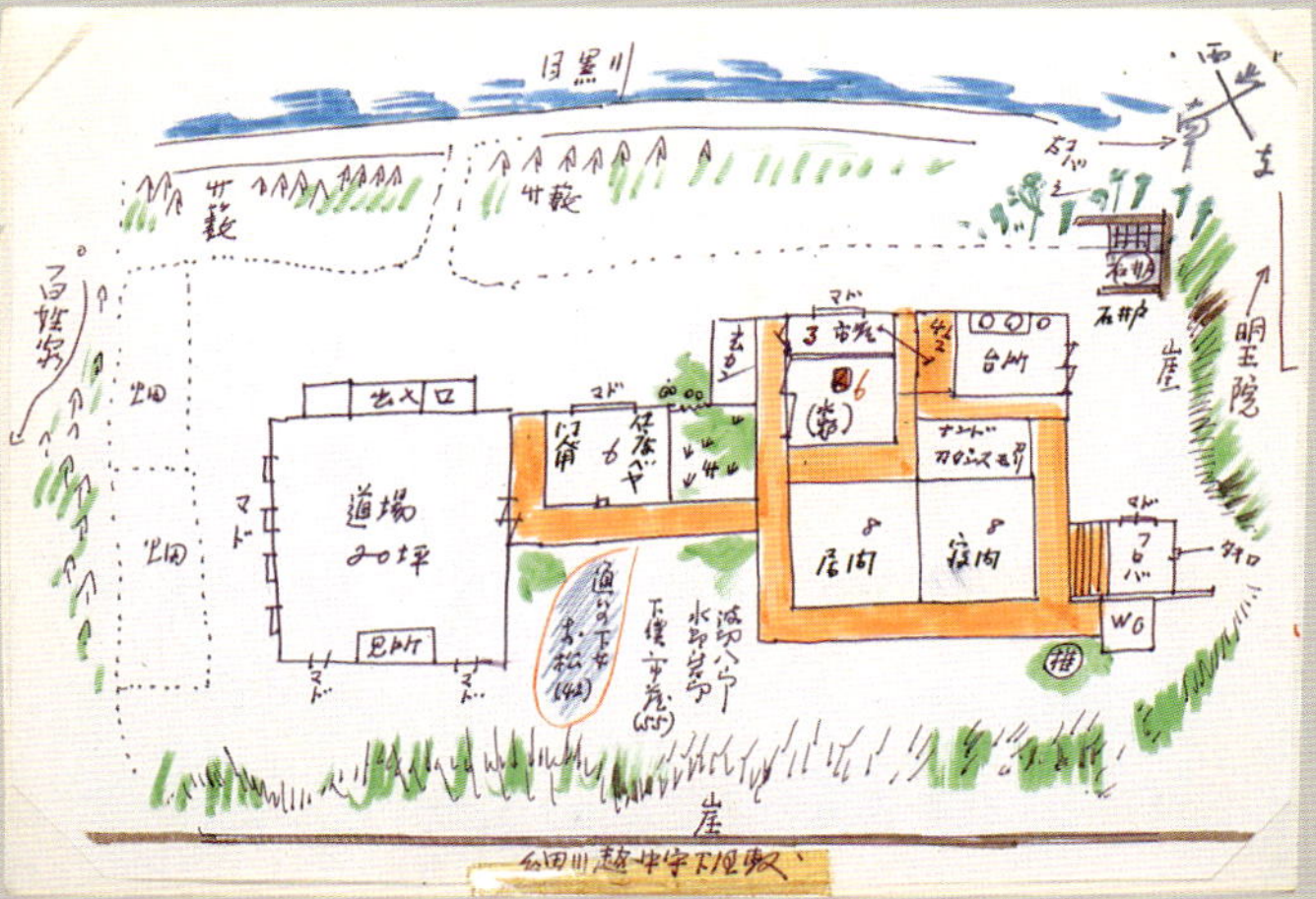

「黒白」ノートより。波切八郎の道場の間取り図。

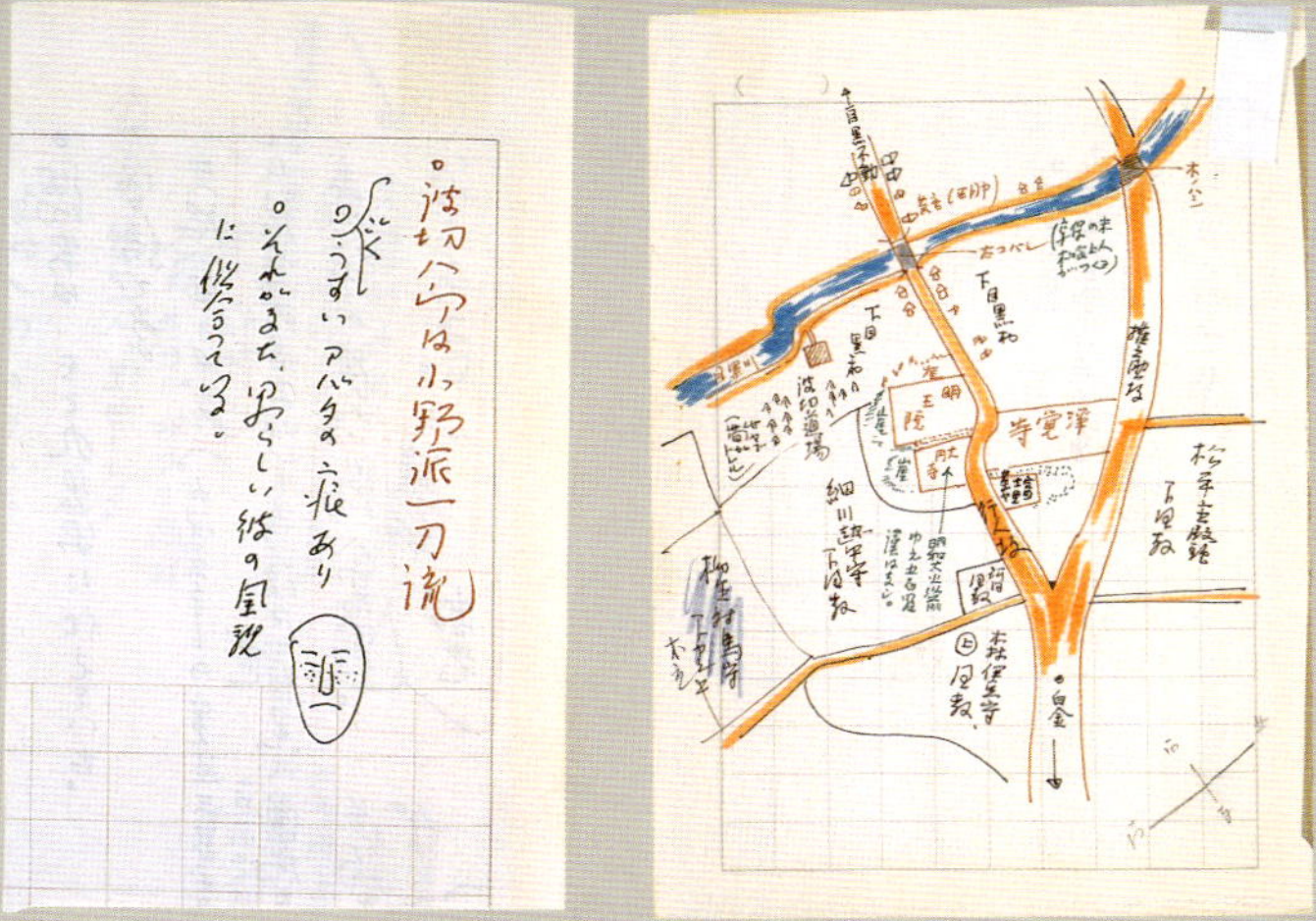

「黒白」ノートより。波切八郎の道場の周辺図（右）と、風貌メモ。

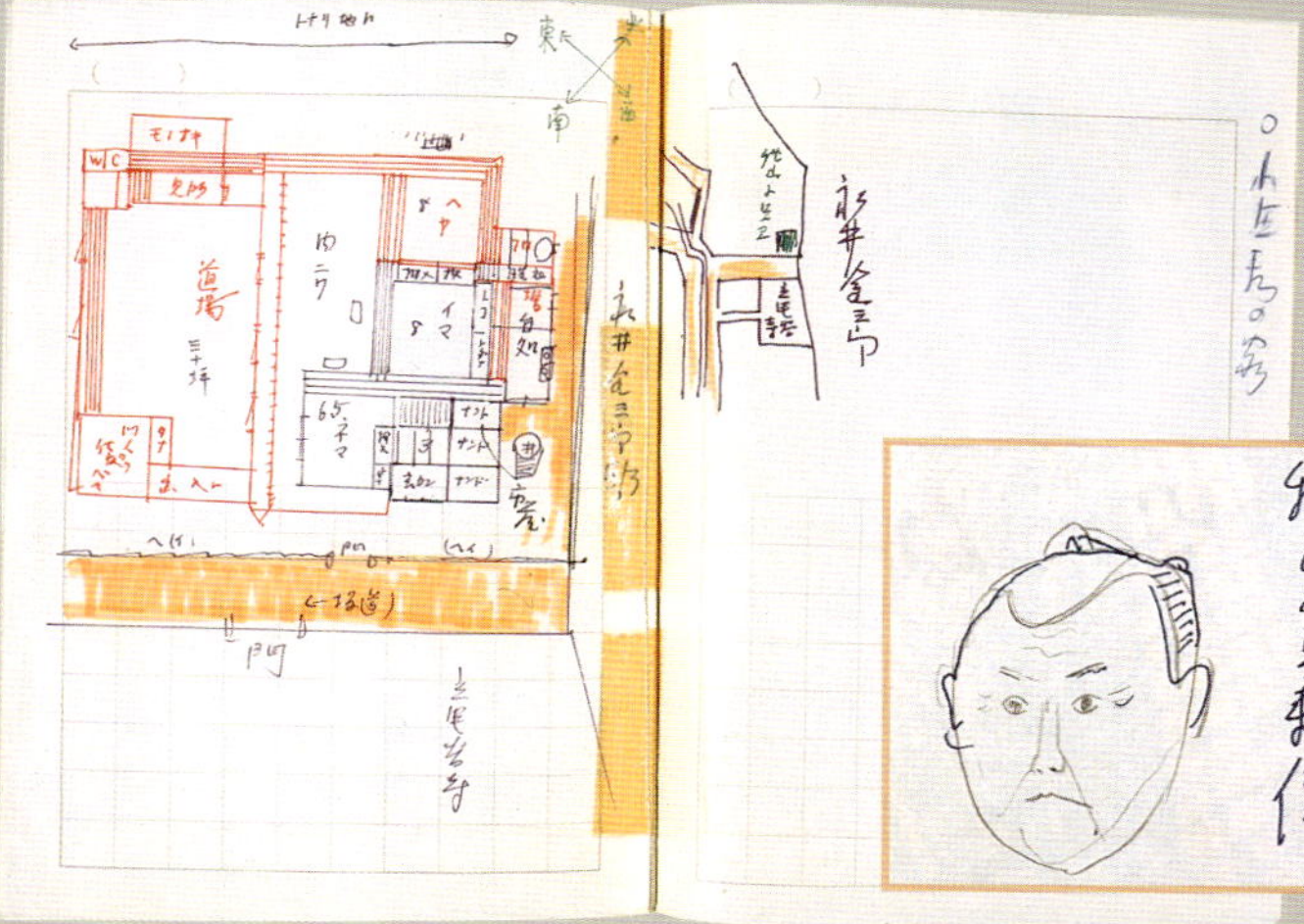

「黒白」ノートより。秋山小兵衛の道場の間取り図と、小兵衛像（右下）。

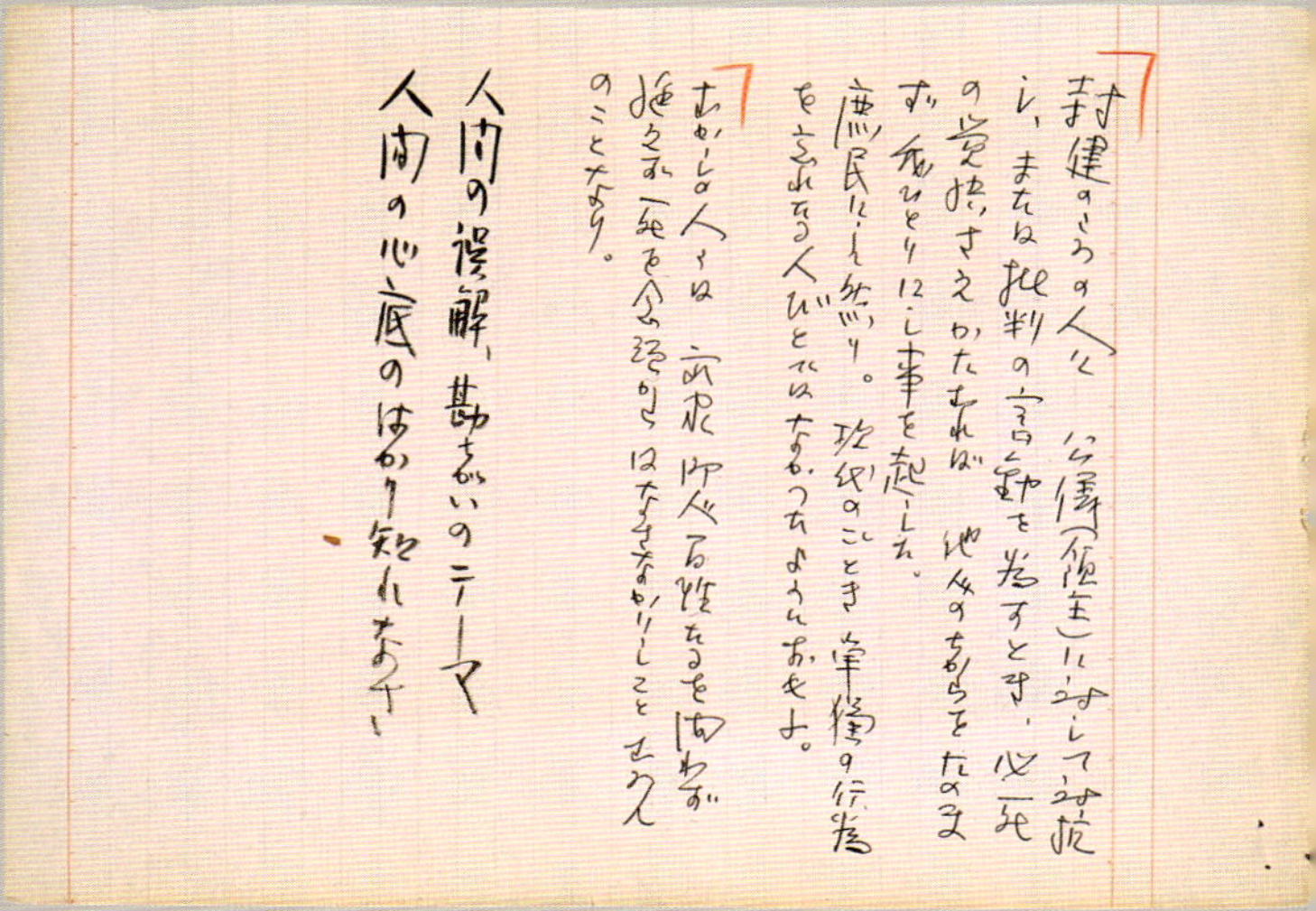

「封建のころの人々 公儀（領主）に対して対抗
し、または批判の言動を為すとき、必死
の覚悟さえかためれば 他人の力をたのま
ず、ただひとりにして事を起した。
庶民にして然り。 政治のごとき 単独の行為
を恐れる人びとではなかったようにおもう。
「むかしの人々は 武士町人百姓たるを問わず
絶えず一死を念頭からはなさなかったこと もちろん
のことなり。
人間の誤解、勘ちがいのテーマ
人間の心底のはかり知れなさ

「碁メモ」に挟みこまれたメモの一つ。

撮影・佐藤慎吾

新 潮 文 庫

剣客商売読本

池波正太郎ほか著

新 潮 社 版

6442

目次

目黒
太鼓橋

池波さんのこと　305

挿絵　中一弥

剣客商売読本

池波正太郎「剣客商売」を語る

私のヒーロー

一

『鬼平犯科帳』の連載がはじまったとき、五年間もつづくとはおもわなかったし、つづけるつもりもなかった。

主人公の火付盗賊改方《ひつけとうぞくあらためかた》長官・長谷川平蔵は、実在の人物である。

「寛政重修諸家譜」によれば、

「……長谷川平蔵宣以《のぶため》。明和五年十二月五日、はじめて浚明院殿《しゅんめいいん》（十代将軍・徳川家治《いえはる》）に拝謁《はいえつ》し、安永二年九月、遺跡をつぐ（中略）天明四年十二月、西城御徒《おかち》の頭《かみ》に任じ、布衣《ほい》を着することをゆるさる。同七年九月、盗賊追捕《ついぶ》の役をつとめ、八年四月ゆるされ、十月二日より、また、このことを役す」

とあって盗賊改方の役目を、いったんは免ぜられ、すぐにまた就任した事情は、私の「鬼平」第一冊におさめてある「血頭《ちがしら》の丹兵衛《たんべえ》」の編中にも書いてあるが、これはむろん、私の推測から発した創作にすぎない。

さらに、

「寛政二年、曾《かつ》てうけたまわりし人足寄場《よせば》の事、うけ入らるるにより、時服二領、黄金三枚を賜う」

とある。

この「人足寄場」というのは、平蔵が幕府に建言をして、佃島《つくだじま》にもうけた犯罪者の更生施設ともいうべきもので、何といっても彼の名が後世に残ったのは、この人足寄場設置の事によってである。

長谷川平蔵が、江戸時代の特別警察の長官として、どのような活躍をしたかという、くわしい記録は残っていない。

わずかに、盗賊・葵《あおい》小僧ほか、二つ三つのエピソードが、当時の雑書につたえられているのみである。

しかし、彼の生いたちについては、ある程度の研究がすすめられてい、おぼろげながら、イメージをつかむことができる。そのイメージを作家としてふくらませたのが、私の長谷川平蔵なのだ。

『鬼平犯科帳』は、足かけ三年にわたり、テレビで放映されたが、このとき、主人公の平蔵を演じてもらう俳優を、私は松本幸四郎ひとりにしぼった。何故《なぜ》かというと、風貌《ふうぼう》も私の「鬼平」そのままであり、幸四郎氏の若き日も、何やら鬼平や私の若き日と似ていることを、私は知っていたからである。

結果はごらんのとおりとなった。

こういうわけで、私の「鬼平」は、むかしの私を描いていることにもなり、私の理想像を描いていることになる。

毎月、この一編を書くときの苦労は、年を追うて重くなってきた。

読者が、私の創作した長谷川平蔵をヒーローとおもって下さるか、下さらないかは、私のあずかり知らぬことなのだ。

いまひとつ、私は〔小説新潮〕に『剣客商売《けんかくしょうばい》』という時代小説を連載している。

老剣客で、いまは隠棲《いんせい》している秋山小兵衛《こへえ》と、その一人息子で、江戸の剣術界へ第一歩をふみ出した大治郎の二人が主人公なのだが、これとても、私の発想をよんだモデルは、似ても似つかぬ人なのだ。

秋山小兵衛のモデルは、むかし、私が戦前の株屋ではたらいていたころ、私の店ではない別の店の主人で吉野《よしの》さんという老人である。

この人は、別に「剣客」でもなんでもない。やかましい本妻の眼をぬすみ、八丁堀に、講武所の芸者だった若い女を囲って、

「池波君。精をつけなくっちゃあいけません」

などといい、浅草・前川の鰻《うなぎ》を一度に三人前も食べた人だ。

こういう人をモデルにして小説を書きすすめて行くうち、いつしか、神韻渺々《びょうびょう》たる名剣士に変貌してしまうのである。

秋山小兵衛父子は、鬼平氏とちがって実在の人物ではないが、こうして書きすすめて行くうち、私の創作した小兵衛老人に、しだいに血が通ってくる。

背景は、賄賂《わいろ》横行といわれた、かの「田沼時代」になっているが、そのときどきの事件に、秋山小兵衛が当面するとき、小兵衛の血が作者の私を引きずって行くのである。

これは鬼平氏の場合も同じことだ。

彼らを「事件」に当面させたとき、私は彼らの血が命ずるままに、ペンをすすめて行くよりほか、仕方がないのである。

彼らには、若かったころの私も現在の私も入っているし、私が、五十年の人生に出会ったさまざまの人がふくみこまれている。

それらの凝結が、長谷川平蔵であり秋山小兵衛なのであろう。

そして、それらの多くの人びとが「理想」とした人間像が、この二人に具現されているのかもしれない。

二

一九三〇年代。スイング・ジャズの「王様」といわれたベニイ・グッドマンに対抗し、みずから「クラリネットの王様」と称したアーティ・ショウのオープニング・テーマ「ナイトメア」は、ショウ自身の作曲である。

ショウがある夜、シカゴのホテルの一室で瞑想《めいそう》にふけっていたとき、この曲のテーマが突如、あたまに浮かんできてはなれなくなり、ショウは物につかれたように、一夜のうちに「ナイトメア」を書きあげたという。

グルーミーな中にも、しゃれた華やかさがあり、ショウ独特のするどいクラリネットの音がなんともいえぬロマンチックな香りをたたえている。

〔小説現代〕のための短編を書こうとおもい、素材の選択に迷っているとき、たまたま、アーティ・ショウの古いレコードをかけていて、この「ナイトメア」をきいた。

そのときに、わたしの脳裡《のうり》にうかんだのが、仕掛人・藤枝梅安《ふじえだばいあん》の風貌であった。

それはもしやすると「ナイトメア」をきいたことによって、アーティ・ショウの私生活における数々のロマンスや写真で見た彼の風貌とが一つのイメージとなって、うかびあがってきたのかも知れなかった。

私の場合、一つの小説を書く発想の端緒は、およそ、小説とは何の関係もない日常の一瞬につかむことが多い。

だからといって、藤枝梅安が原稿紙の上にうごきだすと、これはもう、アーティ・シヨウとはまったく別物になってしまう。それも、いつものことだ。

仕掛人というのは「殺し屋」のことだが、別に、そうした名称が江戸時代にあったわけではない。

「殺し屋」と、いってしまっては時代色が出ないような気がしたし、語感にも、私にはぴったりとこないものがあった。

そこで「仕掛人」という名称を、私が創作したのである。

梅安は第一作の『おんなごろし』だけで、あとをつづけて書くつもりはなかった。ところが好評だったので、三か月ほどしてから『殺しの四人』という一編を書いたところ、これが、〔小説現代〕の読者投票による「読者賞」にえらばれたのは、実のところ、私もおどろいたのである。

暗くて血なまぐさい殺し屋の世界などが、多くの読者の共感をよぼうとは考えられなかったし、ことに、

（女の読者は、読んでもいやな気がするのではないか……）

と、私はおもっていた。

しかし、票には多くの女の読者の支持があったそうで、これまた意外といわねばならぬ。

強いていえば、私が仕掛人である藤枝梅安や彦次郎《ひこじろう》を通して、

「人間はよいことをしながら悪いことをし、悪いことをしながらよいことをしている」という主題を、梅安・彦次郎の私生活における生態にむすびつけ、彼らが血なまぐさい仕事をはなれたときの生態……つまり、食事や女性への好みや、つまらぬ日常茶飯事に向ける関心を、あえて書きこんだためかも知れない。

最近、大ヒットとなった映画「ゴッドファーザー」も、単に、アメリカのギャングを描くというのではなく、その大ボスの家と家族たちをこくめいに描いて、

「家族こそ社会である」

という人間生活の原点にドラマを煮つめていったところに、若い現代人の共感をも得ることになったといってよい。

そのときどきの事件や危機や愛情に直面したときに、彼らが見せる情熱のほとばしりや、よろこびや悲しみは、すべての人間……階級や職業をこえた人間たちと同じものなのである。ドラマをそこまで煮つめることにより、この映画は成功したのであった。

仕掛人の藤枝梅安は、長谷川平蔵や秋山小兵衛と同じように、これからも書きつづけて行くことになりそうである。

私の場合、ことに時代小説では、登場する人間たちの正体と、平常は体内にねむっている情熱を発揮させるために、どうしても彼らを断崖《だんがい》の淵《ふち》へ追いこんで行かねばならない。

私は別に「敵討ち」を主題にした小説集を四冊出している。

いつの間にこれだけの敵討ち小説を書いたのだろうと、いまもあらためておもっているところなのだが、それもこれも、敵討ちという封建時代の掟《おきて》に、追う者も追われる者も一命をかけて闘い、生活し、愛し、愛されて行くところに、期せずしていくつもの主題が生まれてくるからなのであろう。

仕掛人の梅安や彦次郎を描くことによって、これからも私は、彼らが奏《かな》でる主題を、彼らだけのものではなく、他の世界へのひろがりをふくむものにして行きたいと念じているのだ。

京都・寺町通り

寺町通りにある古書店をのぞいてまわるのも、たのしい。

三条通り、御池通りをすぎて、市役所の西側へ寺町通りがかかるあたりに、尚学堂という古書店がある。

むかし、時代小説を書きはじめたころ、芝居の仕事で関西へ行くたびに、私は京都へ立ち寄り、数日をすごしたものだが、そのたびに尚学堂で古地図を買いもとめるのを例とした。

そのころでも安いとはおもわなかったが、三千円、五千円で買った古地図に、いまとなっては気が遠くなるような値段がつけられているのにおどろく。

私が、歌舞伎《かぶき》俳優・中村又五郎の〔素顔〕を、はじめて見たのも、この尚学堂の店内においてだった。

おそらく又五郎は、南座に出演していたのであろう。

黒いソフトに、ダークのコートを着たこの人が古書をあさっている姿は、どう見ても、歌舞伎の役者には見えなかった。

ちょっと、京大の教授のようにも見えるのだが、さりとてそのものとはいえぬ。役者の素顔が灰汁《あく》ぬけているのは、舞台化粧のたびの洗顔と手入れが必然的におこなわれるからであろう。

後年、親密になった又五郎に、このときのことをいうと、

「ああ、おぼえてる、おぼえてる。何だか、こっちをじろじろ見てる人がいたことを、おぼえていますよ」

とのことだった。

ともかくも、このときに見た中村又五郎の素顔のイメージが、いまも連載している〔剣客商売〕の主人公で老剣客の秋山小兵衛に結実することになるのだ。

私のような仕事をするものにとって、散歩は、

「重要な仕事の一部……」

だといってよい。

私の場合、日々の〔散歩〕なくしては、自分の仕事が成り立たぬといってもよいだろう。

その後、又五郎は私の芝居にも出演してくれ、私的な会話をかわすようになったわけだが、それにしても当時は、この人の内面や物の考え方を、くわしく知ったわけではなかった。

そして、数年前に〔剣客商売〕の連載が始まったとき、私は演劇雑誌の中から、素顔の又五郎の写真を切りぬいて、ノートに貼《は》りつけたのだった。

私は、又五郎のイメージから秋山小兵衛という老剣客をつくりあげたわけだが、後になって、又五郎は小説を読み、ひどく共感をおぼえてくれたらしい。

去年、私は帝劇の舞台で、自分が脚本を書き、演出をした〔剣客商売〕で、又五郎に秋山小兵衛を演じてもらったが、それこそ、小兵衛そのものの演技であって、その実在感に私は非常な満足をおぼえたものだ。

このように、何がきっかけとなって、新しい小説が生まれてくるか、はかり知れぬところが、私どもの仕事にはある。

小鍋《こなべ》だて

いま、私が小説新潮誌へ連載をしている〔剣客商売〕の主人公で老剣客の秋山小兵衛は、これまでに出合った何人もの人びとがモデルになっているし、やがては、おのれのことをも書きふくめることになったわけだが、その風貌《ふうぼう》は、旧知の歌舞伎俳優・中村又五郎氏から採った。

つぎに、一つのヒントをあたえてくれたのは、むかし、私が株式仲買店ではたらいていたころ、大変に可愛《かわい》がってもらった三井老人だった。

三井老人は、私の友人・井上留吉の知り合いで、兜町《かぶとちょう》の小さな現物取引店の外交をしていたが、いかにも質素な身なりをして兜町《しま》へ通勤して来る。どこかの区役所の戸籍係のようで、とても株の外交をしているようには見えなかった。深川の清澄《きよずみ》町の小さな家に、二匹の猫と、まるで娘か孫のような若い細君と暮していたが、金はたっぷりと持っていたようだ。

若い井上と私が、六十に近い三井老人と知り合ったのは、長唄《ながうた》の稽古《けいこ》と歌舞伎見物が縁となったのだ。

三井さんは、私たちに気をゆるすようになってから、

「宅《たく》へもお寄んなさい」

こういってくれ、それからは、しばしば清澄町へお邪魔をするようになった。

三井さんは長唄も三味線もうまかった。それでいて、他人前《ひとまえ》では決して唄わず、弾かなかった。

私どもが三井さんの腕前を知っていたのは、稽古へ行く場所が同じだったからである。

さて、いつのことだったか、よくおぼえてはいないが……。

二月に入ったばかりの寒い夜、私は深川で用事をすませた後に、おもいついて三井さんの家を訪ねた。

三井さんは、お客のところから帰って来たばかりで、長火鉢の前へ坐《すわ》り、晩酌をやっていた。

「ま、おあがんなさい。家のは、いま、湯へ行ってますよ」

「かまいませんか」

「さ、遠慮なしに……」

長火鉢に、底の浅い小さな土鍋がかかってい、三井さんは浅蜊《あさり》のむき身と白菜を煮ながら、飲んでいる。

この夜、はじめて私は小鍋だてを見たのだった。

底の浅い小鍋へ出汁《だし》を張り、浅蜊と白菜をざっと煮ては、小皿へ取り、柚子《ゆず》をかけて食べる。

小鍋ゆえ、火の通りも早く、つぎ足す出汁もたちまちに熱くなる。これが小鍋だてのよいところだ。

「小鍋だてはねえ、二種類か、せいぜい三種類。あんまり、ごたごた入れたらどうしようもない」

と、三井さんはいった。

このような、しゃれた小鍋だてではないが、浅草には三州屋とか騎西屋《きさいや》とかいう大衆食堂があって、小さなガス台の上に一人前用の銅や鉄の小さな鍋をかけ、盛り込みの牛なべ、豚なべ、鶏《とり》なべ、蛤《はま》なべなどがあり、早熟な私は小学生のころから、二十銭ほど出して、

「蛤なべに御飯おくれ」

などといっては、銀杏《いちょう》返しに髪を結った食堂のねえさんに、

「あら、この子、なまいきだよ」

と、やっつけられたこともある。

下町の子供は、何でも、

「大人のまねをしたがった……」

のである。

だが、そうした食堂の小鍋は、どこまでも一人前という便宜から出たもので、中のものを食べてしまえばそれきりだ。

三井さんのは、平たい笊《ざる》の上へ好きなだけ魚介や野菜を盛り、それを煮ては食べ、食べては煮る。

（いいものだな……）

つくづく、そうおもった。

おもったがしかし、当時の私は、まだ十代の若さだったから、小鍋だてをたのしむよりも、先《ま》ずビフテキだ、カツレツだ、天ぷらだ、鰻《うなぎ》だ……というわけで、われから、

（やってみよう）

とは、おもわなかった。

三井さんも、また、

「こんなものは、若い人がするものじゃあない」

苦笑して、強いてすすめようとはしなかった。

ところが、四十前後になると、私は冬の夜の小鍋だてが、何よりもたのしみになってきた。

五十をこえたいまでは、あのころの三井さんのたのしみが、ほんとうにわかるおもい

がしている。

小鍋だてのよいところは、何でも簡単に、手ぎわよく、おいしく食べられることだ。そのかわり、食べるほうは一人か二人。三人となると、もはや気忙《きぜわ》しい。

鶏肉の細切《こまぎ》れと焼豆腐とタマネギを、マギーの固型スープを溶かした小鍋の中で煮て、白コショウを振って食べるのもよい。

刺身にした後の鯛《たい》や白身の魚を強火で軽く焼き、豆腐やミツバと煮るのもよい。貝柱《ハシラ》でやるときは、ちりれんげで掬《すく》ったハシラを、ちりれんげごと小鍋の中へ入れて煮る。こうすれば引きあげるときもばらばらにならない。

これへ柚子をしぼって、酒をのむのは、こたえられない。

むろん、牡蠣《かき》もよい。

豚肉のロースの薄切りをホウレン草でやるのも悪くない。つまり、小《こ》ぶりの常夜鍋《じょうやなべ》というわけ。

材料が変れば、それこそ毎晩でもよいし、家族も世話がやけないので大いによろこぶ。

だから私は、いわゆる〔よせ鍋〕とかいって、魚や貝や鶏肉や、何種もの野菜や豆腐などを、ごたごたといっしょに大鍋で煮て食べるのは、あまり好きではない。

それぞれの味が一つになってうまいのだろうけれど、一つ一つの味わいが得られないからだ。

大根のよいのが手に入ったときは、これを繊切《せんぎ》りにして豆腐と共に煮る。そのとき、豚の脂身《あぶらみ》の細切りをほんの少し入れ、柚子で食べるのも悪くはない。

いずれにせよ、三井老人がいったように、二種類か三種類。ゆえに牛肉のすき焼をするときも、私は葱《ねぎ》をつかうだけだ。豆腐もシラタキも入れない。

鍋の種類によっては、おしまいに出汁を紙で漉《こ》し、これを熱い御飯にかけまわし、さらし葱のきざんだのを少し入れて食べる。

三井老人は深川が戦災を受けたときに亡《な》くなったそうな。

連　想

〔剣客商売〕を帝劇で上演したときは、中村又五郎・加藤剛の秋山父子という絶好の配役を得て、それに、私の芝居には久しぶりに辰巳柳太郎《たつみりゅうたろう》が怪剣士・小雨坊《こさめぼう》と老中・田沼意次《たぬまおきつぐ》の二役を演じ、むかしなじみの新国劇の人びとが多く参加したので、私の時代物の舞台としては、おそらく、これが最後のものになるとおもった。

しかし、その後も舞台の仕事をやることになったわけだが、当時は、

(これを最後に、芝居はやめよう)

そうおもっていたのである。

このときは、一本立ての三幕十五場という、私の脚本にしては、最も場数が多いものとなったので、帝劇の舞台機構を生かし、スピーディに場面転換をすることにした。

いつもは音楽を使用しない私なのだが、このときは音楽の必要を感じたので、プロデューサー辰巳嘉則君がヴェテランの作曲家いずみ・たくさんにたのんでくれた。

読み合せから立稽古に入って、一通り見ていた、いずみ・たくさんが演出助手と語り合っているのを聞いていて、私は安心をしていた。

よほどのことがないかぎり、私はスタッフのすることに、あまり口をさしはさまぬ。で、私が役者たちへ稽古をつけ終えて帰ろうとすると、いずみさんが、

「ええと……この芝居の音楽、どのように考えておられますか？」

と、尋ねてくれた。

「そうですね……」

いいさして、ふと、向うを見やると、当時は新国劇の座員で、殺陣《たて》の名手・真田《さなだ》健一郎（当時は藤森健之）が、マクドナルドのハンバーガーを食べている姿が眼に入った。

それを見たとたんに、私の口をついて出た言葉は、

「たとえば、ベニイ・グッドマンの〔シング・シング・シング〕のイントロ、ジーン・クルーパのドラム」

であった。

いずみさんも演出助手もプロデューサーも、時代物の音楽がスイング・ジャズというので、びっくりしたような顔つきになったが、

「なるほど」

そこは、いずみさんである。

「わかりました」

うなずいてくれた。

私の言葉で、感じがつかめたらしい。

やがて、すばらしい音楽が出来あがってきた。ドラムを主調にした曲を、私は、たっぷりと使わせてもらい、その他の曲も、みんなよかった。

これは、真田健一郎が食べているハンバーガーが、ベニイ・グッドマンのジャズを想起させたわけで、自分でも、おもいがけぬことだったのである。

このように、連想というものは飛躍的な、摩訶《まか》不思議なもので、眠っていて見る夢も同じようなものなのかも知れない。

私のような仕事をしているものにとっては、この連想を生むことが何よりも大事なことだ。

連想が乏しければ乏しいほど、仕事は枯渇《こかつ》してしまう。食べものから生まれる連想もあれば、飼っている犬や猫の姿が、連想をよんでくれることもある。

いまも小説新潮に書きつづけている〔剣客商売〕の一篇を書いていて、クライマックスまで来て行きづまり、二日も三日もペンもうごかなかったとき、白い飼い猫が眠っている姿が連想をよんで、たちまちに書き終えることができたこともある。そして〔白い猫〕という題名もつけることを得たのだった。

それは数年前のことだったが、今年の一月から、久しぶりで〔鬼平犯科帳〕の連載を始めることになり、通し題名をつけることに悩んでいた。連載小説を書くときの私の場合は、自分でも、どのような物語になるのかよくわからないので、通し題名をつけるのがなかなかにむずかしい。

そうした或日《あるひ》の午後に、私は銀座のコーヒー店で、某誌の編集者を待っていた。

（コーヒーにしようか、それとも、クリーム・ソーダにしようか……）

私は、ちょっと迷っていた。この日は朝からコーヒーをのみすぎていたのだ。

そこへ、編集者があらわれた。

「君は何にする？」

「ミルク・ティ、いただきます」

迷っていた私も決断がついて、

「ミルク・ティ」

と、注文をした。

そのとたんに、〔鬼平犯科帳〕の通し題名が頭に浮んだ。

〔迷路〕というのである。

また、これは三年ほど前のことになるが……。

週刊新潮へ連載を書くことになって、このときは準備の期間が相当にあったので、私にしては、めずらしく構想も丹念にねって、第一回の原稿も連載開始の半年前に出来あがった。

ところが、題名がなかなかに決まらぬ。

さっと、すぐに決められる場合もあるが、いったん拗《こじ》れてしまうと、どうにもならない。あっという間に半年が過ぎて、いよいよ〔作者の言葉〕なるものを編集部へわたす日がせまってきた。

連載が始まる前の週に作者の言葉と共に題名も発表される。

(困った……)

作者の言葉は書いたが、題名は締切の前日まで決まらない。

気分を変えようとおもい、映画を観《み》に出かけた。

観終って外へ出た。

重苦しい気分に変りはない。

行きつけの鮨屋《すしや》へ入った。

鮨種で、ぼんやりと酒をのむ。

「どうかなすったんですか?」

鮨屋の職人が、私の顔をのぞき込むようにして尋ねた。

「いや、別に……」

酒を二本のんでから、鮨を食べはじめた。

こういうときは、食べるものに味が消えてしまう。

「今日は、あんまり、あがりませんね」

「海苔巻《のりまき》をたのみます」

「ハイ」

職人がスダレをひろげ、黒い焼き海苔を置き、その上へ白い飯をのせた。

その瞬間に、私はにやりとした。題名がぱっと決まったのである。

「海苔巻を食べたら、また、食べ直しだ」

「…………?」

その題名を〔黒白《こくびゃく》〕という。

芝居と食べもの

むかし、十五世・市村羽左衛門《いちむらうざえもん》が直侍《なおざむらい》に扮《ふん》して入谷村の蕎麦屋《そばや》で〔かけ〕を注文し、雪の夜の熱い〔かけ蕎麦〕で酒をのむと、芝居がはねてから、劇場周辺の蕎麦屋が満員になったという。

むろんのことに、舞台へ本物の蕎麦を出すわけだが、羽左衛門の蕎麦と酒のあつかい様《よう》も粋《いき》なものだし、何よりも、このときの蕎麦は芝居の邪魔にならない。

直侍につづいて蕎麦屋へ入って按摩《あんま》の丈賀《じょうが》と蕎麦屋夫婦とのやりとりになっていて、それを直侍は、蕎麦と酒をやりながら聞いているからである。

しかも、ここへ丈賀が登場することによって、後の芝居に、ぬきさしならぬアクセントがつくわけだから、これは脚本がうまいのだ。

私も劇作家だったころ、自分の脚本に食べものや飲みものをいろいろと出して見たが、ほとんど、うまく行ったためしがない。

もっとも、高田の馬場へ駈《か》けつける中山安兵衛が腹ごしらえのために飯を掻《か》き込むシーンだけは、だれが書いても客の喝采《かっさい》をよぶ。

何しろ、自分が担当する芝居の時間が決まっているだけに、舞台でのんびりと役者に食事をさせていたりしては、時間に喰い込まれるし、舞台もダレる。

物を食べることによって、ドラマが盛りあがるのならいいわけだが、たとえ一杯の茶でも、テムポに狂いを生じることがある。

数年前に、私の連作小説〔剣客商売〕を自分で脚色・演出して、帝劇で上演したときは、老剣客の秋山小兵衛を中村又五郎、その息子の大治郎を加藤剛という配役だったが、その序幕の第二場・小兵衛の隠宅へ、女武芸者の佐々木三冬《みふゆ》が登場する。

三冬は、いまを時めく老中・田沼意次《おきつぐ》の妾腹《しょうふく》の娘だが、剣術に打ち込んでいて、男装なのだ。

この三冬を演じたのは、新国劇の香川桂子《けいこ》で、秋山小兵衛が、

「ときに、三冬どのも、そろそろ、お嫁入りをなさらぬといけませせぬな」

と、いう。

三冬は、

「とんでもないこと。他の女《おな》ごは知らず、三冬には剣の道があります」

と、胸を張り、

「なれど、私を打ち負かすほどの相手ならば、嫁《とつ》いでもよろしいとおもいます」

自信たっぷりに笑い、そこに出ている饅頭《まんじゅう》を取ってパクパクと、たちまちに二つほど

食べてしまうのを、小兵衛が呆《あき》れ顔で見入るところがある。

私が、香川桂子へ、

「いいかい、三冬はこういう娘なのだから、饅頭を食べるときも二つに割ったりしないで、パクパクと、男の子が食べるように食べておくれ」

と、注文をつけた。

「ハイ」

こたえたが香川は、苦労をした。

餡《あん》入りの饅頭をパクパクと、たちまちに二個食べるというのは、女優にとって、舞台の上ではなかなかむずかしい。

そこで香川は、自分の弟子の久田尚美に、

「餡を抜いておいてちょうだい」

と、たのんだ。

久田は有望な若手女優だったが、後に舞台を去った。

久田にいわせると、餡を抜いた饅頭を、それとわからぬようにするためには、

「ずいぶんと、苦心をいたしました」

とのことだ。

薄い皮だけを残して、それを元のような饅頭にしておくのも、なるほどむずかしかっ

たろう。

ともかくも、これで、香川はパクパクと食べられるようになり、したがって、秋山小兵衛の呆れ顔が引き立つことになったのである。同時に三冬の性格もはっきり出る。

さて、いよいよ千秋楽の当日となった。

中村又五郎は歌舞伎《かぶき》の大ヴェテランであって、千秋楽のそそりをきっとやるとおもったので、私は監事室で舞台に見入りながら、

「又五郎さん、きっと、何かやるぜ」

と、傍のプロデューサーにいった。

〔そそり〕は、千秋楽に役者が、しゃれっ気を出して、思い思いに、おもいがけぬいたずらや演技をする。それをまた客も、芝居の関係者もうれしがるのである。

又五郎が、どこでそそりをやるかと観ているうちに、件《くだん》の饅頭のシーンとなった。

すると又五郎は、饅頭のかわりに団扇《うちわ》ほどもある大せんべいを出して、

「さ、おあがりなされ」

と、やった。

一瞬びっくりした三冬の香川は、あやうくプッと吹き出しかけたが、

「頂戴《ちょうだい》いたします」

いうや、いかにも佐々木三冬らしく、拳《こぶし》を固めて、大せんべいを勇ましく打ち割り、口へ運んだのだった。

この芝居を初めて観た客には、おそらくわからなかったろうが、私たちは、

「やった、やった」

「二人とも、よかったですね」

大いに、うれしがったものだ。

そのときより何年も前に、新国劇で〔国定忠治〕が出て、忠治は、むろんのこと辰巳柳太郎が演じた。

私の芝居も合せて上演されていたので、或日、三階席の突端で観ていると、やがて大詰の〔土蔵の場〕となった。

この場の国定忠治は中気を病み、声も出なくなり、躰《からだ》も動かず、床の上へ横たわっているだけだ。

夜で、土蔵の中は暗い。忠治につきそっている二人の子分が、押し入って来る捕手を相手に猛烈な殺陣を展開する。

ふと見ると、寝ている病人の国定忠治が客の眼をぬすみ、しきりに箸《はし》をうごかしているではないか。

幕が下りて辰巳の楽屋へ行き、

「あなた、何を食べてたんです？」

尋ねると、

「見えましたかい？」

「見ましたよ、三階から」

「しまった。カツ丼《どん》、食っていたんだ」

「いけませんね」

「だって、今月は出づっぱりで休む間がないんだもの。腹が減って腹が減って……」

辰巳柳太郎は真から、なさけなさそうな顔をして見せた。

そういえば、この優《ひと》、舞台で、これは堂々と、ドラマの中のものとして、魚を焼いて食べたりして、客をよろこばせ、自分もよろこんだりしていたものだ。

大根

ほんとうにうまい大根は、

「ほんとうに、うまいねえ」

むかし、三井老人が、よくいっていたものだ。

三井老人は、兜町《かぶとちょう》の株式仲買店の外交をしていた。

当時、私も仲買店ではたらいていて、幼な友だちの井上留吉も、同じ兜町《しま》にいた。

三井さんを私に引き合わせてくれたのは井上だった。

「あんな小さな店の外交で、何事にも、ひっそりと目立たないようにしていて、あの爺《じい》さんときたら、大金持ちなんだぜ」

そのころ、三井さんは六十前後で、白髪をきれいに手入れして、面長の、さっぱりとした品のよい顔だちをしており、鶴《つる》のごとき痩身《そうしん》だったが、娘か孫のような若い妻と二人きりで、深川・清澄《きよずみ》町の小さな家に暮らしていた。

「どう見ても、三井さんは区役所の戸籍係だね」

などと、井上は減らず口をたたいた。

ともかくも、三井さんは井上と私を可愛《かわい》がってくれ、清澄町の家へもよんでくれるようになった。

いまにしておもえば、三井さんと、三井さんの主人《たいしよう》だった吉野《よしの》さんには、どれだけ世話になったことか……。井上も私も、さまざまなことを教えてもらったのである。

三井さんは、大根が大好物だった。

冬に深川の家へ遊びに行くと、三井さんは長火鉢に土鍋《どなべ》をかけ、大根を煮た。

土鍋の中には昆布を敷いたのみだが、厚く輪切りにした大根は、妻君の故郷からわざわざ取り寄せる尾張《おわり》大根で、これを気長く煮る。

煮えあがるまでは、これも三井さん手製のイカの塩辛で酒をのむ。柚子《ゆず》の香りのする、うまい塩辛だった。

大根が煮あがる寸前に、三井老人は鍋の中へ少量の塩と酒を振り込む。

そして、大根を皿へ移し、醬油《しょうゆ》を二、三滴落としただけで口へ運ぶ。

大根を嚙《か》んだ瞬間に、

「む……」

いかにもうまそうな唸《うな》り声をあげたものだが、若い私たちには、まだ、大根の味がわからなかった。

後年、太平洋戦争が始まって、食糧不足となったとき、

「三井さんには打ってつけの世の中になったね」

と、井上留吉が毒口をたたいた。

大根と豆腐。そして浅蜊《あさり》と白菜の小鍋だて。三井老人の酒の相手はそんなもので、いかにも質素だった。そのくせ、金をつかうときは、惜しみもなくつかう。

私は二度ほど、旅行に連れて行ってもらったことがあるけれども、それこそ、

「つかってつかって、つかいぬく」

のである。

このはなしを井上にすると、三井老人と旅行をしたことがない井上は、

「信じられねえ。ウソだよ。そりゃあ、ウソにきまっている」

きめつけたものだ。

太平洋戦争が始まる少し前に、三井老人は胃潰瘍《いかいよう》を病んだ。

「こいつはいけない。ふだんから栄養が足らないのだから、三井さん危ないぜ」

井上は、さすがに心配そうだったが、三井さんは、ほとんど医薬の世話にならず、なんと大根一本槍《いっぽんやり》で難病を癒《なお》してしまったのである。

医者に診せ、薬をもらって来ても、それをのまなかったそうな。

店も半月ほど休んだのみで、明けても暮れても大根を食べつづけて癒した。

「ふしぎだ」

癒った三井さんに医者がくびをかしげたという。

いまの私は、ようやくに三井老人の年齢に達し、大根が大好物となってしまった。

十五年前に消息を絶った井上留吉は、どうだろうか……。

しかし私は、もう井上は、この世の人ではない、という気がしてならない。

大根も調味料も、いまは、むかしのようなものはないが、三井老人がやったようにして食べると、大根の滋味がよくわかる。

湯豆腐のとき、大根を千六本に切って鍋へ入れると、豆腐がうまくなるような気がする。これも三井さんに教えられた。

千六本に切った大根と浅蜊の剝身《むきみ》を薄味の出汁《だし》でさっと煮立て、七味唐辛子を振って食べるのは、東京の下町の惣菜《そうざい》で、子供のころから母に食べさせられた。これを温飯へかけまわして食べるのは、冬の夜のたのしみである。

大根を食べるたびに、私は三井老人を想《おも》い出す。

太平洋戦争は、三井老人をも行方知れずにしてしまった。

深川の家が空襲で焼失し、三井さんは若い妻女の故郷へ疎開《そかい》したそうだが、それも終戦後に耳へはさんだことだ。

妻女の故郷は名古屋に近いと聞いていたが、若い私たちは、その正確な所在を耳にとめておかなかった。戦争が終わって、万一にも生きていれば再会できることを、うたがわなかったのも私たちが若かったからだろう。

けれども、三井老人は私と井上が当時住んでいた浅草の家を知っていたのだから、

「もし、生きているなら、何とかいってよこしてくれるだろう」

井上は、そういったが、二人とも三井さん同様に家を焼かれてしまったのだから、こころもとない。

現に、戦後となって、私と井上留吉が再会したのは越後の小千谷《おぢや》で、しかも偶然に再会したのである。

むろんのことに、いまは三井さんも生きてはおられまい。生きているとすれば百を越えているのだから……。

あるとき……。

深川の家に三井老人を訪ねると、娘のような妻女が妙なものをこしらえている。

山芋を切って熱湯にひたし、引きあげて摺《す》りつぶし、これへ酒を入れて練り、とろとろになったのを湯のみへ入れ、これを鍋の湯に入れて燗《かん》をする。

「なんです、これは？」

私が問うや、三井さんが少年のように顔を赤らめたし、妻女は、はずかしげに顔を伏せた。

「どうなすったんです？」

「正ちゃん……」

いいさして三井さんは一瞬、絶句したが、妻女が台所に逃げ込んだ後に、

「こいつをやらないと、若い女房の相手ができないのでね」

と、いったのである。

このときの三井さんの面影は、私が書きつづけている〔剣客商売〕の主人公で、若い女を妻にした老剣客・秋山小兵衛に投影されているといってよい。

ハンバーグステーキ

去年、K社のグラビアのページのために、横浜の山下公園で写真を撮られていると、知り合いのM老人が偶然に通りかかり、私を見て、

「こんなところで、お目にかかろうとはおもいませんでした」

「しばらくでしたね」

M老人は、古くからの私の小説のファンだが、特に〔剣客商売〕の主人公である老剣客・秋山小兵衛がごひいきなのだ。

「これから、どこへ？」

「いま、馬車道で用事をすませたところなのです。これから元町あたりへ出て、少し早いが何か食べようとおもいまして」

「それなら、ちょっと、つきあいましょうか」

私は、K社の人とカメラマンに、一足先に東京へ帰ってもらうことにした。この日の夜は、同じK社の対談会へ出なくてはならない。M老人と私は、前田橋をわたって元町通りへ出た。

「さて、何を食べようか。ぼくは夜、また食べなくてはならないので、あまり、おつき合いは出来ないが……そうだ、生ガキでもどうです？」

「大好物です」

そこで私は、元町のレストラン〔キャプテン〕へ老人を案内した。

〔キャプテン〕は、いかにも戦前の横浜のレストランを想《おも》わせる、飾り気のない居心地のよい店で、二階にも席があるが、カウンターの前へ坐《すわ》ると、コックたちの気合のかかった仕事ぶりを見ることができる。

チーズのスフレや貝のコキールなどの前菜が小さな皿に少量出て、これが七品で一コースとなっている。むろんのことに生ガキもあるし、ビーフ・ステーキその他の料理は何をとってみてもうまい。

ことに、この店の、独自のハンバーグステーキは、他の店のハンバーグとは、いささかちがう。どこがちがうかというと、それは食べてみなくてはわからない。

私たちは前菜七品のコースと生ガキを白のワインで食べながら、久闊《きゅうかつ》を叙した。

M老人は、川崎市で小さな会社を経営しており、はじめて私と会ったときは六十四、五歳だったのだから、もう七十を一つ二つ越えているのではなかろうか。

「以前は私、魚と野菜が好きでございましてね。ところがその……いつの間にか肉も……いいえ、洋食が好きになってしまいましてな」

老人は、急に、たどたどしい口調になっていた。

「なるほど。五十をこえると、いろいろ好みが変わってきますよ。体の調子も変わってくるからなのでしょうね」

「ははあ……」

老人の顔に、微《かす》かな、曖昧《あいまい》な、苦笑のようなものがただよっている。

「ぼくは、後で食べなくてはならないので、これでやめますけれど、あなた、もっと何か、いかがです。そうだ。ここのハンバーグステーキはうまいですよ。肉のいいのをつかって、とても、やわらかい」

私が、そういったとたんに、今度は、はっきりと老人は苦笑を浮かべ、あわてて手を振った。その苦笑は、ちょっと泣き笑いに似ていた。

「いけません。ハンバーグだけはいけません。とても、だめなんでございますよ」

「どうなすったんです?」

するとM老人は、私の顔を凝《じっ》と見て、

「センセイは、罪な方だ」

と、いったのである。

〔剣客商売〕の老剣客・秋山小兵衛は、妻が病没した後、孫のようなおはるという娘をわがものにし、鐘《かね》ケ淵《ふち》の隠宅で仲よく暮らしている。私の老人のファンにとって、これが、たまらなくうれしいらしい。

　先日も、別の老人のファンから、

「このごろ、剣客商売の連載が絶えておりますのが、気がかりでなりません。私は老いて益々《ますます》、矍鑠《かくしゃく》たる秋山小兵衛の生き方にはげまされ、これをたよりに日々を送っています。どうか私がこの世を去るまで、連載をやめないで下さい」

　という手紙をいただいた。

　作者冥利《みょうり》というべきだが、M老人も同様に、秋山小兵衛の人生を理想のものとしていてくれたのである。

「実は、その……」

　口ごもりつつ、M老人が、

「秋山小兵衛に、あこがれたあまり、とんでもないことになってしまいまして……」

　と、いうではないか。

「何か悪いことでも？」

「いえ……いえ、もう、事はおさまったのですが、実は……」

　M老人が語るところによると、小兵衛が共に暮らしているおはるのような若い女を、池袋か何処《どこ》かの酒場で見つけて、これを鶴見《つるみ》のアパートへ囲い、名も〔はる子〕とよんでいたらしい。

「その女は料理がうまくて、ことにその、ハンバーグが何ともいえずにうまい。私が肉類を好むようになったのも、その女の影響なんでございます」

「うらやましいなあ」

「いえ、それが……さよう、去年の春に、仕事がいそがしくて、その女に会えない日がつづいたせいですかしら、何だか、ハンバーグが食べたくなりましてね。うちの……はい、つまり老妻《ばばあ》にハンバーグをつくれと命じました」

「おもしろいな」

「おもしろがっちゃあいけませんよ。これが命とりになってしまったのです」

「ふうむ……？」

「ババアがつくったハンバーグときたら、とても食べられたものじゃあない。私、まずいと、はっきり申してやりました」

「それで？」

「女ってものは、年を取っても、こういうことには敏感なものなんですなあ。もっとも、私は家で、あまり肉類を食べなかったせいもあったのでしょうが。このハンバーグはまずいといった私の一言で、ババアが怪しいと睨《にら》んだのです」

「なある……」

「なれないことを、するものじゃありません。とてもとても、私なんぞに秋山小兵衛のまねができるわけのものではない」

「しかし、小兵衛の先妻は亡《な》くなっているのですよ」

「いいえ、小兵衛ならば、妻がいても気づかれることはありますまい」

いずれにせよ、老妻の探索はきびしく、さんざんに老妻から脂《あぶら》をしぼられたあげく、ついにM老人は〔おはる〕と別れさせられてしまった。老妻も罪なことをするものだ。いいではないか、少しぐらい……。

ややあってM老人は、

「では、もう一皿、生ガキをいただきます」

と、さびしげにいった。

池波正太郎インタヴュー
秋山小兵衛とその時代

聞き手　筒井ガンコ堂

■小兵衛は九十三まで生きる

――先生が『小説新潮』でお書きになっている「剣客商売」の時代は、安永から天明ですね。江戸時代も三分の二が過ぎて、武家の社会がかなり壊れてきた時期です。その一方では、町人が台頭していた時期。そんな時代に、秋山小兵衛の息子、大治郎が、あえて剣の道を歩み始める、というのがそもそもの始まりでした。その点、「剣客」と「商売」という、相反するような言葉を結びつけられた題名は象徴的ですね。

池波　題名については、はじめの頃、安っぽいと言われたことがあるんですよ。「剣客商売」とは、安っぽいんじゃないかと……。だけど、史実の上でも、安永・天明といえば、剣術が商売として成り立っていた時代ですからね。小兵衛父子の剣は無外《むがい》流といって、本当にあった流派なんですが、あの頃はいろんな流派の剣客が町中に道場を開いて、文字通り商売にしていたんです。剣客といえども、食わなければなりませんからね。

ところが「剣客商売」という題は、むかし、沢田正二郎のころの新国劇で使われているんですよ。エドモン・ロスタンを翻訳した芝居に同じ題名がついていたんです。だけど、これがわかったのは連載が始まって十年もたってからですからね、もうどうしようもなかった。

――「剣客商売」と並ぶ先生の代表作に「鬼平犯科帳」と「仕掛人・藤枝梅安」がありますが、「鬼平」「梅安」に比べて、「剣客商売」の場合は家族、親子とか夫婦とか、そういう要素が前面に出てきているような気がするんです。たとえば小兵衛は、六十近い年齢で四十歳も年齢の離れたおはるを後妻にしたり、しかもおはるは、大治郎の妻である三冬《みふゆ》とおない年であったり。三冬は、田沼意次《おきつぐ》の妾腹《しょうふく》で、独身時代は女武芸者でしたが、今は子供をなして武家の妻としてやっていますね。そのあたりはやはり、意識的にお考えになったんですか。

池波　自然にそうなったんですよ。僕は、意識的に書いたことは一度もありません。ただ、そういう要素が結果的に特徴となっているとは言えるかも知れませんね。

僕の知り合いで、小兵衛にすっかり参っているおじいさんがいるんですが、そのおじいさん、とうとう小兵衛の真似《まね》をして、若い女性をてなずけたんですよ。奥さんに内緒で、キャバレーか何かの女の子を囲ったんです。おはるは舟を操るけど、その女性は自動車を操る（笑）。ところが、家に帰って、うっかり奥さんにハンバーグステーキを作れと言ったんです。それでたちまちバレたんです（笑）。普段、全然口にしたことのないものを欲しがったわけですからね。ああいうことでわかるものなんですね、女は。それで、恨まれましてね、あなたはヒドイ方だって（笑）。

――でもそれは、ある意味で作者冥利《みようり》につきるエピソードではありませんか？　読者がそこまでもの思い入れで読んでくれているということは。

池波　いま、ファンが一番心配してくれているのは、秋山小兵衛がいつ死ぬかということなんですね。めまいを患《わずら》ったりするからなおさらなんでしょうが、小兵衛は九十三まで生きますよ、と僕は言っています。それより先に、作者が死んじゃいますよって（笑）。

■文化都市、江戸

――小兵衛の隠宅は、鐘《かね》ケ淵《ふち》にあるんですね。大川、つまり隅田川をのぞむ堤の下の一軒家だとお書きになっています。そのほかにも高橋《たかばし》とか、水に関係のある地名がいろいろと出てきます。もちろんおはるは、小兵衛を送ったり迎えにいったり、毎日のように隅田川を舟で上り下りしていますが、先生の小説を拝見していますと、江戸というのはもともと水の都ではなかったか、そして恐らく、小兵衛の時代の江戸は、世界で一番大きな、しかも潤《うるお》いのある都会だったのではないかと思えてくるんですが。

池波　いちばん大きくて、しかもいちばん文化的な都会ですね。江戸というと、封建社会とかとすぐ言うんですが、同じ時代のヨーロッパの都市と比べても、江戸は一番だったんじゃないでしょうか。江戸幕府というのは、威張っているように見えても、江戸市民に対してはずいぶん気を遣っていますからね。もちろん、田舎へ行くと、これはまたひどいんですが。あの時代のヨーロッパの本を見てみると、却《かえ》って、いかに江戸がよかったか、素晴らしかったかということがわかります、便所ひとつとっても。ひどいですよ、パリなんて。風呂《ふろ》へも入らないんですからね。

――当時の日本は、町に風呂屋があっただけでなく、そこで文化的なサークルまで作っていたわけですね。遊芸のことまでやっていた。そういう意味でいうと、江戸はけっこう洗練されていたんですね。特に天明のあたり、田沼意次の政治はある程度まで自由も許していましたから、高い文化でいきいきとみんなが生きていたんでしょう。あの時代の江戸は素晴らしいとおっしゃるのは、人の数とか町の規模とか、そういうこともありますか。

池波　当時の江戸の人口は、せいぜい百万前後です。今とは比較になりませんからね。もう今の東京は、遷都《せんと》をしなければだめですね。とっくに限界ですよ。東京を福島県のあたりにでも移して、政治と企業は向こうへ行ってもらう。そうでないと、人びとの暮らしは無視される一方でしょう。遷都をしないで、今はやりの江戸学やジャーナリズムが何を言っても、江戸の、というより、東京の復活はないと思うんですね。

それはお前のノスタルジーだと言われればそれまでかも知れませんが、今度また、海を埋めるっていうんでしょう。だいたい東京に、何かをする財力や実力はないんですよ。だからいちばん安易で簡単な方法でやるんです。長い見通しが立っていないから、自分たちの目に見える形だけを残そうとするんです。そういう形の残骸《ざんがい》でいっぱいになってもいるんですよ。

——東京は、もうすっかり水の都どころではなくなっているのですが、先生の小説を読むと、ありありと当時の様が目に浮かぶんですね。江戸学の人たちも、「剣客商売」をテキストにすればいいのにと思うんですが、なかなかそういう人は現れない（笑）。

先生は東京でお生まれになって、東京でお育ちになったでしょう。おはるの言葉も、先生がお小さい時に、野菜とかを「在」のほうから持ってきた人たちの言葉でしょう。理屈ではない江戸がここにはあると思います。

池波　そういう人たち、いっぱいいましたからね。四、五十年ほど前までは、江戸の名残がまだまだありました。たとえば船宿。そこで一杯飲んで、舟を出してどこかへ行くという生活が、ごく日常のこととして残っていました。いまは役者が船頭の役をもらって、船頭とはどんなものだか見に行こうと思っても、ないんだものね（笑）。

■田沼意次の不幸

——田沼意次ですが、彼は「剣客商売」の、いわば陰の主人公ですね。先生はあからさまにはお書きにならないけれども非常に好意的に見ていらっしゃるでしょう。既成のイメージとはかなり違うところがありますね。冷静で、現実的で、合理的で、政治家としてある程度、理想的なタイプだったのではないか、そういうふうに先生の小説から推察しているんですが、田沼という人は孤立していたんでしょうか。

池波 田沼は、今でいえば総理大臣だったんです。代々、日本の総理大臣は、よく言われたためしがないんですよ。いいことをしても悪くとられるんです。田沼の時代からそうなんです。いいことは認めて、それに協力するということをしない。そういう意味では日本は洗練されていないんですね。

だから、週に一回、外国の映画を見なさいと言っているんです。映画でも見れば、いくらかは垢抜《あかぬ》けてくるんじゃないかと思うんですがね。

――田沼は、外国にも目を向けながら、殖産政策も積極的にやりましたね。政治のことはあまりお書きになりませんが、今日は、田沼政治の評価について、少し詳しくお話しいただけませんか。

池波 田沼は気の毒な政治家なんですよ。時代の巡りあわせで、目に見える実績が何も上がらなかったんです。目に見えない実績はあるんですが、目に見える実績がまったくなかった。そのために、悪いところだけが目立ってしまった。印旛沼《いんばぬま》の干拓、北海道の開発、どれかひとつでも成果が上がっていればまだしもだったはずですが、あの時代は毎年のように飢饉《ききん》でしょう、どうしても飢饉のほうが目立って、田沼の苦心は目立たない。要するに政治が悪いんだ、田沼が悪いんだというわけで、非常に不幸な政治家だったわけですね。

――政治というのは、結果だけで判断されて、思惑とか方向とかは評価されないところがありますからね。しかし、当時の評価はそうであったにしても、後世がもう少し広がりのある見方をしてもいいのではないかと思います。

池波　田沼の後に松平定信が出て、緊縮政治をやったでしょう。その後すぐに明治維新でしょう。あっというまに時代が変わって、田沼が蒔《ま》いた種は実る時間がなかった、それどころか、踏み荒らされてしまった。とにかく、巡りあわせの極端に不幸な人でしたね。

——松平定信は、八代将軍吉宗《よしむね》の孫で、言ってみればお坊ちゃんですね。正統意識がかなり強くて、田沼を刺そうと思ったこともあると書いています。そういう人物が、町人の生活文化が非常に高くなっていた時期に、たとえば寛政異学の禁とか、いかにもお坊ちゃんがやりそうなことをやりました。あれで結局、日本の近代化が五十年、百年、ゆうに遅れたという人もいます。田沼の志《こころざし》は、まったく継がれることがなかったのでしょうか。

池波　そのとおりですね。明治維新をいちがいに評価はできませんが、田沼が狙《ねら》ったことは、明治維新以後の薩長《さっちょう》、つまり、勤皇の連中がやったことと同じなんですよ。田沼は早く生まれ過ぎたんです。薩長は時代が熟した時期に、錦《にしき》の御《み》旗《はた》を掲げて強引にやったんですね。田沼の時代には、自分がやろうと思っても周りが助けてくれない。閣僚も助けてくれない。孤立無援です。日本の農政はあの頃から駄目なんです。

——もうひとつ、田沼政治というと、賄賂《わいろ》の横行が言われがちですが。

池波　賄賂はその前からですよ。元禄《げんろく》時代からです。たしかに田沼も、貰《もら》うものは貰いました。しかし、貰ったからといって、くれた人にいいことをしてやるということはしていない。だからなおさら、くれた人が悪くいうわけです。たとえば五百両包んだ人は、他人に愚痴をこぼす時、もっと多めに千両と言ったりするわけです。あれだけ取っといて、ということになるんです。

それに田沼は、もらった物を、ほとんど自分の懐《ふところ》には入れていませんね。全部誰《だれ》かに与えています。言われているほどの賄賂が事実だとしたら、手元にかなりの蓄えが残ったはずですが、彼の死後、それは領地の遠州相良《さがら》にもまったくと言っていいほどなかったのです。もらった金を人にまいても、そういうことは言いませんからね。世間にはわからないわけです、田沼がどういうふうにしていたかということは。

――そういう、他人の誤解を招きやすい行動パターンは、田沼の性格からでしょうか、あるいは政務一筋で、周囲や後世の思惑に気を配る暇がなかった、無防備だったということなのでしょうか。

池波　まあ、無防備だったと言えるでしょうね。無防備だったから、いとも簡単に足をすくわれてしまいます。

それにいくら独裁者だといっても、上には将軍がいましたからね。将軍が死んだり新しくなったり、そのたびに影響を受ける。田沼の時も、十代将軍家治《いえはる》が死ぬでしょう。そうしたら、毒を盛ったという噂《うわさ》が飛んで、田沼は失脚でしょう。将軍の存在は、想像以上に大きかったわけです。

——そういうふうに田沼を見直してきますと、田沼こそは武士としての志に生きた人だったと言えそうですね。最新作の「二十番斬《ぎ》り」で、田沼の息・意知《おきとも》が、江戸城中で佐野善《ぜん》左衛門《ざえもん》に斬られますね。あの事件を契機として田沼は落ちていくわけですが、意知が襲われるシーンは、とりわけ力をこめられたようにお見受けしました。武士とは何だ——と。

池波　事件そのものももちろんですが、意知が斬られる場面の描写も、本当にあったことなんですよ。意知の同僚だった三人の若年寄も、その場に居合わせた侍たちも、誰ひとりとして佐野を取り押さえようとはしなかった。それどころか、みんなあわてふためいて逃げてしまったのですからね。彼らは、我が身をかばうことしか念頭になかったのです。結局、佐野を取り押さえたのは、松平対馬守《つしまのかみ》という七十歳にもなる老人なんです。この事実を伝え聞いて、秋山小兵衛は、徳川の世もこれまでだと思います。そして実際、徳川幕府は八十年後に崩壊するんです。

■小太郎の時代へ

——これまでずっと陰にいた田沼意次が、「暗殺者」から「二十番斬り」と、ついに読者の身近に迫ってきましたね。これからまたどういうことが起こるか……。

池波　田沼にはもう何もありません。あとは自然に落ちるだけですよ。

——だけど、小兵衛は九十三歳まで生きるわけでしょう?　この後どう進むかというのは、やはり大きな楽しみです。胸中に秘めた抱負がおありではありませんか。

池波　抱負といってはありませんが、この後は小兵衛の孫の小太郎ですね。彼を主人公にするつもりでいるんです。小兵衛はすっかりおじいさんで、もうあまり活躍はできないけれど、肝心のところはまだできる、石を投げたってできるという程度にしておいて……。小太郎は大治郎より小兵衛に似ていて、女遊びもさかんにするし、しようのない青年なんですが、その小太郎が、文化・文政にかけて生きて行くんです。

――そうすると、また今までの二倍ぐらい、三倍ぐらいの分量に……。

池波　冗談じゃない、こっちの身がもたない（笑）。そこまで書ければの話ですよ。

――とにかく小兵衛には、長生きをしてもらいたいですね。松尾芭蕉《ばしょう》のふくらはぎは、相当太かっただろうという話がありますが、芭蕉にかぎらず昔の人は、どこへ行くにも自分の足で歩いたでしょう。普通の人だって、ずいぶん頑丈だったでしょうね。

池波　だからかえって、長生きはできなかったとも言えるんですよ。一生を通じてみると、どうしても身体《からだ》を酷使することになりますからね。だけど、どちらがいいのか……。
　今は高齢化社会といって、八十まで生きられるとみんな喜んでいますが、いずれにしても、四十を過ぎたら、人間は死ぬということを悟った方がいい。人生の一大難事ですからね。
　僕も後、どのくらいできるかはわかりません。七十歳まではやれるだろうと思っていますがね。「剣客商売」のほかに、四年ぐらいたったら大きなものに取り組むつもりでもいるんです。できると思うんですけどね、三年がかりか四年がかりで。

——それは……。

池波　まだ内容は言えませんがね。

——「剣客商売」が安永、天明ときて、「鬼平」が寛政ですね。「梅安」もだいたい寛政時代。明治維新の百年くらい前あたりがお好きですか。

池波　そこがいちばん書きいいということもありますね。ことに安永はいい、好きですよ。あの時代には、今の日本のいろんな習慣、衣食住その他の習慣もだいたい出揃《でそろ》っているわけです。それが今も残っていて、辿《たど》ることができるわけですね。

——現代都市には現代都市の便利さ、ということはありますが、これだけ東京がおかしな都市になってしまうと、普通の人間、つまりわれわれ庶民の住みやすさは、どちらがどちらとも言えないですね。普通に生きていたら、かえって昔の人の方が、居心地よく生きていたかもしれないということがありませんか。

池波　昔は連帯責任の時代ですからね、自分ひとりだけ悪いことをしたのではすまないんですよ。それが怖いんです。親から兄弟から全部やられる。そういう時代だから、案外、犯罪者は少なかったと思いますね。代々つながった倫理観みたいなものがあって、人に気を遣って、これをこうしたら誰がどうなるとみんながわかっていましたからね。そこが現代とは大変な違いなんです。

——そういう時代の暮らしというか、息づかいというか、それをお書きになる時、現代の読者に昔をそのまま伝えようとなさいますか。それとも、昔はこれこのとおりだったんだ、今の世の中、もうすこし変わりようがあるんじゃないか、そういう気持ちも加わりますか。

池波　それはまったく臨機応変です。何といっても今と昔は、ずいぶん違うわけでしょう。違ったことをいいと感じるか、昔はよかったと感じるか、そこは読者次第で結構なんです。

――最後に、これから時代小説を書きたいという人に対してコツというか、心得というか、何と何が重要だというふうなことを……。

池波　とにかく今は、芝居で役者が火打ち石を取り出し、それで火をつけると客席は笑うんですよ。草鞋《わらじ》をはいても笑うんです。今はそういう時代なんですよ。そこのところをよく考えて書かないといけません。火打ち石とは、草鞋とはと、説明しないで読者にわかってもらう、そこに工夫がいるんです。しかし、そればかり考えて、自分がなくなってしまってはおしまいです。その両方のかねあいですね。そこが今、時代小説を書く上で、腕の見せどころなんですよ。そしてそのかねあいは、いうまでもなく、書き方、文章によってやるしかないんですが、それには今の音楽とか映画とかを、絶えず聞いたり見たりもしていないと、どう書いていいか、そういうことがわからなくなると思いますね。

もうひとつは、戦国時代から前はもう無理です。読まれなくてもいい、書きたいから書くんだというのならいいですよ。だけど、大勢の人に読んでもらいたいと思う場合は、戦国時代の末期はまだいいとしても、中期以前は材料として完全に不向きです。作者がどんなにがんばっても、読者にイメージがわいてこない。それほど激しく時代が変わってしまったのです。

——読者に読んでもらうということは、決してなまやさしいことではありませんね。

池波　書いたものを、大勢の人に読んでもらいたいのか、一部の人に読んでもらいたいのか、それをまず考えないといけません。僕の場合は、長い間、芝居の脚本を書いていましたから、どうしても対象は観客なり読者なりになるんです。一時代前に、芝居の脚本をやってきた者は、いかに批評家が褒めてくれても、劇場へ行って、一番後ろの席から客席を見れば一目瞭然《りょうぜん》なんですよ。自分の芝居が、お客にわかってもらえてもらえていないかは、たちどころに見てとれるんです。僕はそういうところがわかってもらえていないかは、たちどころに見てとれるんです。僕はそういうところから小説を書き始めましたからね、批評家にどれだけけなされても、多くの読者にわかってもらえれば、それが一番いいんです。

——さっき、戦国時代の末期でも難しくなったとおっしゃいましたが、「真田太平記」などをお書きになっていても、やっぱりそういう感じは強いですか。

池波　あれを書き始めたのは、今から十四、五年も前ですよ。あの頃はまだ書けました。時代が今ほどではありませんでしたから……。今はもう、あの当時とくらべても、こんなに変わってしまいましたからね。

（エッセイスト）

又五郎なくして小兵衛なし

佐藤隆介

昭和五十年六月。帝国劇場の二千人は入ろうかという大観客席が、うっとり……として目を細めている。

さしもの舞台が、そのときばかりは狭く見えるほどの大殺陣《たて》。斬《き》って、斬って、斬りまくって、ついに妖怪《ようかい》・小雨坊《こさめぼう》こと剣魔・伊藤郁太郎を倒した若き剣客、秋山大治郎。流れ落ちる汗。大きくはずむように波うつ肩。

その呼吸《いき》も鎮《しず》まらぬうちに、宿敵浅田虎次郎と、いよいよ大詰めの対決——もう、何ともいえぬいいところである。むろん、大治郎が勝つに決まっている。それを承知で客席は息を呑《の》んでいる。

勝負は一瞬……。大治郎の大刀が高々と天を指して止まる。虎次郎タタ、タッ……と一気に下がり、次の瞬間、ポロリ、その片手から小刀が落ちる。

（や……）

客が瞬時どよめく。グラリ……不意にゆらいだ虎次郎の躰《からだ》が、大刀を手にしたまま音を立てて倒れる。大刀がゆっくり、その手から離れて行く……。

「見事！」

見守っていた父、秋山小兵衛の声がかかる。天を衝《つ》かんばかりに振りかざしていた太刀をようやく静かにおろすと、大治郎、

「父上……それは、賞《ほ》めてくださったのですか」

何故《なぜ》か大治郎、泣いたような、怒ったような、思いつめた表情だ。

親父《おやじ》の小兵衛、いささか呆《あき》れたふうに、

「みごと、といったのが聞こえなかったのか」

いいながら、すたすたと舞台を横切り、倒れている浅田虎次郎の懐《ふところ》から懐紙を抜き取る。

「ですが、父上……これでは私の剣術は、いつまでたっても商売には……なりますまい」

吐き捨てるようにいった大治郎のところへ、またすたすた戻ってきた小兵衛、ピタッと片膝《かたひざ》をつくなり、大治郎の血まみれの太刀を拭《ぬぐ》う構えで、

「ならなくたって、いいのじゃ……」

思わず振りむいた倅《せがれ》、大治郎の目と、親父小兵衛の目が、しっかりと合う。小兵衛がゆっくり、ゆっくり、太刀を拭っていく。大治郎、照れくさそうに、大きく一つ頭をかくなり「ぐい……」と親父の手に挟《はさ》まれた刀を抜き取って……。

哄笑《こうしょう》する秋山小兵衛。初めて晴ればれと白い歯をきらめかせる秋山大治郎。その太刀が静かに鞘《さや》へおさまっていくのと同時に、高まる太鼓の響きのなかで幕が下りる……。

『剣客商売』全三幕、三時間余の芝居が、こうして終わる。

思えば早くも二十五年も前のことだ。しかし、私にはつい昨日のようである。いまでも目をつぶると、『剣客商売』の序幕から大詰めまでのすべてのシーン、そのときの役者ひとりひとりの表情、声、しぐさ、効果音までがはっきりと蘇《よみがえ》ってくる。

（これを観《み》ていない徒輩《てあい》に『剣客商売』のテレビドラマがどうだ、こうだと聞いたふうなことをいってもらいたくないねェ……）

私の思いは、いつもそこへ帰って来る。

秋山小兵衛は、中村又五郎。

秋山大治郎は、加藤剛。

私には剣客父子はこの二人以外あり得ない。むろん、テレビの『剣客商売』は見られる限り見ているし、小兵衛役の藤田まことは大好きな俳優である。この人の刑事ドラマは何をおいても必ず見る。それにしても、私の頭には、「小兵衛は中村又五郎」これしかないのだからどうしようもない。

千秋楽の『剣客商売』を一階客席のうしろにひっそりとある監事室で、池波正太郎と並んで煙草《たばこ》を吸いながら観た。監事室は演出家やプロデューサーがいつでも必要に応じて芝居を観るための、舞台に面した側は総ガラス張りになっている小部屋で、音は室内のスピーカーを通じて聞けるようになっている。ちゃんと灰皿も備えてあり、煙草を吸いながら芝居を観ることのできる唯一《ゆいいつ》の席である。

約一カ月続いた芝居がいよいよ「この一回」で終わるという千秋楽は、役者たちにも抑えきれない興奮がある。明日から待望の夏休みという子供たちのような、はしゃいだ気分だ。それはまた観客にとっても楽しいことである。千秋楽ならではの思いもかけぬ芝居が観られることを芝居好きは心得ており、役者はその期待に応《こた》えてみせる。

この日、一番の傑作は第一幕第二場、秋山小兵衛隠宅での、小兵衛と佐々木三冬とのやりとりだった。鐘《かね》ケ淵《ふち》をのぞむ百姓家を訪れた三冬に、小兵衛が饅頭《まんじゆう》のもてなしをすると、三冬、得意顔で剣術自慢をしながら「パク、パクと食べる」というシーンである。あのそりは忘れられない。

映画評論家・南部圭之助はこの『剣客商売』を「洋画の感覚と角度で見ると、これは今日の日本のステーヂで扱う尺度において、最高のサスペンス・スリラーであった」と評し、とくに秋山小兵衛を演じた中村又五郎について、こう書いている。

——主役の父親である大先生はこのクライマックスの指揮をとるが、彼は鐘が淵(現・白鬚《しらひげ》橋あたりの西岸、カネボウの工場は昔このあたりか)の隠宅に娘のような若い女房(真木洋子)と愛の巣をつくって倅を苦笑させている。百姓の娘に手をつけてその親父から居直られたのだがこの大先生の対セガレ、対女房そして対剣道狂の田沼老中の一人娘への関連芝居が実によく出来ていて、中村又五郎としてはゴ本家（幸四郎一座）の舞台ではツイゾお見かけしないほどのソフィスティケイトとびきりの名役で御座った（昔は天才子役と言われた人である）。――

後日、赤坂の料亭「福田家」の閑静な一部屋で、池波正太郎の芝居談義を聴いた。そ

「剣客商売」帝劇公演で、小兵衛を演じる中村又五郎

『池波正太郎の芝居の本』（文化出版局）より

れは延々五時間を超えたが、私が感じたことは、(これほど芝居に惚《ほ》れ込んだ人はいない……)その簡明な一事に尽きた。

歌舞伎《かぶき》俳優・中村又五郎が国立劇場で、自分には一文のトクにもならぬことと承知しながら無償の行為として若い研修生を教える姿を、池波正太郎は語った。

「遠慮会釈なく怒鳴りつける、その又五郎の教えぶりというものは相当に手荒い。しかし手荒く見えるそのしごきのなかに、またその叱声《しっせい》のなかに無限の愛情が籠《こ》もっている。だから研修生は一人として脱落しない……」

感動をあらわにして、そのように語って聞かせた池波正太郎その人にも(そっくり、同じことがいえる……)と、私は聞きながら感じていた。この日の池波正太郎芝居談義の一部を、以下に再現してみよう。(『池波正太郎の芝居の本』昭和五十一年刊より)

ぼくの『剣客商売』の主人公、秋山小兵衛という老剣客は、三年前に初めてこの小説を書き始めるときに、中村又五郎さんの風貌《ふうぼう》をモデルにとったんだよ。

又五郎の演じた秋山小兵衛、まさに小兵衛そのものだったでしょう。小説の挿画を描いてくれている中一弥さんの画面から抜け出したかのようで……声から、しぐさから、まったく秋山小兵衛そのものだった。今度の帝劇の芝居で、一番はやっぱり中村又五郎です。

その又五郎さん、帝劇の舞台終わったあとすぐ出て行って、国立劇場で教えているわけだ。国立劇場の研修生は、ここを卒業すると、それぞれに歌舞伎俳優の部屋子になって散っていく。又五郎がいくら熱心に教えても、又五郎の弟子になるのではないんだ。それでも教える。何の利益にもならないことに汗水を流して。

ぼくが見学させてもらったその日は「双蝶々曲輪日記《ふたつちょうちょうくるわにっき》」の「引窓」の場の稽古《けいこ》だった。「引窓」のあとは、第一期生に「大蔵卿」を教えた。その間、ほんの少し休憩するだけだからね。又五郎さん一人きりで、南与兵衛をやり、お早をやり、それから濡髪長五郎、一条大蔵卿、吉岡鬼次郎、お京……素晴らしい意気込みで全部自分で演じて見せるんだ。

全部の稽古を終えるのに五時間だよ。その間じゅう立ち通しで、動いて、教える。終わってから又五郎さん、ただ一言、そういった。教えたからって、教えた若い奴《やつ》が

「疲れます……」

自分に対してどうするということもない。何もないんだよ。打算というものが一切ない。にもかかわらず、歌舞伎俳優の先輩として、（自分はこういうことをしなければいけないんだ……）というだけで、必死に努力して教えている。いま自分が教えておけば、何らかの形で、研修生たちの若い躰へ歌舞伎という伝統の「芸」が打ち刻まれていく。ただその一事があるだけなんだ。

教わるほうも熱心。そりゃ愛情があるからね、教え方に。それがはっきりわかるから、やりますよ。小学校の先生に見学させたらいいといったんです、教育とはこういうものだって。ただ笑ってた、又五郎さん。

秋山大治郎という難しい役。加藤剛はよくやった。大治郎はまだ青年でしょう。剣術は上手《うま》いけれども人生経験のない男なんだ。剣客としてはまずまずでも、人生の修行は全然……女の修行もしてなければ、金の修行もしていない。こういう人間が舞台に出たら一番面白くないんだよ。

ぼくの小説でも副主人公になっているでしょう。本当の主役は秋山小兵衛なんだ。だけど今度の場合はどうしても秋山大治郎を主役にしなければならない。加藤剛を出すんだから。ということで、ぼくは加藤くんの演技、スターのスケールというものを念頭に置いて脚本を書いた。

曲折のない役割です、元来は。そこで加藤剛を持ってきて、スターの雰囲気でやるわけだ。「何のために、剣の道を歩むか」と小兵衛が倅にいうと、大治郎が「天と地の声を聞くために」と答える。あんな台詞、書いたことないよ、これまで。

あんなセリフ、ほかの役者がいったら気障《きざ》で聞いていられない。加藤剛なら、それを充実した気力でズバリというからね。「天と地の声を聞くために」という台詞は、ぼくは最初から加藤剛のために書いたんだ。だから、上手くできて当然なんだが、その点を勘案しても、思った以上に加藤くんはよくやった。努力して、気力で盛り上げて、それが舞台の上で秋山大治郎を非常に魅力のあるものにした。ただ芸達者であるだけではできない、ある意味では一番難しい役なんだ。それを加藤剛は見事にやってのけた。

稽古中、ぼくは、又五郎に対してはほとんど注文をつけなかった。つける必要もなかった。又五郎さん、自信にあふれていたし、初日以来の舞台も、普段は割合に地味な人なんだけれども、この秋山小兵衛ばかりは、いままでの又五郎さんにないちょっと派手

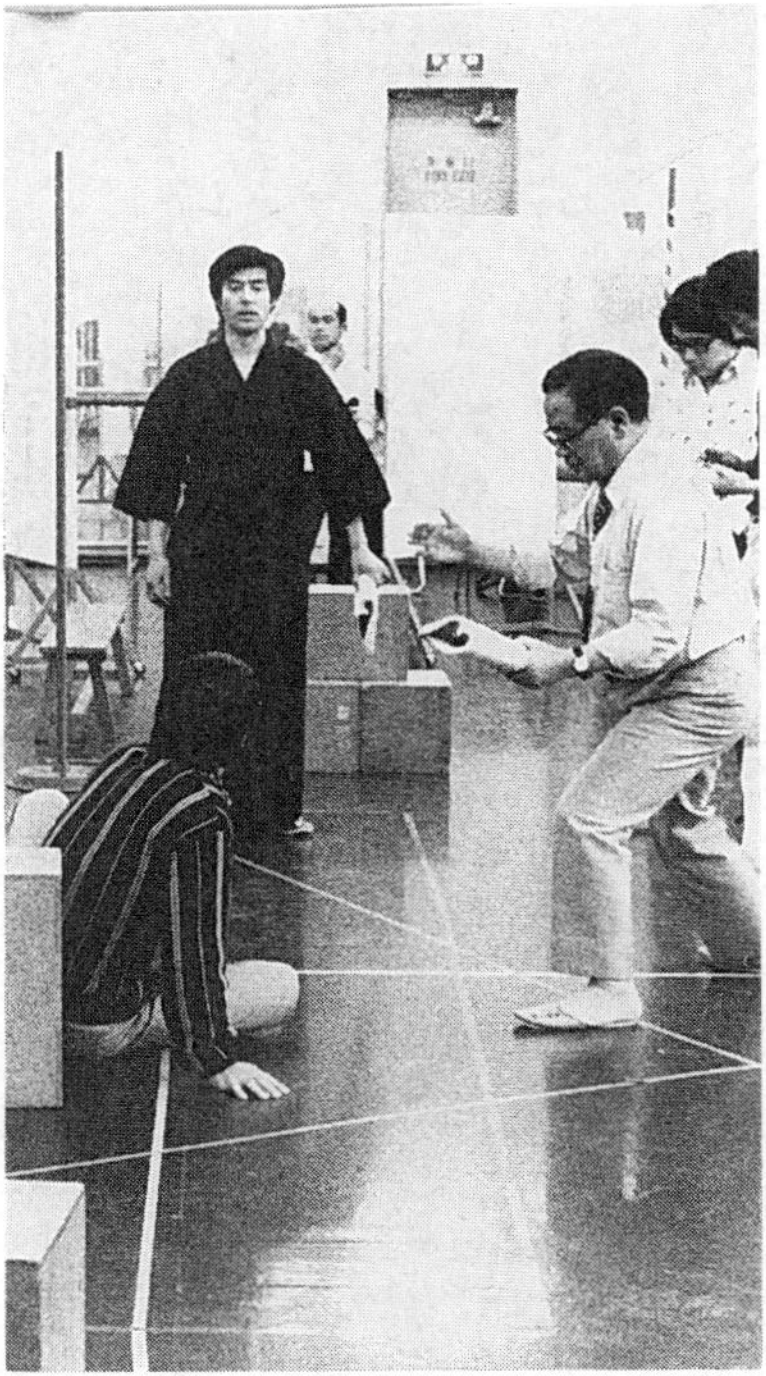

帝劇・稽古場の加藤剛と池波正太郎

写真提供・佐藤隆介

やかなところが出て……自分の作のことをいうわけじゃないが、最近の当たり役じゃないかな。

中村又五郎という人は、あれだけの技量を持っている大変な役者だが、役に恵まれないんだ、なかなか。それともう一つには、自分が脇役《わきやく》で出た場合、絶対に主役の範囲を侵さない。見ていてわかるだろう、今回の『剣客商売』でも、辰巳柳太郎なんかあれだけ自分を出しちゃうんだ。倒れても倒れても起き上がって、自分に客の注目が全部来たとわかるまでしつこくやる。

又五郎はそういうことをしない。又五郎さんだから加藤剛はよかったわけです。つねに大治郎の加藤を生かそう、生かそうと、脇役の小兵衛に徹している。そこが凄《すご》い。それでも今度の『剣客商売』では、秋山小兵衛という役は本当に又五郎に合った役で、ご本人も小兵衛を面白がって、楽しんでやったから、それで何ともいえないいい味が出た。

又五郎なくして小兵衛なし、だったよな。もともと中村又五郎がいなかったら、『剣客商売』という小説も生まれなかったわけだからね……。

あれから二十五年――。その間、舞台の役者・中村又五郎は何度も観ているが、じかに顔を合わせて多少なりとも話をしたのは、わずか二回。

一度は八年前。書や篆刻《てんこく》に凝り始めた飲んだくれが初めて「左党隆介展」なるものを催した赤坂のギャラリーへ、ひょっこり又五郎夫妻が現れたとき。続いてその翌日、今度は加藤剛夫妻が大治郎・小太郎の息子二人を従えて顔を見せたときには、

（これは、あの世から池波正太郎が指図をしたに違いない……）

と、改めて亡師に合掌したものだ。

二度目は三年前。「中村又五郎、人間国宝となる」のニュースを聞いて、さっそく鷹番の中村邸へお祝いに駆けつけたとき。玄関先で挨拶《あいさつ》をしてすぐ引きあげたが、いくつになっても変わらない又五郎丈の若々しいダンディぶりが何よりうれしかった。

ところがこの二月に入って、三日続けて名優中村又五郎の素顔を見ることになったのだから面白い。まず、雑誌「サライ」の人気連載「定番・朝めし自慢」。これによると「うまいパンに目がなくて、コーヒーとアメリカ仕込みのピクルスを欠かさない」のが又五郎流で、パンにつける蜂蜜《はちみつ》はクローバーから採るニュージーランド産を愛用、とあった。

朝食後は愛犬チョコを連れて一時間ほどの散歩が歌舞伎界現役最長老の日課。そのチヨコを膝にのせて相好をくずしている又五郎先生の写真が、次の日の東京新聞夕刊に大きく載っていた。チョコはシーズー、一歳五カ月の、「番茶も出花」の美女である。

そして三日目、私はチョコへの手みやげを携えて歌舞伎座の楽屋へ向かった。洋の東西を問わず、犬の大好物はチーズと決まっている。うちにも人間なら古稀《こき》という老柴・三四郎がいるからよくわかるのだ。

三年振りにお目にかかる又五郎先生は、相変わらず粋《いき》で、カッコよくて、ちっとも変わっていなかった。大正三年（五黄《ごおう》の寅《とら》）生まれだから、この七月二十一日で八十六歳になるはずだが……と、頭の中で計算しながら、私は中村又五郎という歌舞伎界の至宝の不死鳥のようなバイタリティに瞠目《どうもく》した。

「又五郎先生。今日押しかけて参りましたのは、池波正太郎没後十年にあたって、『剣客商売』の大元のモデルである先生に、池波正太郎の思い出などを少々お聞かせいただきたいと……」

「池波先生と親しくなったのは、確か明治座だった。亡くなった先代幸四郎が『鬼平』をやりまして、そのとき鬼平の奥方、久栄の役をある女優さんがやるはずの所を、幸四郎がその女優が気に入らない、替えてくれっていい出して、急に替わりの女優も見つからないから、じゃあ私がやりましょう……。

その芝居で私は老盗の役ともう一つ何かやっていて、その上に鬼平夫人の役ですからね。結構忙しい思いをしましたが、それを池波さんが非常に喜んでくれて、忙しくさせて申しわけないと……。それから何となく、おつき合いをするようになりましたね」

「もともとお二人、又五郎先生と池波正太郎とは、生まれた所も生い立ちも、よく似ているんですね」

「池波さんは私より八つばかり年下ですが、どちらも同じ浅草生まれ。子供の頃に父がいなくなって、私の場合は父の初代又五郎が急逝、池波さんはご両親の離婚と事情は違いますけれども、どちらも母子家庭で育って、小学校だけの教育で世の中へ放り出されて、年頃になって海軍にとられて……確かに境遇がよく似ているんですね」
「物心ついた頃から芝居を観続けてきて、芝居狂の池波正太郎でしたから、中村又五郎という人に早くから密《ひそ》かに一種の親近感のようなものがあって、先生を自分のお手本と

中村又五郎（平成12年２月、歌舞伎座楽屋にて）

撮影・佐藤慎吾

していたのではないかという気がするのですが」

「まあ、あの方も色々苦労をなさった方ですから、よく話が合ったんですね」

「おつき合いが始まってから、一緒に酒飯することもよくあったのですか」

「ひまが出来ると電話かけてきてね。どこかでご飯食べようよ、なんてね」

「どんな所へ……」

「神田の〝はなぶさ〟とか、〝資生堂パーラー〟とか、銀座の裏通りにあるナントカいう店なんかへね。神田の蕎麦屋《そばや》〝藪《やぶ》〟へもよく一緒に行きました」

「又五郎先生は歌舞伎俳優で、池波正太郎は作家。やることは違うんだけれども、自分のために必要なことを勉強して、身につけて行くやり方が、お二人は同じですね」

「共通点はあるかもしれないね」

「いまみたいにどこか一流の学校へ行って、教わってというのと全然違うじゃないですか。勉強は学校で教わるものじゃない。自分でするものだ。それにはとにかく本を読む。本を読んで自分で考える。それが勉強だ、と」

「私の場合は確かにそうでしたね。女房の兄の、亡くなった三津五郎、あの人が大変な本好きで、ぼくも随分もらって、その影響もあるんでしょうけれども……」

「先日、サライ誌上で、又五郎先生の書斎の写真を拝見しましたが凄いですね……。池波正太郎のそれとそっくりで、ああ、これはとても敵《かな》わないと思いました。私の知る限り、お二方は有数の大読書家です」

「引っ越しをするとき、もういらないと思う本を相当捨てたんですがね」

「話は急に変わりますが、池波正太郎がどういう動機で、又五郎先生をモデルに秋山小兵衛を書き始めたか――これは私が勝手に思っていることですが、一番の動機はうらやましさだと。

鷹番のいまのお住まいへ移られる前は麴町《こうじまち》かあっちのほうにいらっしゃいましたでしょう。その頃に又五郎先生、池波正太郎にこうおっしゃったんですよ。近々に息子が家を建ててくれるので、そっちへ移るんだよ、と。その一言が池波正太郎にはよほどこたえたに違いない。たまたま、その晩か翌日か、会ったのですが、三回ぐらいため息をついて、いいなぁ、いいなぁ……。名声からお金まで何もかも持っていた池波正太郎ですが、ただ一つ、子供だけは持てなかった。

それだけに、父子《おやこ》についての思い入れが、そんなことは普段おくびにも出しませんが、物凄くあるわけですよ。そんなもの、全然ないよと、いまここにいたらムキになって否定するに違いないですけどね。

だからこそ池波正太郎は『剣客商売』を書き続けた。うらやましい息子のいる中村又五郎をモデルにして。この連作の最大のテーマは父と子の理想的なかかわり合いでしょう。その具体的な例が又五郎先生だった……と、私は思っています」

「それは初めて聞く話で、私にはそんなことを池波さんにいったかどうか、まるで記憶がないんですがね。いまは電通の古株になっているその倅、本当は役者になっていたと思うんだけれども、ちょうど倅が中学出たぐらいから、何だか私が非常に忙しかったし、家庭的にも色々あってね。で、ちょっと忘れちゃったの(笑)、役者にするのを。あっ、そうだと思ったときには大人になっちゃっていたから……。役者は私で終わりでいい、と」

「又五郎先生。あと十年、いや、キリよく百歳まで現役でお手本を示してください」

「それがねェ、この頃くたびれてきて、初日から十日目ぐらいまでやると、これは内緒だけど、やめたくなっちゃうんだ(笑)」

「何が何でも百歳まで現役で、ぜひ」

「まァね、役者は自惚《うぬぼ》れが強いから、若旦那の役なんか来ると、もう私などとても……と一応いうけど、肚《はら》ン中ではオレにできないわけないだろう、そう思っているんだよ。ひとりで立ち居ができる限りはやりますよ」

秋山「又五郎」小兵衛、永遠なれ。

（エッセイスト）

〔剣客商売〕事典

著者による唯一の小兵衛像
単行本『浮沈』装画より

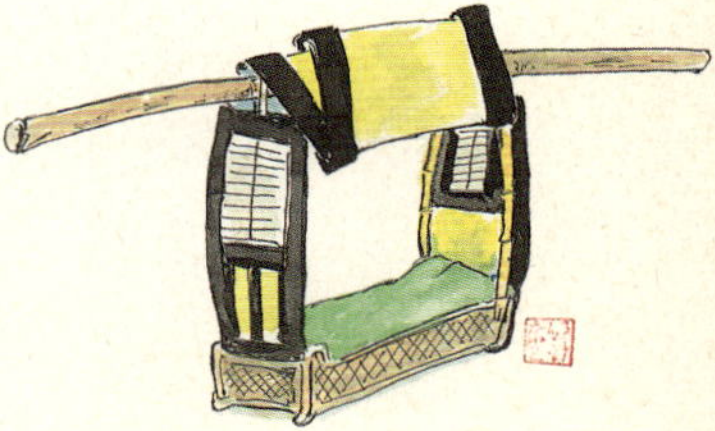

著者画

〔剣客商売〕作品一覧

筒井ガンコ堂編

①剣客商売

女武芸者（「小説新潮」昭和47年1月号）
剣の誓約（同2月号）
芸者変転（同3月号）
井関道場・四天王（同4月号）
雨の鈴鹿川（同5月号）
まゆ墨の金ちゃん（同6月号）
御老中毒殺（同7月号）

若さは、いかなることをも可能にする。禁欲をもだ。

そして、一定の目的へ振り向けた若い健康な男の禁欲は、かならず収穫をもたらすものなのである。「雨の鈴鹿川」


「政事をいたす者にとって、天下の権勢というものは、たまらぬほど、こころをひきつける不思議なちからをもっているもので、な」

まことに、率直きわまる田沼意次の声であった。「御老中毒殺」

②辻斬り

鬼熊酒屋（「小説新潮」昭和47年8月号）
辻斬り（同9月号）
老　虎（同10月号）
悪い虫（同11月号）
三冬の乳房（同12月号）
妖怪・小雨坊（「小説新潮」昭和48年1月号）
不二楼・蘭の間（同2月号）

「わしも、もう六十になったのだもの。若いお前には、おもいおよばぬ屈託があろうというものさ」

「くったく……?」

「老人《としより》だけがわかるこころもちなのだよ」「鬼熊酒屋」

「おらあ、弱虫よ。弱虫だからこそ、世間に噛《か》みついて、生きてきたのだ」

「鬼熊酒屋」

③陽炎の男

東海道・見付宿（「小説新潮」昭和48年3月号）
赤い富士（同4月号）
陽炎の男（同5月号）
嘘の皮（同6月号）
兎と熊（同7月号）
婚礼の夜（同8月号）
深川十万坪（同9月号）

「ものごとは、すべて段取りというものが大切じゃ」「東海道・見付宿」

「伊織とお照が、よいというのじゃから、それでよいわさ。真偽《しんぎ》は紙一重《かみひとえ》。嘘《うそ》の皮をかぶって真《まこと》をつらぬけば、それでよいことよ」「嘘の皮」

（……人間が生れついて、その体にそなわったものの恐ろしさ、見事さ……まことに、ふしぎなものだな、われら人間という生きものは……）「深川十万坪」

④天　魔

雷　神（「小説新潮」昭和48年10月号）
箱根細工（同11月号）
夫婦浪人（同12月号）
天　魔（「小説新潮」昭和49年1月号）
約束金二十両（同2月号）
鰻坊主（同3月号）
突　発（同4月号）
老僧狂乱（同5月号）

「いやはや、男も六十をこえてみると、数すくない昔友だちが、やたらになつかしくなってくるものらしい。ふ、ふふ……」「箱根細工」

「人の世には、はかり知れぬことがあるものじゃよ、牛堀さん。もともと、人間なんてものが、わけのわからぬものさ」「天魔」

（女と、男の体というものが……こ、こんなまねができようとは、おもいもかけなんだわい。ああ、何というおもしろさよ、たのしさよ）「老僧狂乱」

⑤白い鬼

白い鬼（「小説新潮」昭和49年6月号）
西村屋お小夜（同7月号）
手裏剣お秀（同8月号）
暗　殺（同9月号）
雨避け小兵衛（同10月号）
三冬の縁談（同11月号）
たのまれ男（同12月号）

「世の中の善い事も悪い事も、みんな、余計なことから成り立っているものじゃよ」

「へへえ、そんなもんですかね」［「手裏剣お秀」］

「姉は弟を、弟は姉を、それぞれの不幸を救おうとして、盗みをはたらき、強請《ゆすり》をかける。世の中のことは、みな、これよ。善悪の境は紙一重じゃものの」［「たのまれ男」］

⑥新　妻

鷲鼻の武士（「小説新潮」昭和50年7月号）
品川お匙屋敷（同8月号）
川越中納言（同9月号）
新　妻（同10月号）
金貸し幸右衛門（同11月号）
いのちの畳針（同12月号）
道場破り（「小説新潮」昭和51年1月号）

「いますこし、この世に未練もございますれば……」「金貸し幸右衛門」

「……わしはな、かえって戦乱絶え間もなかったころのほうが、人のいのちの重さ大切さがよくわかっていたような気がするのじゃ。いまは、戦の恐ろしさは消え果てた代りに、天下泰平になれて、生死《しょうし》の意義を忘れた人それぞれが、恐ろしいことを平気でしてのけるようになった。なればこそ、油断は禁物ということよ」「金貸し幸右衛門」

⑦隠れ蓑

春　愁（「小説新潮」昭和51年2月号）
徳どん、逃げろ（同3月号）
隠れ蓑（同4月号）
梅雨の柚の花（同5月号）
大江戸ゆばり組（同6月号）
越後屋騒ぎ（同7月号）
決闘・高田の馬場（同8月号）

「いいかえ弥七。それほどに、人が人のこころを読むことはむずかしいのじゃ。ましてや、この天地の摂理《うごき》を見きわめることなぞ、なまなかの人間にはできぬことよ。なれど、できぬながらも、人とはそうしたものじゃと、いつも、わがこころをつつしんでいるだけでも、世の中はましになるものさ」

「徳どん、逃げろ」

⑧狂乱

毒婦（「小説新潮」昭和51年9月号）
狐雨（同10月号）
狂乱（同11月号）
仁三郎の顔（同12月号）
女と男（「小説新潮」昭和52年1月号）
秋の炬燵（同2月号）

「おのれの強さは他人に見せるものではない。おのれに見せるものよ。このことを、ゆめ忘れるな」「狂乱」

「女は、むかしのことを忘れなくては、現在《いま》に生きられませぬ」「女と男」

「それにしても……それにしても弥七。どいつもこいつも、大人《おとな》どもがたわけたまねをするおかげで、ばかを見るのは子供たちじゃな。いつの世にも、このことは変らぬ。呆《あき》れ果てて物もいえぬわえ」「秋の炬燵」

⑨待ち伏せ

「わしとお前が見た御隠居の二つの顔の、どちらの方も本当の御隠居の顔じゃ。人間《ひと》という生きものは、みな、それさ。わしなぞ、十も二十も違う顔をもっているぞ。うふ、ふふ……」「待ち伏せ」

女という生きものは、男の胸底に潜むおもいを、見ぬくことができぬようにできている。「討たれ庄三郎」

⑩春の嵐

（「小説新潮」昭和53年1月号〜7月号）

「ごらんな。ああ一日も早く死にたい、死んでしまいたいなどと暇さえあれば口に出す爺《じじ》いや婆《ばば》あが、道を歩いていて、向うから暴れ馬が飛んで来たりすると、お助けえと大声を張りあげ、横っ飛びに逃げたりするのも、その一つじゃ。頭がはたらき、口がはたらいて言葉をあやつるから、こんなまねを平気でやる。鳥獣や虫、魚などは、こんな阿呆《あほう》なまねはせぬよ。もっと、することなすことが正直なのだ」

⑪勝　負

剣の師弟（「小説新潮」昭和53年12月号）
勝　負（「小説新潮」昭和54年1月号）
初孫命名（同3月号）
その日の三冬（同4月号）
時雨蕎麦（同6月号）
助太刀（同7月号）
小判二十両（同8月号）

松崎助右衛門は目を細めて箸《はし》を運びつつ、

「小兵衛殿よ。おぬしという男は、まったくもって……」

「何でござる?」

「いい年齢《とし》をして、あんな若い女房を側《そば》に引きつけ、三度三度、かようにうまいものを口にしておるということじゃ」

「何の。他人《ひと》の事は、よく見えるものでござる」「初孫命名」

⑫十番斬り

白い猫（「小説新潮」昭和54年10月号）
密通浪人（「小説新潮」昭和55年2月号）
浮寝鳥（同3月号）
十番斬り（同4月号）
同門の酒（同5月号）
逃げる人（同6月号）
罪ほろぼし（同7月号）

「たがいに詮索《せんさく》もいたしませぬし、身の上ばなしをするでもないのに気心が通じ合うという……これが先ず、のみ友達のよいところでありましょうなあ」「十番斬り」

「たのしみは、むさぼるものではありませぬよ」「罪ほろぼし」

⑬波　紋

消えた女（「小説新潮」昭和56年2月号）
波　紋（同5月号）
剣士変貌（同8月号）
敵（「小説新潮」昭和57年1月号）
夕紅大川橋（「小説新潮」昭和58年9月号）

「剣の上の怨《うら》み、憎しみは限りもないことじゃ」「波紋」

江戸湾の海にのぞみ、大小の堀川が縦横にめぐっている深川では、人と舟と、道と川とが一体になった暮しがいとなまれている。「剣士変貌」

「……苦労をなめつくして、半ば捨鉢《すてばち》となり、何一つ怖いものがなくなり、どのような目に合おうともおどろかぬ女になってしまった、あのお直が、これから、うまく花を咲かせてくれるとよいがのう」「夕紅大川橋」

⑭暗殺者

（「小説新潮」昭和59年4月号〜10月号）

＊「人の言葉なぞというものは、いくら積み重ね、ひろげてみたところで、高が知れている……」

＊「よいか、気を楽にして……さよう、高い山の上から、下界を打ちながめているような心もちでいるがよい」

＊「今日は、お前さんから、何も聞かなかったことにしておこう」
「私も、何もいいませんでした」

⑮二十番斬り

おたま（「小説新潮」昭和61年2月号）
二十番斬り（「小説新潮」昭和62年4月号～9月号）

＊一人息子を単身で遠い国へ旅立たせた小兵衛も小兵衛だが、大治郎も徒《ただ》の少年ではなかった。「二十番斬り」

＊「行き当りばったり、というやつじゃ。わしは、むかしから、こうしたときになると、いつもそうなのだ。人の行手には、何が起るか知れたものではない。こうしよう、ああしようと、あらかじめ思案するのは、却《かえ》ってよくない」「二十番斬り」

⑯浮　沈

（「小説新潮」平成元年2月号〜7月号）

＊「はい。ともあれ、人間というものは、辻褄《つじつま》の合わねえ生きものでございますから……」

＊「千造。こんなに心地よい日和《ひより》は、一年の内、数えるほどだ」

「ほんとうに、さようでござんす」

「人の暮しと同じことよ。よいときは少ない」

⑰番外　黒　白

（「週刊新潮」昭和56年4月23日号〜
昭和57年11月4日号）

＊「市蔵も、いい年齢《とし》だ。これまでにはいろいろなことがあったのだろうよ」
＊「人という生きものは、他人のことはよくわかっても、てめえのことは皆目わからねえものでござんす」
＊「よいか、大治郎。人の生涯《しょうがい》……いや、剣客の生涯とても、剣によっての黒白《こくびゃく》のみによって定まるのではない。ひろい世の中は赤の色や黄の色や、さまざまな、数え切れぬ色合いによって、成り立っているのじゃ」

⑱番外　ないしょないしょ

（「週刊新潮」昭和62年11月19日号〜
昭和63年5月19日号）

＊「人それぞれに、ほんとうの人柄《ひとがら》は死顔にあらわれるというが……」

＊「人が人のために泣いてやることは、悪いことじゃあねえのだよ」

＊「人と人との縁《えにし》というものは、あだやおろそかなものではないぞ」

＊「よく聞け。人には天寿というものがある。天から授かった寿命のことじゃ。これに逆らって、自分のいのちを自分で絶つことは、もってのほかだ。死ぬるなら、人の役に立って死ね」

〔剣客商売〕人物事典

――筒井ガンコ堂編

秋山小兵衛

秋山大治郎

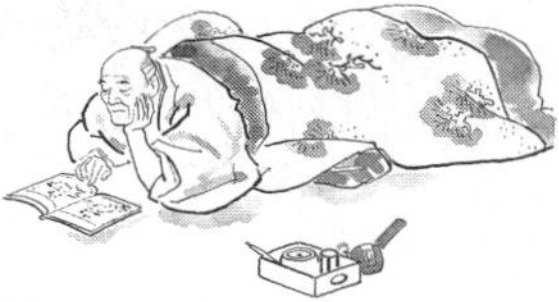

小兵衛と
おはる

おはる

佐々木三冬

小太郎

杉原秀

又六

小雨坊

＊（　）内は「作品一覧」の書名の通し番号（丸付数字）と、初登場の作品名

【あ行】

秋山小兵衛　あきやま・こへえ　（①女武芸者）

この連作小説の主人公。無外流《むがいりゅう》の名手。甲斐《かい》の国の南巨摩《こま》郡・秋山の郷士の三男に生まれた。十二歳の時、父・忠左衛門と昵懇《じっこん》の間柄であった辻平右衛門《つじへいえもん》に入門、剣客の道を歩み始めた。かつて嶋岡《しまおか》礼蔵と並び麹町《こうじまち》の辻平右衛門道場の〔竜虎《りゅうこ》〕とか〔双璧《そうへき》〕とか呼ばれたほどの剣の遣い手。師の辻平右衛門が山城の国・愛宕《おたぎ》郡大原《おはら》の里に隠棲《いんせい》した後、四谷・仲町《なかまち》に道場を開き、門人たちに熱心に稽古《けいこ》をつけ、諸大名や大身《たいしん》旗本の屋敷へも出入りし、江戸でも名の知れた剣客だった。それが、何を考えたのか、五十七歳ごろ道場を閉じ、鐘《かね》ケ淵《ふち》に隠棲した。そして、息《そく》・大治郎が江戸に戻った時、四十歳も年下の下女おはるに手をつけ、夫婦同然の生活をしていた。やがて二人は大治郎に断って正式に夫婦になるが、小兵衛はそのままではおさまらない。剣を捨て、世も捨てて生きる心算《つもり》だったが、老来、何によらず他人の事が気に懸かり、それがいささかでも異常であれば尚更《なおさら》に興味をそそられ、事件に巻き込まれ、剣技を揮《ふる》わざるをえない仕儀になる。かくして小兵衛の〔剣客商売〕は続く。

秋山大治郎　あきやま・だいじろう　(①女武芸者)

小兵衛の息。母はお貞《てい》。浅草の外れ、真崎稲荷《まさきいなり》に近い木立ちの中に無外流のささやかな道場を構えている。父・小兵衛の許《もと》で厳しい修行をした後、十五歳の夏、山城の国・大原の里に父の恩師・辻平右衛門を訪《おと》ない、以後平右衛門の死まで、嶋岡礼蔵に鍛えられる。その後、四年ほど諸国を巡り、二十四歳の時、江戸へ戻る。父は大治郎に十五坪の道場と付属する住《す》居《い》を建ててやった。安永六年の夏、浜町《はまちょう》の田沼意次《たぬまおきつぐ》の中屋敷での剣術の試合で七人を勝ち抜き、大治郎は江戸の剣術界にデビュー。やがて佐々木三冬《みふゆ》と知り合い、結婚。一子・小太郎《こたろう》を儲《もう》けた。道場で数少ない弟子に稽古をつけるとともに、田沼屋敷に出稽古に赴く生活をしながら、さまざまな事件を解決していく。

浅岡鉄之助　あさおか・てつのすけ　(③婚礼の夜)

もと大坂の一刀流・柳嘉右衛門《かえもん》道場の食客で、諸国修行中の大治郎が柳道場に滞留中、世話になった剣客。のち江戸に下り、湯島五丁目の金子孫十郎道場の食客となった。剣術の腕前もなかなかのものだが、それ以上に、稽古のつけ方が上手《うま》く、また人柄が明朗で人に慕われる。若くして母を失い、越前《えちぜん》・福井の浪人だった父とは二十二歳の時死別、以来、天涯孤独だったが、金子孫十郎の世話で、出羽・本庄藩士の娘と結婚する。

浅田忠蔵　あさだ・ちゅうぞう　（③東海道・見付宿）

遠州・浜松に小さいながらも小野派一刀流の道場を構える剣客。見付宿の酒問屋〔玉屋伊《い》兵《へ》衛《え》〕の長男として生まれるが、剣術家への道を選び、跡を弟に譲った。道場では町人・百姓・武士の区別なく和気藹々《わきあいあい》たる雰囲気の中で剣を教えている。諸国を巡り剣術修行をしていた大治郎はその道場の雰囲気、浅田の人柄が気に入り、三カ月も滞留した。その浅田も中風を病み、半身不随に。

浅野幸右衛門　あさの・こうえもん　（⑥金貸し幸右衛門）

湯島天神下の同朋《どうほう》町に住む金貸し。三河・岡崎の浪人。江戸へ出て、本郷・春木町で近所の旗本屋敷の奉公人や商家の子弟に読み書きを教える一方で、小金をもとに金貸しを始め、財をなした。妻を早く亡《な》くし、愛娘《まなむすめ》・お順が元女中の手引きで誘拐され、殺され、さらに自分の命まで狙《ねら》われ、ついに縊死《いし》する。〔元長〕で知り合った小兵衛に託して、門構えのある天神下の家と千五百余両もの大金を残した。

荒川大学信勝　あらかわ・だいがくのぶかつ　（⑩春の嵐）

築地《つきじ》・南小田原町に住む二千石の旗本。八代将軍吉宗《よしむね》の晩年のころ、御書院番頭をつとめ、将軍の信頼も厚かったという。若いころ一刀流を修め、なかなかの手練《てだれ》で、人格も高潔。いまは隠居して「丹斎《たんさい》」を号している。五十近くなって、戸羽休庵《きゅうあん》のすすめで辻平右衛門を訪ね、意気投合。その縁で小兵衛も相識《し》るようになる。小兵衛が道場を開いた折は、ずいぶん肩入れしてくれた。戸羽休庵の孫・平九郎のことを語ってくれる。

飯田粂太郎　いいだ・くめたろう

（①御老中毒殺）

田沼家の〔御膳番《ごぜんばん》〕、三十石二人扶持《ににんぶち》の飯田平助の長男。井関忠八郎道場で佐々木三冬に剣術の稽古をつけてもらっていて、三冬に甘えている。井関病歿《びょうぼつ》後、三冬の世話で大治郎に弟子入り、門人第一号となる。父・平助はもとの主家・一橋《ひとつばし》家の差し金で田沼意次毒殺計画に加担して失敗、田沼は咎《とが》めることなかったが自殺。粂太郎については沙汰《さた》もなく、いまは家督を継ぐことも約束されている。

生島次郎太夫　いくしま・じろだゆう

（①御老中毒殺）

老中・田沼意次の〔ふところ刀〕といわれる敏腕の田沼家用人。多忙極まる主人・意次を助け、田沼屋敷を切り盛りしている。秋山父子にも深い理解を示す。大治郎の二番目の弟子、笹野《ささの》新五郎は次郎太夫が若き日、料理茶屋の座敷女中に生ませた子。

石黒素仙　いしぐろ・そせん　（⑰黒白）

丹波・田能《たのう》に住む小野派一刀流の老剣客で波切《なみきり》八郎の父・太兵衛《たへえ》の師。八郎は小兵衛との真剣試合に備えてこの師の許で修行しようと憧《あこが》れ続けるが、遂《つい》に果たせない。

石山甚市　いしやま・じんいち　（⑧狂乱）

無敵流を名乗る剣客。湯島天神下に屋敷を構える八千石の旗本・本多丹波守の家来。身分は低い。本多家の側用人《そばようにん》・豊田孫左衛門から牛堀九万之助《うしぼりくまのすけ》は石山の道場への出入りをたのまれた。凄《すさ》まじい腕前だが、その異相と不気味な雰囲気は周りに〔狂〕を感じさせる。

和泉屋吉右衛門　いずみや・きちえもん　（①女武芸者）

下谷《したや》五条天神門前にある書物問屋で、江戸城や上野の寛永寺にもおさめるほどの大店《おおだな》。佐々木三冬の実母おひろの実家で、いまはおひろの兄が当主。根岸に寮があり、独身時代の三冬はそこで、老僕・嘉助《かすけ》に傅《かしず》かれて剣術三昧《ざんまい》の生活をしていた。

井関助太郎　いぜき・すけたろう　（⑮二十番斬り）

小兵衛の門人。以前、小兵衛と交渉のあった石見《いわみ》・津和野《つわの》の浪人、井関平左衛門の息。母は小兵衛の恩師・辻平右衛門の腹ちがいの妹・八重。井関平左衛門は当時、なぜか山村源助という変名を使っていた。小細工をせぬ堂々たる剣法のすぐれた剣客だったが、あえなく病死。かつては西国から上方《かみがた》へかけて跳梁《ちょうりょう》した盗賊一味の首領だったと助太郎は、父の秘密を横山正元に告げて死ぬ。

井関忠八郎　いぜき・ただはちろう　（①女武芸者）

一刀流の名人。三冬の師。市ヶ谷・長延寺谷町に道場を構えていた。剣技はもちろん、人柄もすぐれていて、諸大名の家来や大身旗本の子弟が多く入門、五十五歳で病歿した時、門弟は二百余を数えるに至っていた。もと遠州・相良《さがら》に在り、七歳のころから三冬に剣の手ほどきをし、三冬が父・田沼意次に呼ばれ江戸に出るに際し、これを送り届けたのが縁で田沼の庇護《ひご》を受け、道場を構えた。その歿後、道場は解散。

伊丹又十郎 いたみ・またじゅうろう （⑯浮沈）

小兵衛と同じ無外流を遣う刺客。小兵衛と立ち合って負けたのが因《もと》で藤堂家への仕官が叶《かな》わず、以来、小兵衛を怨《うら》む。腕を見込まれて、山崎勘之介《かんのすけ》を恨む旗本、木下主計《かずえ》に雇われ、執拗《しつよう》にその命を狙う。そして遂に小兵衛の居合〔霞《かすみ》〕の一手で右手首を斬《き》り落とされる。

市蔵 いちぞう （⑰黒白）

波切八郎道場の下僕。下総《しもうさ》・船橋の在の出身。道場には八郎の父・太兵衛の代から仕えている。限りなく主《あるじ》・八郎の身のことを思っている。不思議な縁で小兵衛は一時、この老人の身柄を引き受けることになる。

伊藤三弥 いとう・さんや （①剣の誓約）

越後・新発田《しばた》五万石・溝口主膳正《しゅぜんのかみ》の江戸屋敷詰用人・伊藤彦太夫《ひこだゆう》の三男。嶋岡礼蔵の宿敵、柿本《かきもと》源七郎の弟子で色子。柿本との対決を前に江戸に出て大治郎の道場に滞在していた嶋岡を弓矢で射殺す。怒りに燃えた大治郎から右腕を切り落とされる。腹ちがいの兄、伊藤郁太《いくた》郎《ろう》（小雨坊《こさめぼう》）がそのため秋山父子の命を狙うことになる。小雨坊に焼かれた小兵衛の隠宅が再建なったころ、喉《のど》をついて自殺。

伊平　いへい　（⑪助太刀）

神田・豊島町一丁目の柳原土手に面した一角で〔芋酒・加賀屋〕ののれんをかけている小さな居酒屋の亭主。大治郎と懇意になる。

伊之吉　いのきち　（⑰黒白）

さる大名の下屋敷の博奕場《ばくちば》でのいざこざで半殺しの目に遭っていたところを岡本弥助《やすけ》に助けられ、以後、刺客としての岡本の手足となって働く。波切八郎とも知り合い、やがて親しむ。

岩五郎　いわごろう　（①女武芸者）

関屋村の百姓。女房おさきとの間に八人の子がある。小兵衛の後妻おはるはその次女。野菜や魚介、鳥などを時々小兵衛に届けてくれる。また、時により使い走りなどして秋山父子の〔剣客商売〕を手助けしている。

岩田勘助 いわた・かんすけ （⑪その日の三冬）

井関忠八郎道場で三冬と同門。五千石の大身旗本・小笠原甲斐守《おがさわらかいのかみ》に仕える足軽。父は越後・長岡の浪人。腕は立つが、異相で風采《ふうさい》もあがらず、身分も低いところから周りみんなのさげすむところとなるが、三冬のみはまっとうに相手をしていた。そして、ある日突然、同じ家中《かちゅう》の者を殺害して逃亡。

岩戸の繁蔵 いわとのしげぞう （⑧仁三郎の顔）

板橋宿の桶屋《おけや》初次郎の倅《せがれ》で、四谷・仲町の〈貧乏横丁〉の棟割り長屋に住み、酒と博奕に溺《おぼ》れた生活をしている。傘屋の徳次郎に弱味を握られていて、それを表沙汰にしないかわりに種々の情報を徳次郎のもとに運んでいる。侍に斬られ、左腕が肘《ひじ》のところからない。小兵衛は、浅野幸右衛門の遺金から三十両を渡し、身を固めるように諭《さと》す。

植村友之助 うえむら・とものすけ （⑥いのちの畳針）

小兵衛の門人。根岸流の手裏剣も修める。秋山道場の〔逸才〕とか〔駿足《しゅんそく》〕とか呼ばれた剣士だったが、激しい修行と底なしの飲酒で大病を患い、回復せぬまま身を養っている。家督は弟に譲っている。ある日、無頼の侍に斬り殺されようとしていた大塚の炭屋、喜兵衛《きへえ》の弟・為七《ためしち》を助ける。それが縁で、師・秋山小兵衛から貸し与えられた金貸し浅野幸右衛門旧宅に為七とともに住む。

牛堀九万之助　うしぼり・くまのすけ　（①女武芸者）

浅草・元鳥越《もととりごえ》町に道場を構える当代一流の剣客。道場は小さいが名門の子弟が門人に多い。上州・倉ヶ野の庄屋の次男に生まれ、幼少のころから権兵衛《ごんべえ》が身の回りの面倒を見ている。温厚で口数少なく、剣の道に没入、独自の境地を開いている。越前・大野四万石・土井能登《どいのとの》守《かみ》の面前で小兵衛と試合をし、引き分けた。以来、交際が始まる。小兵衛より十九歳若い。夕餉《ゆうげ》の折、銘酒〔亀《かめ》の泉〕を冷やで湯呑《ゆの》み三杯飲むのが「何よりの楽しみ」。

内山文太　うちやま・ぶんた　（⑰黒白）

辻平右衛門道場での、小兵衛より十歳年上の同門。駿河《するが》・田中在の郷士の出。小兵衛が辻道場の跡を預っていたころ、四谷・伝馬町《てんまちょう》から通い、のびのびと剣術を楽しんでいた。小兵衛は波切八郎との真剣勝負のことを内山だけに打ち明け、立合人を頼む。また、その勝負に備えて江戸を離れるに際し、自分の家と預っている辻道場の跡のことも頼む。内山はまた、小兵衛とお貞の婚儀の仲人《なこうど》を務めた。後年、娘の浜が市ヶ谷御門外の茶問屋〔井筒屋〕方に嫁ぎ、そこに引き取られ、楽隠居の身をたのしんでいたが、急激に呆《ぼ》け、遂に死ぬ。若年の頃、弟の妻と不義をはたらき、女子をもうけた話は、四十年来の友・小兵衛にも隠していた。その娘・清の子お直は谷中《やなか》の〔いろは茶屋〕の妓《おんな》だったが、牛込・早稲田《わせだ》町の町医者・横山正元と結ばれる。

馬道の清蔵　うまみちのせいぞう　（⑫浮寝鳥）

浅草・馬道一丁目に住む御用聞き。「仏の伊三次《いさじ》」と呼ばれるほど人望の厚かった父親の代からお上《かみ》の御用をつとめている。女房お新は、間鴨《あいがも》・しゃも鍋《なべ》を看板に、〔丸屋〕という料理屋を経営している。清蔵は人柄もよく、土地の人たちの信望もある。

大野庄作　おおの・しょうさく　（⑧秋の炬燵）

無外流の浪人剣客。辻平右衛門道場で小兵衛の兄弟子だった、芝・三田四国町の矢部彦次《ひこじ》郎《ろう》道場で修行。四十八歳という、剣客として最も脂《あぶら》の乗り切っていた時期の小兵衛と一度立ち合い、その余りの差に愕然《がくぜん》となり、それが原因で身を持ち崩した。

岡本弥助　おかもと・やすけ　（⑰黒白）

堀大和守《やまとのかみ》の命に従って動いている刺客。無名のまま死んだ剣客の子として辛酸を嘗《な》めながら剣の道を進んでいたが、下谷・山伏町で道場を構えていた一刀流の井手徳五郎という、心の支えであった師を失ったことが、岡本の後半生を決めた。波切八郎は妙に気に懸かるこの男の導くままに暗黒の世界に入っていく。岡本は八郎に師の井手に通じるものを感じ、終始「波切先生」と呼んだ。

小川宗哲　おがわ・そうてつ　（①御老中毒殺）

本所・亀沢《かめざわ》町に住む町医者。この老人と小兵衛との親交は深く長く、〝碁がたき〟でもある。秋山父子の〔剣客商売〕に欠くことのできない存在。若いころ、肥前・長崎に赴き約二年滞在、異国渡来の医術を研究したあと、諸国を回った。そのとき伴ったのが村岡道歩。壮年のころは、酒、博奕、女と金を費消した経験もある。いまは金のあるなし、身分の上下に拘《かか》わらず診察と治療は行き届き、町医者として名声が高い。

おきね　（⑨或る日の小兵衛）

小兵衛の初めての〝女〟。辻平右衛門道場の信頼厚い下女だった。小兵衛を抱いた後、忽《こつ》然《ぜん》と姿を消したおきねは四十年後、大久保の清福寺門前で、五歳年下の亭主と茶店を営んでいる。

おこう　（②老虎）

大治郎の独身時代、煮炊《にた》き、身の回りの世話をしてくれた、道場の近くに住む百姓玉吉の女房。啞《おし》。三冬と結婚後も何かと手伝ってくれている。

おたみ　（⑬消えた女）

かつての秋山小兵衛道場の下女。小兵衛は手をつけてしまい、一緒になってもいいと思っていた矢先、手文庫中の二十四両のうち十両だけ盗《と》って失踪《しっそう》した。

落合孫六　おちあい・まごろく　（④雷神）

小兵衛の門人。歴代の弟子の中でも五本の指に入るほどの腕前で、人柄もよく、小兵衛にかわいがられていた。もと、播州《ばんしゅう》・竜野《たつの》五万余石の脇坂淡路守《わきさかあわじのかみ》に足軽奉公していたが、武家を嫌い、亡妻よねの故郷、武蔵国《むさしのくに》・葛飾《かつしか》郡の宿駅・新宿《にいじゅく》の布海苔《ふのり》屋〔上総《かずさ》屋清兵衛〕方に身を寄せ、その近くの百姓家で、近在の百姓たちに剣術を教え暮らしている。小兵衛は、月に一度、大治郎の道場に来て、腕を鍛え直すことを命じるのだが——。

お貞　おてい

（①剣の誓約）

小兵衛の亡妻で大治郎の生母。大治郎が七歳の時、病歿《びょうぼつ》。墓は浅草・今戸の本性寺にある。伊勢《いせ》・桑名の浪人・山口与兵衛《よへえ》の娘で、父の旧友だった辻平右衛門の身の回りの世話をしていた。そのお貞を、小兵衛は嶋岡礼蔵と競って勝ち、娶《めと》ったいきさつがある。そのことによって小兵衛と礼蔵の剣の道が岐《わか》れた。

小野田万蔵　おのだ・まんぞう

（⑪小判二十両）

二百石の幕臣・小野田定七郎の次男で、辻平右衛門道場での小兵衛の弟弟子。父の歿後、家督を継いだ兄・平十郎に疎《うと》まれ、定七郎の実子でないことを告げられ、自棄に陥る。ついに酔いにまかせて人を殺《あや》め、江戸から逃走。二十数年ぶりに小兵衛の前に現れた時、金ずくで無頼者の手助けをする生活をしていた。実は万蔵は、小兵衛のパトロンだった二千石の大身旗本・本多駿河守が奥向きの女中に生ませた子だった。

お信　おのぶ　（⑰黒白）

信州・松代《まつしろ》十万石の真田《さなだ》家に仕えていた五十石二人扶持の江戸詰め勘定方下吏で、御家騒動で命を絶った平野彦右衛門の娘。母はみよ、その兄が久保田宗七。その伯父の家に住み、橘《たちばな》屋忠兵衛の〔暗い仕事〕を手伝っていた。波切八郎はこの女によって初めて男女のことを知り、運命を大きく狂わせることになる。それは最初〔罠《わな》〕であったが、のち二人は固く結ばれる。

おはる　（①女武芸者）

小兵衛の後添い。関屋村の百姓・岩五郎の次女。十七歳の時、小兵衛宅の下女に雇われ、そのうち小兵衛の手がつき、四十の年の差がありながら夫婦になる。深川の叔父から舟を操る術を学んだ。この〝女船頭〟と自家用の小舟が小兵衛の〝唯一《ゆいいつ》の贅沢《ぜいたく》〟で、今や秋山父子の〔剣客商売〕に無くてはならない交通手段となっている。八人きょうだいの中で育っているので、すべてにまめまめしく、小兵衛のよき女房となっている。

お峰　おみね　（⑨剣の命脈）

橋場《はしば》の船宿〔鯉屋《こいや》〕の女あるじ。秋山一家とはなじみになっていて、小兵衛は毎月こころづけを渡し、その舟着き場を利用させてもらっている。

おもと　（①女武芸者）

もと〔不二楼《ふじろう》〕の座敷女中で小兵衛のかかり。同楼の板前・長次とでき、小兵衛の世話で夫婦になり、浅草・駒形堂《こまかたどう》裏に小体《こてい》な料理屋〔元長〕を開く。〔元長〕は秋山父子の、酒飯はもとより〔剣客商売〕の場となる。

【か行】

笠井駒太郎　かさい・こまたろう　（⑦春愁）

十六歳で秋山小兵衛道場に入門。大和・高取二万五千石・植村駿河守の江戸藩邸につとめる身分の軽い家来の息。剣の筋もよく、稽古《けいこ》もよくし、秋山道場でも十指に入るほどの剣士だったが、ある日突然、後藤角之助《かくのすけ》という浪人に殺害された。

笠原源四郎 かさはら・げんしろう (⑬敵)

紀州・和歌山の浪人で「仕法家」。実は八代将軍吉宗の血筋をうけた人物。田沼意次の引き合わせで秋山父子とも交際が始まっていた。剣術も、石黒素仙の手ほどきを受けて小野派一刀流のなかなかの遣い手だったが、中沢春蔵の棍棒《こんぼう》で打ち倒され、結局、恨みを持つ者の手で殺される。

嘉助 かすけ (①女武芸者)

和泉《いずみ》屋吉右衛門の根岸の里にある寮の老僕。独身時代の三冬はこの寮で嘉助に傅《かしず》かれて寝起きし剣術三昧《ざんまい》の生活を送っていた。結婚後、嘉助がしきりに寂しがるので三冬は大治郎とともに、時々訪ねてやる。

金子孫十郎信任 かねこ・まごじゅうろうのぶとう (①御老中毒殺)

湯島五丁目に一刀流の大道場を構える江戸でも屈指の名流。門人は三百人を超え、諸大名や大身旗本との交際も広く、人格識見ともすぐれている。秋山小兵衛と同年代。井関忠八郎の歿後、三冬はこの金子道場に通った。

神谷新左衛門 かみや・しんざえもん　(⑫同門の酒)

辻平右衛門道場での、小兵衛より三歳年上の同門。六百石の旗本だったが、今では家督を長男に譲り、楽隠居の身。〔剣客商売〕にいそしむ小兵衛に、旗本筋の話など情報をもたらしてくれる。

川野玉栄 かわの・ぎょくえい　(⑦大江戸ゆばり組)

深川・入船町に住む絵師。又六をひいきにしてくれている。小兵衛と会い、お互いにすっかり意気投合する。実は大身旗本・本多河内守《かわちのかみ》の実兄で、武士を厭《いと》い、弟に家督を譲って、市井《しせい》の人として気楽に、悠然と暮らしている。絵はあまり達者ではない。

北大門町の文蔵 きただいもんちょうのぶんぞう　(⑨或る日の小兵衛)

上野北大門町に住む御用聞き。下谷・御徒町《おかちまち》の御用聞きだった文蔵の養子。四谷・伝馬町の弥七と親交の深い中年の思慮深い男で、秋山父子とも交誼《こうぎ》を結び、〔剣客商売〕を手伝うようになる。

京桝屋与助 きょうますや・よすけ （⑪時雨蕎麦）

両国広小路《ひろこうじ》に面した米沢町《よねざわ》にある菓子舗《みせ》。この店の〔嵯峨落雁《さがらくがん》〕はむかしからの小兵衛の好物。この老舗《しにせ》の隠居・お崎と、小兵衛の弟弟子で御家人《ごけにん》の川上角五郎が夫婦になる。

清野平右衛門 きよの・へいえもん （⑰黒白）

〔高松小三郎〕の側に常に付き添う老人。剣の腕も立つ。

金五郎 きんごろう （⑯浮沈）

本所緑町三丁目に住む御用聞き。四谷の弥七とは同じ年ごろで気も合い、何かと助け合っている。土地の小川宗哲の身を案じて、秋山父子の伊丹《いたみ》又十郎襲撃で活躍する。

熊五郎　くまごろう　（②鬼熊酒屋）

本所・横網町の居酒屋〔鬼熊〕の亭主。七坪ほどの店は、土間に入れこみの十畳ほどの畳敷きだけ。その中で熊五郎は、とても客商売とは思えない態度で客に毒づき吠《ほ》えまくっていた。その歩んできた人生は凄《すさ》まじく、人も五人ほど殺《あや》めている。その一人が養女おしんの父親。熊五郎が胃病と労咳《ろうがい》で死んだあと、〔鬼熊〕はおしんと夫・文吉が営み、繁盛《はんじょう》している。秋山父子は熊五郎の死後もこの店を利用している。

久保田宗七　くぼた・そうしち　（⑰黒白）

穴八幡《あなはちまん》に住む御《お》鞘師《さやし》。お信《のぶ》の母みよの兄。もと真田家家来。お信はこの伯父の家の二階に住み暮らしていた。波切八郎とお信の仲を認め、八郎も一時、ここに身を寄せる。

黒田庄三郎　くろだ・しょうざぶろう　（⑨討たれ庄三郎）

〔鬼熊〕に通う中年の浪人剣客。文吉・おしんを通じて小兵衛を訪ね、果たし合いでの自らの死様を見届けてくれと、死後の始末のための十両を渡して依頼する。誤解から自分を親の敵と狙《ねら》っている関万之《まんの》助《すけ》（実は黒田の実子）に潔《いさぎよ》く討たれてやろうと覚悟してのことだった。

黒田精太郎　くろだ・せいたろう　（⑪剣の師弟）

かつての小兵衛の愛弟子《まなでし》。百石取り御家人・黒田三右衛門の次男。剣の筋もよく、小兵衛は一時、道場を譲ってもいいとまで考えていた。ところが、人を殺し金を奪うという大事件を起こし、逃走。再び小兵衛の前に現れたときは、金で人殺しを請負う〔仕掛人〕になっていた。

小出源蔵　こいで・げんぞう　（⑦梅雨の柚の花）

豊前《ぶぜん》・中津十万石・奥平家江戸藩邸の武具奉行で、殿さまの剣術指南を兼ねている。笹野新五郎が荒《すさ》んだ生活を送っていた時に馴染《なじ》んだ船宿の座敷女中・おたかを殺した。笹野は一時、小出を討ち取ろうとしていた。代わりに小兵衛が三十間堀の木挽《こびき》橋で、その長く高い鼻をちょん切ってこらしめる。ために小出は、江戸藩邸から国詰めになる。

小雨坊　こさめぼう　（②妖怪・小雨坊）

烏山石燕《からすやませきえん》の絵本『百鬼夜行』中の〝小雨坊〟にそっくりの異相の持ち主。実は、越後・新発田五万石・溝口主膳正の江戸屋敷詰用人・伊藤彦太夫の長男郁太郎で、嶋岡礼蔵を弓矢で殺し、大治郎に片腕を切り落とされた伊藤三弥の腹ちがいの兄。かわいい三弥のために秋山父子の命を狙う。剰《あまつさ》え小兵衛の隠宅に火をつけ、焼いてしまう。恐ろしいほどの剣の遣い手で、小兵衛に浅いながらも傷を負わせる。

近藤兵馬　こんどう・ひょうま　⑰黒白

常に堀大和守の側に控え、岡本弥助との連絡をする無口な家来。実は幕府《こうぎ》の者で、のち大和守を毒殺する。

【さ行】

酒井内蔵助宗行　さかい・くらのすけむねゆき　⑰黒白

八千石の大身旗本。芝・愛宕下《あたごした》に三千坪の屋敷を構え、邸内に立派な道場を持つほど剣術に熱心で、波切道場の庇護者《ひごしゃ》。八郎はこの屋敷に出稽古に赴いていた。中根半兵衛はこの酒井家の家老。

佐久間要　さくま・かなめ　（⑯浮沈）

小川宗哲の医生。宗哲の古い友人の長男。山崎勘之介を看護する。

佐々木周蔵　ささき・しゅうぞう　（⑨待ち伏せ）

下総《しもうさ》・関宿の浪人から若林春斎《しゅんさい》に拾いあげられた。ひとかどの剣の遣い手。主人・春斎が家来・柳田某の妻を凌辱《りょうじょく》して死に追いやり、さらにそれを責める柳田を殺すが、佐々木はその汚行の一切を引き受け、侍女おりくと屋敷を脱け出し、長年、逃避行を続けてきた。背恰《せかっ》好《こう》が似ていることから大治郎が柳田の子から襲われたことを知り、自らすすんで討たれてやる。寡婦《かふ》となったおりくは小兵衛の世話で、小川宗哲宅で働くことになる。

佐々木勇造　ささき・ゆうぞう　（⑯浮沈）

巣鴨《すがも》に道場を構えていた老剣客。無欲で人望があった。小兵衛に斬《き》られた無二の親友、山崎勘介の息・山崎勘之介に剣を教えた。

佐々木三冬　ささき・みふゆ　（①女武芸者）

田沼意次《おきつぐ》の妾腹《しょうふく》の娘で〝女武芸者〟。田沼が九代将軍・家重《いえしげ》の〔御側《おそば》御用取次〕をつとめ、遠州・相良一万石の大名に取りたてられたばかりのころ、神田・小川町《おがわまち》の屋敷につとめていた侍女おひろに生ませた。おひろ病歿《びょうぼつ》後、三冬は田沼の家来、佐々木又右衛門勝正の養女として相良で育った。十四歳になった時、父の田沼から江戸へ呼び戻されたが、そのとき付き添ったのが、七歳のころから剣を教えてくれた井関忠八郎。井関が江戸にとどまり、田沼の援助で市ヶ谷に道場を構えてからも三冬は男装して道場に通い、男に伍《ご》して剣の修行を続け〝井関道場の四天王〟の一人といわれるまでに腕を上げた。そのころは田沼屋敷を出、根岸の里にある母の実家・和泉屋吉右衛門の寮で老僕・嘉助に傅かれて暮らしていた。そのうち、小兵衛に難を助けられたことから秋山父子を知り、大治郎と結婚する。女装にも慣れ、一子・小太郎にも恵まれるが、剣技は衰えていない。

笹野新五郎　ささの・しんごろう　（⑦梅雨の柚の花）

大治郎の二番目の入門者。神田・裏猿楽町に屋敷のある六百石の旗本・忠左衛門（御小姓頭取）の嫡男《ちゃくなん》。実は、田沼意次の用人・生島次郎太夫が若き日、料理屋の座敷女中に生ませた子。病妻との間に子のなかった笹野が貰《もら》いうけた。小石川の朝倉平太夫道場で剣の修行を積んでいたが、師の歿後、酒色に溺《おぼ》れる。生島次郎太夫が見かねて大治郎に入門させる。

笹目千代太郎　ささめ・ちよたろう　（④天魔）

矮軀《わいく》・狂気の剣術遣い。小兵衛より更に三寸も低い軀《からだ》で刃渡り三尺に及ぶ大刀をつかう。行くところ血を見ないでは済まない怪物。実父・庄平は、無外流二代目の辻喜摩太《つじきまた》に学んだ近江《おうみ》の剣客・牧山半兵衛《はんべえ》の流れを汲《く》む剣客で、小兵衛の旧友。その父をして「魔性の生き物」と言わしめたほどの狂気をはらんでいる。以前、立ち合って敗れた小兵衛に試合を挑むが、大治郎は、自分が先に立ち合うと申し出る——。

佐平　さへい　（⑧仁三郎の顔）

もと四谷の弥七の手先。黒羽の寅吉《とらきち》一味の召し捕りの手引きをし、黒羽の仁三郎に命を狙われる。心臓が弱いので、弥七は浅草・今戸《いまど》八幡《はちまん》前に小さな茶店を買い与え、そこで佐平は娘夫婦、孫娘と平穏に暮らしている。

嶋岡礼蔵　しまおか・れいぞう　（①剣の誓約）

辻平右衛門道場での小兵衛の同門。小兵衛より三歳若いが、二人は辻道場の〔竜虎《りゅうこ》〕〔双《そう》璧《へき》〕と評判された。辻平右衛門が麹町《こうじまち》の道場を閉じ、山城の国・大原《おはら》の里へ引き籠《こ》もったとき同道。大治郎はそこで五年間、平右衛門、礼蔵に剣の道を学んだ。平右衛門歿後、故郷の大和・芝村に引いたが、二十年来の宿敵・柿本《かきもと》源七郎との果たし合いのため、江戸に下る。が、柿本の門人で色子の伊藤三弥の矢で命を落とす。死に際して大治郎に、辻平右衛門から伝えられた銘刀、越前守藤原国次一尺五寸余の脇差《わきざし》を形見として遺《のこ》す。秋山父子は礼蔵を浅草・今戸の本性寺に葬《ほうむ》る。そこにはかつて小兵衛と礼蔵が競った、小兵衛の亡妻お貞が眠っている——。

杉浦石見守　すぎうら・いわみのかみ　⑰黒白

表四番町に屋敷を構える七千石の大身旗本。雑司《ぞうし》ケ谷《や》の下屋敷で病を養っていたが回復、小姓組番頭に返り咲く。小兵衛は師・辻平右衛門の代稽古《だいげいこ》で屋敷に赴いていたが、四谷に道場を構えてからも親交は続いた。ある日、石見守は〔高松小三郎〕の剣術指南を小兵衛に頼む。谷彦太郎は石見守の家来で辻道場の門人。小兵衛との連絡役を務める。

杉原秀　すぎはら・ひで　（⑤手裏剣お秀）

品川台町の外れで、百姓家の二間をつぶして床板を張った十坪ほどの、父・左内が遺した道場で、近辺の町人や百姓にわずかな銭をもらって剣術を教えている。父ゆずりの一刀流をよくし、根岸流の手裏剣の名手でもある。亡父・左内はもと伊勢・桑名十万石・松平下総守の家来。黒髪を無雑作に束ね、背に回し、全く化粧の気もなく、日に灼《や》けた顔の黒く濃い眉《まゆ》、大きな両眼、一文字に引き結ばれた唇、女にしてはふとやかな鼻すじ——。余計なことは何も言わず、秋山父子の手助けをしてくれる。大治郎は、田沼屋敷の道場で手裏剣を教えてくれるよう頼む。独り身だったが、不思議な縁で、鰻《うなぎ》売りの又六と結ばれる。小兵衛は媒酌を買って出る。

杉本又太郎　すぎもと・またたろう　（⑩春の嵐）

本郷・団子坂《だんござか》で亡父の跡を継ぎ無外流の道場を構えている。もと家来として勤めた目白台に屋敷を構える松平修理之助《しゅりのすけ》の養女・小枝《さえ》を引っ攫《さら》ったため、身に危険が迫るが、大治郎のお蔭《かげ》で一命を拾う。腕前はもう一つなので大治郎の道場に入門、必死に稽古に励んでいる。

助五郎 すけごろう (⑰黒白)

四谷・伝馬町《てんまちょう》の御用聞き。四谷時代の小兵衛と親しみ、信頼も厚い。土地《ところ》の人にも〔仏の助五郎〕と呼ばれるほど人望がある。この男の長男が、のち小兵衛の手足となって働く弥七である。

住吉桂山 すみよし・けいざん (⑨小さな茄子二つ)

和泉屋吉右衛門の寮にも近い根岸の里に住む絵師。金貸しをしながら千住《せんじゅ》の小川屋亀蔵《かめぞう》と組んで悪事を重ねている。実は若き日の小兵衛の仲よしだった山本春太郎のなれの果て。麹町の辻平右衛門道場の裏手にあった幕府お抱えの絵師・狩野為信《かのうためのぶ》の弟子で、そのころ小兵衛のために描いてくれ、いまも小兵衛が所持している小さな茄子《なす》二つの墨絵はなかなかの出来栄《できば》えだった——。

駿河屋八兵衛 するがや・はちべえ (⑯浮沈)

外神田・佐久間《さくま》町で人宿を営むと同時に仕法家のようなこともしている。四谷の道場での小兵衛の弟子。小兵衛はこの男を信頼して、浅野幸右衛門の遺金を預け、運用を任せている。

関口周太郎　せきぐち・しゅうたろう　（⑰黒白）

岡本弥助の師・井手徳五郎の友人。岡本を堀大和守に引き合わせ、刺客への道を歩ませることになる。しかし岡本はこの男を恨んではいない。

仙台堀の政吉　せんだいぼりのまさきち　（③深川十万坪）

深川・今川町の御用聞き。父親・清五郎の代からお上《かみ》の御用をつとめていて、深川では評判のいい〝親分〟。弥七とも知り合いで、やがて秋山父子とも知り合う。

【た行】

高瀬照太郎　たかせ・てるたろう　（⑧女と男）

小兵衛門人。十五歳の夏から一年半ほど秋山道場に通うも、筋もよくなく身体《からだ》も弱かった。常州・笠間八万石・牧野越中守の江戸屋敷詰の家来の長男。同じ長屋に住む人妻と通じ、露見してその夫を殺し、逃げて浪人となる。病身を養っているが、まだその人妻・絹に未練がある。が、絹は過去を捨て去っている。

高松小三郎　たかまつ・こさぶろう　(⑰黒白)

杉浦石見守からの依頼で小兵衛が剣術の手ほどきをした少年。実はさる大名の妾腹の子。岡本弥助は堀大和守の命でこの少年を暗殺しようと襲うが、失敗して命果てる。その場に奇《く》しくも居合わせた波切八郎と秋山小兵衛は運命的な対決をする――。

滝久蔵　たき・きゅうぞう　(⑯浮沈)

越中・富山十万石の前田出雲守《いずものかみ》の家来で勘定方につとめていた五十石三人扶持《ぶち》、滝源右衛門《げんえもん》の息。二十二歳の時、師・小兵衛の助力で父の敵討ちに成功し（その時、小兵衛が斬ったのが山崎勘之介の父・勘介）、五十石加増され父の跡を継いだ。さらに高二百石の馬廻り役に昇進するが、二十六年後、江戸に出て意外な姿を小兵衛の前に晒《さら》す。

滝口友之助　たきぐち・とものすけ　(⑨秘密)

今戸の本性寺裏に住む浪人。墓参に来た大治郎と知り合い、挨拶《あいさつ》を交わすようになる。なかなかの遣い手と見えるが、穏やかな好男子。大治郎はある日、そんな滝口を五十両で殺してくれと頼まれる。滝口はある北国の藩士だったが、故《ゆえ》あって主君を襲って殺していた。その藩では滝口追討の令が出ていたのだ。大治郎が見間違えられ襲われたことを滝口は知り、自害する。大治郎に御礼状と藤原兼重《ふじわらかねしげ》一尺六寸余の脇差を遺す。

橘屋忠兵衛　たちばなや・ちゅうべえ　(⑰黒白)

紀州家の〔御成先・御用宿〕という格式を誇り、真田、九鬼《くき》などの大名家や大身《たいしん》旗本の利用も多い雑司ケ谷の料理茶屋の主《あるじ》。実は真田家の中級藩士の四男で、橘屋の養子となり、家業の裏で暗黒の政治の世界に生きていた。波切八郎の父・太兵衛と同年で不思議に強いつながりを持っていた。それを頼りに、道場を出奔した八郎は橘屋に身を寄せるのだが、忠兵衛はお信と図り、高木勘蔵を殺害させる。のち八郎は忠兵衛を殺す。忠兵衛の跡継ぎの豊太郎は真田家の妾腹の子を養子に入れた者。

竜野庄蔵　たつの・しょうぞう　(⑤白い鬼)

小兵衛門人。上州・沼田三万五千石・土岐伊予守《ときいよのかみ》の家来。国許詰《くにもと》だったが、公用で江戸に出、性格に異常を来《きた》し沼田藩を騒がせている金子伊太郎に腕を切られ、それがもとで死亡。

その仇《かたき》を小兵衛が討つ。 (⑪勝負)

谷鎌之助 たに・かまのすけ

小石川の指ケ谷に道場を構える一刀流・高崎忠蔵の高弟。人柄も良い。百俵十人扶持の幕臣・谷惣右衛門《そうえもん》の次男で、室町二丁目の小間物問屋〔村田屋徳兵衛《とくべえ》〕の次女を娶《めと》っている。常陸《ひたち》・笠間八万石・牧野越中守が剣術指南役として召し抱えるに際し、秋山大治郎に打ち勝つことを条件とする。父・小兵衛も妻・三冬も負けてやるように言うが、大治郎は取り合わぬ。そして、大治郎は負ける。 (⑪勝負)

田沼意次 たぬま・おきつぐ (①女武芸者)

〔剣客商売〕の物語が進行する安永から天明にかけて、老中として幕政を取り仕切っている日本の政治の最高権力者。佐々木三冬の実父として、のち大治郎の岳父として、秋山父子と親しく交わる。微禄《びろく》から幕政最高権力者にまで出世したこともあって、将軍家に取り入り、私腹を肥やし……と人々の評判は悪いが、実際は、身辺を飾らず、質実・剛腹な人物で、剣術を好む。時代をしっかり見据えている政治家として小兵衛は好感を持って接している。山積するさまざまな政治的課題を抱え、日夜、心身を悩ませている上に、一橋治済《ひとつばしはるさだ》の野心・陰謀に身の危険さえ感じていたが、遂《つい》に天明六年、将軍家治の病死ののち罷免《ひめん》され、政治生命を終える。

為七 ためしち （⑥いのちの畳針）

大塚町の通りにある炭屋・喜兵衛の弟。知恵遅れだが実直。ある日、そそうをして大身旗本の子弟に殺されそうになるところを植村友之助《とものすけ》に救われ、匿《かく》まわれる。友之助は小兵衛の申し出で浅野幸右衛門旧宅に住むに際し、為七を同居させる。

辻平右衛門直正 つじ・へいえもんなおまさ （①剣の誓約）

秋山小兵衛・大治郎父子の師。無外流の流祖・辻月丹《げったん》から三代目の宗家として麴町九丁目に道場を構え、凄絶《せいぜつ》な稽古で剣法を伝授した。小兵衛三十歳の折、突然、山城の国・愛宕《おたぎ》郡・大原《おはら》の里に隠棲《いんせい》。これに付き従ったのが小兵衛の弟弟子の嶋岡礼蔵だった。大治郎は十五歳の夏から五年間、辻平右衛門の許《もと》で修行した。

土崎の八郎吾 つちざきのはちろうご （⑦徳どん、逃げろ）

青山・六道の辻《つじ》の菜飯屋に住む盗賊。博奕場《ばくちば》で見かけた徳次郎を筋のいい同類と勘違いし、目星をつけておいた小兵衛隠宅での〔盗《つと》め〕に誘う。何となく憎めない人柄なので徳次郎もちょっと妙な気になるが結局、徳次郎に恨みを持つ浪人・田島某に斬《き》られて死ぬ。徳次郎は自家の墓に葬ってやる。

徳次郎（傘徳）　とくじろう（かさとく）　（①御老中毒殺）

四谷・伝馬町の御用聞き、弥七の下っ引き。内藤新宿で、弥七に出してもらった傘屋を営んでいるが、商いのほとんどは女房・おせきに任せ、ふだんは弥七の下っ引きとして身を粉にして働いている。弥七のためなら死んでもいい、と心底、思っている。今では弥七とともに、秋山父子の〔剣客商売〕に無くてはならない存在。おせきは、もと新宿の宿場女郎だったが、弥七の骨折りで徳次郎と夫婦となる。

戸羽休庵　とば・きゅうあん　（⑩春の嵐）

念流の名手で、自ら一派を興《おこ》し、〔戸羽念流〕を称した。芝の三田に立派な道場を構え、門人は三百を超えたといわれる。また将軍家に妙技を披露したこともあるという。辻平右衛門とも親しく、小兵衛は師の使いで度々、道場を訪ねた。道場の跡を継ぐよう誘われもした。

のち、青山の外れ穏田《おんでん》に引退、しばらく交際は続いたが、そのうち小兵衛の足も遠のいてしまった。荒川大学の話で、安永六年ごろ亡《な》くなったと知る。

（⑩春の嵐）

戸羽平九郎　とば・へいくろう

紀州家に仕えた戸羽甚右衛門《じんえもん》の息で戸羽休庵の孫。凄《すさ》まじいばかりの冴《さ》えを見せる魔剣の持ち主。事件を起こして和歌山城下を出奔、江戸に出て一橋家の庇護《ひご》を受けている。そして一橋治済の意を体して秋山大治郎の名を騙《かた》り、次々に人を斬殺《ざんさつ》している。大治郎の義父にあたる田沼意次追い落としを目指す陰謀に加担、実戦部隊の有力な一員。

（⑪初孫命名）

留七　とめしち

浅草・山之宿《やまのしゆく》の〔駕籠駒《かごこま》〕の駕籠舁《か》き。〔駕籠駒〕は〔元長〕からも近く、秋山父子がよく利用する。留七は千造とよく組み、父子の〔剣客商売〕を快く手伝っている。

（⑰黒白）

友川正信　ともかわ・まさのぶ

小兵衛の師・辻平右衛門の旧友で小兵衛とも親しい。以前は幕府の御抱え絵師で、のち息子に跡を譲り、鐘《かね》ケ淵《ふち》の風雅な家に隠居した。後年、小兵衛が営むことになる隠宅はこれを譲り受けて改築した物である。

【な行】

永井源太郎　ながい・げんたろう　(⑫罪ほろぼし)

千五百石の旗本・永井十太夫《じゅうだゆう》の息。十太夫は巨漢で、直心影流《じきしんかげ》の腕を誇っていたが、辻斬りが露見、秋山父子の活躍で捕まり、切腹、家は取り潰《つぶ》された。源太郎はその後、井沢弥平《やへい》太《た》に弓術を学び、日本橋・本町四丁目の薬種問屋〔啓養堂〕で、悪びれることなく〝用心棒〟をつとめていた。井沢弥平太の下僕・弁蔵の姪《めい》で、八歳年上の子持ちの寡婦《かふ》おふくと夫婦になる。やがて用心棒をやめ、おふくの百姓仕事を手伝いながら大治郎道場に通う。

中沢春蔵　なかざわ・しゅんぞう　(⑬敵)

谷中・三崎町の小間物屋の二階に住む浪人。牛堀九万之助に剣を学ぶ。妻も子もあったが、溺愛《できあい》する一人娘を野良犬《のらいぬ》に噛《か》み殺され、妻女が投身自殺したことから酒びたりになり、ついに牛堀道場を破門される。以後転落の道を歩み始め、迂闊《うかつ》にも笠原源四郎謀殺に手を貸すことになった。

波川周蔵　なみかわ・しゅうぞう　（⑭暗殺者）

二千石の大身旗本・松平伊勢守《いせのかみ》勝義の用人・波川吉之助《きちのすけ》の息。父亡き後、母たかは伊勢守の奥向きの女中の束ねとしてつとめたが、いつか伊勢守の手がついた。その間、周蔵は湯島五丁目の一刀流・金子孫十郎の許で修行、腕を磨いていた。ある日、二人の勤番侍に絡《から》まれ、ついに刀を抜き合い、二人を斬って殪《たお》し、松平屋敷を出て、今では香具師《やし》の元締・萱野《かやの》の亀《かめ》右衛門《えもん》との関係も生じ、金ずくで人を殺す仕事を引き受けている。しかし、妻・静と愛娘《まなむすめ》・八重との静かな生活に生き甲斐《がい》を覚え始め、闇《やみ》の世界から離れたがっている。

波切八郎　なみきり・はちろう　（⑰黒白）

目黒の行人坂下に五十余名の門人を抱える道場の主《あるじ》。老中・本多伯耆守《ほうきのかみ》下屋敷での試合で小兵衛に敗れ、二年後の、武州・野火止《のびどめ》の平林寺近くでの真剣勝負を申し込む。武者人形を思わせる若い有望な剣客で、小兵衛もそれを認めていたが、寛延三年三月の、湯殿での水野新吾《しんご》との一件以来、八郎の運命は狂い始め、さまざまな事件に巻き込まれながら次第に、剣客としての道を踏み外していく。

【は行】

林牛之助　はやし・うしのすけ　（⑪助太刀）

柳原土手で手描きの扇子《せんす》や団扇《うちわ》を売っている浪人。小兵衛はなかなかの剣の遣い手と看破する。秋山父子は好感を持つ。中仙道・鳥居峠で偶然知り合った少年、中島伊織《いおり》の敵討ちを果たさせてやることに生き甲斐を見つけ、助太刀をして首尾よく果たすが、急病のため、死ぬ。自らも敵を討つ身だったが果たせなかったことを小兵衛と小川宗哲に語り、伊織の行末を小兵衛に託す。

一橋治済　ひとつばし・はるさだ　（⑩春の嵐）

御三卿《きょう》の一、一橋家の当主。八代将軍・吉宗の孫。「気がまえの強《きつ》い御方」との評判がある。江戸時代を通じて最大の陰謀家と言える。一橋家が十万石の賄料《まかないりょう》を賜り、家老以下、幕臣が入って家政を切り回していく仕組みを快く思わず、密《ひそ》かに野心を抱く。田安家の三男・定信を奥州《おうしゅう》・白河の松平家へ養子に入れ、将軍になる機会を奪い、一方、実子豊千代《とよちよ》を十代将軍・家治《いえはる》の養子にする（のちの十一代将軍家斉《いえなり》）など、安永・天明以降の幕政に大きな影響力を揮《ふる》った。治済の目の上の瘤《こぶ》は田沼意次と松平定信で、この両者に対する一橋家のさまざまな陰の動きが、田沼意次と深い関係にある秋山父子の〔剣客商売〕に当然のごとく、影響を与えている。

平内太兵衛　ひらうち・たへえ　（④約束金二十両）

雲弘流《うんこう》の遣い手。九州のどこかの藩臣の息。駒込《こまごめ》・上富士前町の裏店《うらだな》に住む。「立合料三両」で試合を売っている。六尺の大剣で居合の妙術を遣って大治郎、三冬の度肝を抜く。小兵衛が乗り出し、相討ちになる。子細を尋ねると、近所の百姓の娘おもよに二十両を渡す約束をし、それでおもよは、父が後妻を迎える家を出て小さな茶店を買うという。奇人・太兵衛と小兵衛は打ち解け、以後、交際が始まる。

平松多四郎　ひらまつ・たしろう　（⑯浮沈）

もと浪人だったが、両刀を捨て金貸しになった。鮫《さめ》ケ橋《はし》表町に住んでいたころ、道場改築のため、小兵衛に金を貸した。容貌《ようぼう》が醜いために損をしているが、小兵衛は同情し、好意さえ持っていた。のち本郷・春木町に移るが、滝久蔵に貸した金が因《もと》で諍《あらそ》いとなり、評定所の裁きで遂に死罪となる。伊太郎《いたろう》という一人息子がいる。

(⑫密通浪人)

福原理兵衛 ふくはら・りへえ

本郷四丁目の文房具舗〔文敬堂〕主人。小兵衛の亡妻・お貞《てい》の実弟。文敬堂は加賀百万石・前田家へ出入りが許されているほどの老舗《しにせ》。

(⑰黒白)

堀大和守 ほり・やまとのかみ

五千石の大身《たいしん》旗本。八代将軍また大御所としての徳川吉宗に仕え、隠密《おんみつ》の仕事を引き受けてきた。吉宗が亡くなって立場が無くなると焦《あせ》って、野心を掻《か》き立て、多くの刺客を使って〔暗い仕事〕を続ける。

【ま行】

又六　またろく　（②悪い虫）

辻売りの鰻屋《うなぎ》。洲崎《すざき》弁天の側《そば》で商っている。土地《ところ》の〝悪い奴《やつ》（実は腹ちがいの兄）〟に馬鹿《ばか》にされたくないと、四年間、酒も飲まずにためた五両を持って大治郎に剣術指南を頼む。秋山父子の十日間の特訓で目的を果たすが、以後、秋山父子との交際が始まり、〔剣客商売〕を手伝う。辻売りの外、深川の漁師から直《じか》に仕入れた魚介類を売って暮らし向きもよくなり、平井新田のあばら屋から深川島田町の裏長屋に移り、老母おみねと住む。杉原秀《ひで》と結ばれ、おみねの反対に遭うが、小兵衛の骨折りで正式に結婚する。

松崎助右衛門　まつざき・すけえもん　（⑪初孫命名）

辻平右衛門道場での小兵衛の兄弟子。六百石の旗本の三男。三十歳を過ぎたころ肝臓を病み、剣の道を断念。行儀見習いで屋敷に来ていた日本橋通四丁目の真綿問屋〔大黒屋彦五郎《ひこごろう》〕の次女お幸と夫婦になり、大黒屋の援助で千駄ケ谷に家を建て、以後三十余年、悠々と閑日月をたのしんでいる。子はない。小兵衛との交誼《こうぎ》は続いており、小兵衛は何かと相談を持ちかける。孫・小太郎の名も助右衛門の一言で決まった。

松平定信　まつだいら・さだのぶ　(⑩春の嵐)

奥州・白河十一万石の藩主。御三卿の一、田安宗武《むねたけ》の三男で八代将軍・吉宗の孫。血筋もよく、英明を謳《うた》われ、将軍位に就く可能性も大いに持っていたが、田安家と対立する一橋家の当主・治済の暗躍によって、不本意ながら白河・松平家の養子に入った。よって、一橋治済とその件に関して治済に与《くみ》した田沼意次を憎むこと、ひと通りではなかった。田沼の政治に翳《かげ》りが見え始めたころ、溜間詰《たまりのまづめ》に抜擢《ばってき》され、十代将軍・家治が歿《ぼっ》し、田沼が老中を免ぜられると、人々の歓呼の声に迎えられて老中首座に就き、「寛政の改革」を指導したことは、人のよく知るところである。が、その定信も宰相の地位にあること六年、三十六歳で中央政界から締め出されることになる。

間宮孫七郎　まみや・まごしちろう　(⑦決闘・高田の馬場)

辻道場で小兵衛の弟弟子。辻平右衛門の隠棲《いんせい》後、小兵衛の四谷の道場で二年ほど代稽古《だいげいこ》をつとめた後、独立した。日本橋本銀町《ほんしろがね》四丁目に道場を構える。教え方が上手《うま》く、人柄も立派。小兵衛は、道場を閉じ、江戸の剣術界から引退した時、門人の大半を間宮に依託した。大治郎ともよく識《し》る仲。

三上達之助　みかみ・たつのすけ　(⑰黒白)

波切道場の古参で八郎より一回り年上。百石五人扶持の御家人《ごけにん》で、二本榎《にほんえのき》に住む。八郎出奔後の道場を支えていたが、突然の心ノ臓の発作で倒れ、遂《つい》に死ぬ。

三島房五郎　みしま・ふさごろう　(⑯浮沈)

本所・石原町に住む五十俵二人扶持の御家人。小川宗哲の碁敵で、その縁で傷を負った山崎勘之介を一時、預ることになる。

水野新吾　みずの・しんご　(⑰黒白)

本所・小梅代地町《こうめだいちまち》に小さな道場を構えていた水野勘介の息。九歳の時、孤児になり、父の友人、波切太兵衛に引き取られ、八郎とは兄弟のように暮らしてきた。十年後、八郎が起こしたあることを機に、他流道場に乗り込み数々の傲慢《ごうまん》なふるまいに及び、人の知るところとなる。そして遂に辻斬りをするようになり、思い余った八郎は新吾を斬殺する。

村岡道歩　むらおか・どうほ　（③兎と熊）

神田・今川橋の医師。小川宗哲の愛弟子。実は宗哲の長崎遊学中の寄宿先、鼈甲《べっこう》細工の問屋〔肥前屋源右衛門〕の三男。道歩の一人娘・房野を宗哲は「わが孫のように」かわいがっている。その房野が誘拐されるという事件が起こる。九千五百石の大身旗本の「御家騒動」に巻き込まれたのだが、監禁中の房野を見張っていたのは、小兵衛のもとの門人・内田久太郎で、のち久太郎と房野は夫婦になる。そして久太郎は二代目道歩に。

村松伊織　むらまつ・いおり　（③嘘の皮）

小兵衛門人。五百石御小納戸衆《こなんどしゅう》・村松左馬之助《さまのすけ》の養子。浅草・福井町に住む香具師《やし》の元締・鎌屋《かまや》辰蔵《たつぞう》の一人娘お照と好き合い、いざこざが繰り返されたが、小兵衛や生島次郎太夫《いくしまじろだゆう》の骨折りで、晴れて夫婦になる。

村松太九蔵　むらまつ・たくぞう　（⑫十番斬り）

戸越村の行慶寺に住みつき、病を養っている剣客。芝の三田四丁目に馬庭《まにわ》念流の道場を構えていた村松忠右衛門の息。小兵衛は随分むかし、太九蔵が四人の剣客を相手に決闘し、唯《ただ》一人で討ち果たし、江戸を立ち退《の》いたことを耳にしたことがある。そして二十年を経て、小川宗哲宅でその姿を目にする。太九蔵は自らの死期を悟り、生存中に馬込《まごめ》村にはびこる無頼浪人たちの一掃をしようと考えている。

森平七郎　もり・へいしちろう　（⑰黒白）

堀大和守が抱える凄腕《すごうで》の刺客。大和守は強請《ゆすり》をかけられたと、森の始末を岡本弥助に命じる。波切八郎は岡本の手助けを買って出て、この森の暗殺をし遂げるが、その帰途、その姿を小兵衛に見られる。

【や行】

弥七　やしち　（①女武芸者）

四谷・伝馬町の御用聞き。小兵衛が四谷・仲町に道場を構えていたころの弟子で、剣術の腕前もなかなかのもの。以来、小兵衛、ひいては大治郎との交渉は絶えず、本来は与力《よりき》・大沢主水《もんど》直属の町奉行所同心・永山精之助《せいのすけ》（永山の死後は堀小四郎）の手の者だが、秋山父子の〔剣客商売〕には欠かせない存在。傘屋の徳次郎、桶屋《おけや》の太次郎など数人の下っ引きを使っているが、その面倒見もいいようだ。女房・おみねは〔武蔵《むさし》屋〕というなかなかの料理屋を経営している。おみねとの間に息子・伊太郎がいる。江戸の町各所の御用聞き仲間でも顔が広く、信望も厚い。

山崎勘之介　やまざき・かんのすけ　（⑯浮沈）

小兵衛に斬《き》られた山崎勘介の息。父と同門の剣友、七千石の大身旗本・生駒筑後守《いこまちくごのかみ》の庇護《ひご》を受けている（のち家来になる）。師・佐々木勇造の道場の跡をめぐる争いに巻き込まれ、千二百石の旗本、木下主計《かずえ》の次男・求馬から真剣勝負を挑まれ、これを斬り殪《たお》した。それで恨みを買い、木下家が雇った牛窪為八《うしくぼためはち》の槍《やり》で刺されて重傷を負い、さらに伊丹《いたみ》又十郎らに命を狙《ねら》われることになった。

山本孫介　やまもと・まごすけ　（②老虎）

信州・小諸《こもろ》の城下外れに、戦国のころの実戦さながらの術技を重んじる〔四天流〕の小さな道場を構える老剣客。諸国修行中の大治郎は二カ月ほど滞在して教えを受けた。その子、孫太郎が江戸へ出て道場荒らしをするうち連絡が途絶えたのを心配して追って江戸へ出てきた。果たして孫太郎は人の恨みを買い、殺害されていた。孫介は小兵衛の計らいで敵・森川平九郎を討つ。

矢村孫次郎　やむら・まごじろう　（⑫同門の酒）

辻平右衛門道場での小兵衛より年若の同門。亡父は信州・高遠《たかとお》の浪人。妻なく子なく、生涯を剣客として生きる決心をしている。目黒の西感寺に寄宿、道場の代稽古や旗本屋敷への出張稽古などで生計を立てている。

横川彦五郎　よこかわ・ひこごろう　（④箱根細工）

辻平右衛門道場での小兵衛の同門。小田原の北方一里半ほどの延清《のぶきよ》の郷士の次男。小田原城下の宮の前にささやかな道場を構えていた。子どものように生《き》一本で頑固者、従って〔剣客商売〕はうまくない。大治郎は父の依頼で病身を箱根・塔の沢で養っている彦五郎を見舞いに訪れ、若き日の父の挿話のいろいろを興味深く聞く。そしてここで大治郎は図らずも、彦五郎の倅《せがれ》・横川彦蔵《ひこぞう》と斬り合う羽目になる。

横山正元　よこやま・しょうげん　（⑬波紋）

牛込の早稲田町に住む町医者で、無外流の剣術もよく遣う。秋山父子とも交誼の長い好人物。酒と女が大好物で、四十過ぎまで独り暮らしを謳歌《おうか》していたが、突然、小兵衛の長年の友・内山文太老の孫で、谷中〔いろは茶屋〕の妓《おんな》だったお直と結婚する。

芳次郎　よしじろう　（⑩春の嵐）

江戸中にその名を知られる池《いけ》の端《はた》仲町の菓子の老舗〔不二屋《ふじや》太兵衛〕の倅。根津権現《ごんげん》門前の岡場所の女に冷たくされ、首を吊《つ》ろうとするところを杉本又太郎に見つかり、それが縁で、杉本道場で修行する。

吉村弥惣治　よしむら・やそうじ　（⑦決闘・高田の馬場）

小兵衛の古い門人。神田駿河《するが》台《だい》に屋敷を構える八千石の、武芸好みの大身旗本・高木筑後守元好の家来。間宮道場の代稽古をつとめるほどの剣士になっている。大身旗本の意地の張り合いから、高田の馬場で試合をする羽目になる。

与兵衛　よへえ

（②不二楼・蘭の間）

秋山小兵衛ごひいきの〔不二楼〕の主人。女房およしは新橋加賀町の大きな料理茶屋〔梅松屋政五郎《まさごろう》〕の娘。結婚に際し、先代からの四百両に近い借金を清算するのを助けてもらった弱味もあっておよしには頭が上がらない。だが、そんな女房の目を盗んでの隠れ遊びは同業者の間では評判という。

【わ行】

若林春斎　わかばやし・しゅんさい

（⑨待ち伏せ）

深川・猿江町に屋敷を構える千二百石の旗本・若林家の隠居。昔、小兵衛は師・辻平右衛門の代わりに屋敷に赴き、剣術の稽古をつけ、それが縁で小兵衛が四谷・仲町に道場を開いた時も多大の援助をし、後楯《うしろだて》ともなってくれた。当時は、幕府内で羽振りもよかった。隠居後も秋山父子は時々、ご機嫌伺いに赴いていたが、佐々木周蔵に関わる事件で、人に秘めた過去の汚行を大治郎に暴かれることになる。

（協力・西尾忠久）

〔剣客商売〕
挿絵で見る名場面

文／池波正太郎・中一弥対談
〈江戸に生きる実感〉より

「白い猫」挿画より

「赤い富士」挿絵より

池波　僕は中さんの絵に感心しちゃうんですけれどね、斬りあいの場面があるでしょう。中さんは剣道やってないですよね。ところがやっている人が描いているとしか思われない。僕はやってるからわかる。刀の構え方にしても斬りつけ方にしても堂に入ってる。剣道やってないでしょ？　やってましたか？

中　いやいや、池波さんの小説を読むと、刀を持ったときの手順がはっきり読みとれるんですよ。池波さんに剣道の心得があるから、そこから出てくるんでしょうね。僕はただそれに従って絵を描いてるんです。

池波　僕は五人位を相手にする立回りのときは、自分で真剣を抜いて型をつけますよ。

中　こちらは、池波さんの小説のとおりに人物を動かしていけば、立回りになるんですから、非常に描きいいですよ。

池波　中さんの立回りの絵を剣道をやっている人が見て言いますよ。「中先生って剣術おやりになった

「妖怪・小雨坊」挿絵より

中　いつだったか「剣客商売」で、小雨坊という、あのお化けみたいな坊主を、絵の参考にって略画を描いてもたして下すったでしょう。まだどこかにありますけれどよかったですよ。

んでしょう」って。「いや、やってないでしょう」ったら、「へーえ」って、おどろいてました。

中　ただ、絵で刀を描くときにはかなり神経を使ってます。僕が挿絵を習った先生が、刀、刀って、非常にうるさく言ったんです。斬れる刀を描かなきゃだめだって。ところが刀を無造作にヒューと、まるで刺身包丁のように描いてる人がありましょう、人の絵でも気になりますね。

「御老中毒殺」挿絵より

池波　僕の作品集の月報に、中さんが書いて下すったことで、僕の仕事を一番よくわかってくれていると思ったのは、結局、江戸って言ったたって僕は江戸時代に生きてたわけじゃないから、江戸のことを知っているわけじゃないんですよ。だけど、中さんがおっしゃるには、これが江戸だという信念を持って書いているから江戸になる、ということですね。

中　僕は池波さんの作品を読んでて、そうだろうと思いました。

池波　まあ、それに違いない。ただ、市兵衛町からどう歩いて何丁目に来て川が流れてたと書いても、それだけじゃ自分の江戸にはならないんですよね。小説の登場人物だって江戸時代に生きているといってもその原型は僕が今の世の中で会った人物なんです。その点では過去の生活が随分得をしていますね、いろんな人間に会っていますから。それも大学へ行かなかったお蔭ですよ。大学行ってたら何にも知らない。学校を出たとたんに兵隊でしょう、それでも

「品川お匙屋敷」挿絵より

う戦後ですもの。

中　全くそうですね。

池波　僕は十三から世間に出て、いろいろな世界を知るようになったのは、十五から二十一までの五、六年ですね。これがなかったら、僕は時代小説を書けなかった。泥棒とも付き合いがあった。もちろん、もう刑期を勤めあげて引退している立派なおじいさんでしたがね、品のいい。そういう人がいたから鬼平が書けているんですよ。僕は過去のこういう人たちにどれほど感謝しているかわからない。詰まってくると、そういう人たちが助けてくれるんですから。

中　人物描写も、実際にそうして知っている人間、そういう人間が本当に江戸時代に生きていると信じて書くから、人物が生き生きと彷彿《ほうふつ》してくるんでしょうね。

「剣客商売 庖丁ごよみ」カバーより

池波 （中略）中さんがうまく言い当ててくれたけど、これが江戸時代だっていう信念がなかったら、江戸時代に生きてたわけではなし、僕も書けないですからね。

中 しかし、その信念の生ずるところは何ですか。やはり東京を愛しておられるという、その愛情じゃないんでしょうか。小説を拝見していると、ちょっとした風景描写にも、江戸をしみじみと感ずるんですよ。僕は大阪生れのくせに江戸が大好きなんで、たいへんうれしいんです。それで、僕は江戸の絵本とか地図とかを引張り出してね、何か少しでも江戸の感じを、なお一層絵の上で出してみようと努力するんです。やはり池波さんの小説を読んで刺激されるところ非常に大きいんですね。

池波 恐れ入ります。

〔剣客商売〕料理帖

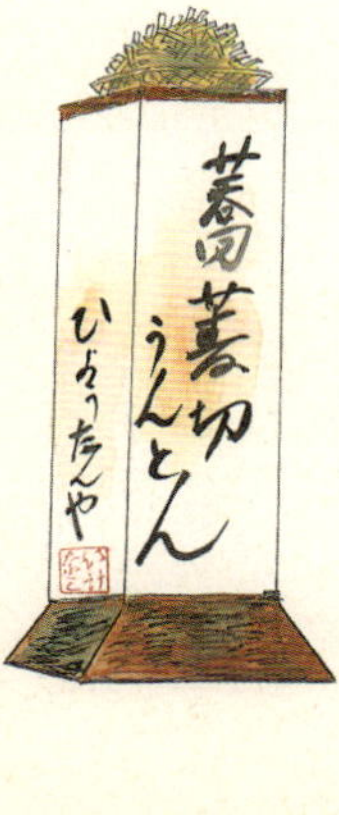

著者画

池波作品の中の食べ物

重金敦之

　ＪＲの上野、東京、新宿の各駅で、「深川めし」なる駅弁が売られている。ごく、ごく細めに笹《ささ》がいたゴボウとアサリを醤油《しょうゆ》味で炊《た》き込んだご飯の上に焼き海苔《のり》を一枚乗せ、穴子の蒲焼《かばや》きが二片、ハゼの甘露煮が二尾置いてある。ニンジン、レンコン、シイタケ、サヤエンドウの旨煮《うまに》に、香の物は小茄子《こなす》とべったら漬け。日本レストランエンタプライズが一九八八（昭和六三）年から、売り出した。値段は消費税込みの九百円也。

〈梅雨のはれ間に、小兵衛は深川の富岡八幡宮《とみおかはちまんぐう》へ参詣《さんけい》に出かけるのが例年のならわしとなってしまったようだ。

「別に理由《わけ》はない。梅雨のはれ間の深川が好きだからさ」

　と、小兵衛はいう。

　そのころの深川という土地は、江戸の〔水郷〕といってよいほどの風趣があり、

「江戸であって、江戸ではない……」

一種の別天地だったのである。

深川は江戸湾の海にのぞみ、町々を堀川が縦横にめぐり、舟と人と、道と川とが一体になった明け暮れが、期せずして詩情を生むことになる。

ある書物の著者が、

「江戸時代の深川は、イタリアのベネチアに匹敵する美しい水郷であった」

と、のべているのも当然であったろう。〉（『隠れ簑』中「大江戸ゆばり組」）


『剣客商売』の舞台は大川（隅田川）から深川あたりの水路が四通八達した地域が中心になっている。秋山小兵衛の鐘《かね》ケ淵《ふち》の隠宅は、綾瀬《あやせ》橋に近い大川をのぞむ堤の下の一軒家だし、大治郎の道場は、小兵衛宅から大川をしばらく南下した対岸にある。

江戸前というのは、鰻《うなぎ》に限って使われるという説もあるくらいで、深川周辺の海水と真水が入りまじるところに、味の良い鰻が生息していた。

江戸庶民の食生活を支えていたのが、振売りといわれる行商人たちだった。朝早いのは豆腐や納豆、シジミの振売りである。深川からは、むき身屋と呼ばれる貝類の振売りが多かった。アサリ、ハマグリ、アオヤギなどである。当時の川柳に、「むき身売り来るに帰らぬ内の馬鹿」という句がある。

すでに、深川からむき身売りが来ている時間なのに、夜遊びから帰って来ない放蕩《ほうとう》者がいるという意味だ。アオヤギは、千葉県の青柳村（現市原市）が名産地なので、その名前がついたのだが、全国的にはバカガイのほうが通る。むき身のバカガイと馬鹿息子（亭主）とを懸けてあるのはいうまでもない。

深川めしというのは、深川にゆかりの漁師や振売りなどの人たちが、手っ取り早く食べた労働食であったのだろう。アサリやハマグリ、アオヤギなど諸説あるが、当初は炊き込みご飯ではなく、ネギなどと煮たものをご飯の上に乗っけた、「ぶっかけ」や「深川丼《どんぶり》」といったものだったと想像される。

その「ぶっかけ」を池波正太郎は次のように詳述している。いかにも、おいしそうに思えてくるから不思議だ。

〈鰻売りの又六は、深川・島田町の裏長屋に、老母のおみねと二人きりで暮している。

おみねは秋山父子を、すでに見知っていたから、又六が帰るまで、

「待たせていただきたい」

という大治郎に、先ず、冷酒《ひやざけ》を湯のみ茶碗《ちゃわん》へいれて出した。ちかごろは又六も、いささか酒の味をおぼえたとみえる。

それから、おみねは夕餉《ゆうげ》の仕度にかかり、たちまちに大治郎へ膳《ぜん》を出した。

その仕度が、あまりに早かったので、大治郎は遠慮をする間とてなかった。

いまが旬《しゅん》の浅蜊《あさり》の剝身《むきみ》と葱《ねぎ》の五分切を、薄味の出汁《だし》もたっぷりと煮て、これを土鍋《どなべ》ごと持ち出して来たおみねは、汁もろともに炊きたての飯へかけて、大治郎へ出した。
深川の人びとは、これを「ぶっかけ」などとよぶ。
それに大根の浅漬《あさづけ》のみの食膳であったが、大治郎は舌を鳴らさんばかりに四杯も食べてしまった。〉（『待ち伏せ』中「待ち伏せ」）

又六は、深川の富岡八幡宮近くの江島橋のたもとなどで、鰻を焼いて辻売《つじう》りをしたり、深川の漁師から直《じか》に仕入れた魚介を得意先へ売り歩くような商売をしている。いずれにしても、アサリを煮《た》いた汁でご飯を炊き、炊きあがったところで身をまぜ入れたのが、深川めしということになる。

一八九二（明治二五）年、『国民新聞』に掲載された、松原岩五郎の東京下層民のルポルタージュ、『最暗黒の東京』（一八九三年・民友社。一九八八年・岩波文庫復刻）には、「深川めし」について、次のように記されている。

〈深川飯――これはバカ（貝）のむきみに葱を刻《きざ》み入れて熟烹《にくたら》し、客来れば白飯《めし》を丼に盛りてその上へかけて出す即席料理なり。一碗同じく一銭五厘《りん》、尋常の人には磯臭き匂《にお》いして食うに堪《た》えざるが如《ごと》しといえども、彼の社会においては冬日尤《もっと》も簡易なる飲食店

として大《おおい》に繁昌《はんじょう》せり。〉（岩波文庫版）

「食うに堪えざるが如し」といわれてしまっては、どうしようもない。「磯くさい」といっても、その日に獲《と》れた新鮮な貝なのだから、おいしいはずである。鳥取県出身の松原岩五郎にしては、東京風の粗野とも思える気取りのない食事が口に合わなかったのかもしれない。

本山荻舟《てきしゅう》の『飲食事典』（一九五八年・平凡社）によれば、「深川めしはハマグリを使用する」とある。

〈東京湾の内ぶところで多産する材料を応用したのが、ハマグリ飯とシャコ（蝦蛄）飯とであった。江戸時代の府内に最も近く向い合っている深川と品川とが仲よくこれを代表して、ハマグリを用いたのを「深川めし」、シャコを用いて「品川めし」と称し、双方庶民に親しまれたのが、明治を経て大正以後湾内の埋立や汚水の溢流《いつりゅう》などに伴う漁場の変化から、品川方面のシャコは近年殊《こと》に不漁となり、いまは地元の住民でも品川飯の名を知るものがまれになった。〉（『飲食事典』、「品川飯」の項）

たまさかこの記述を見つけた私は、すぐ池波正太郎に、「昔はシャコを使ったご飯を品川めしといったようですよ」と、得意気にしゃべった記憶がある。黙って聞いていた池波正太郎は、一瞬目を光らせると、いつも持っている小さな手帳を上着の内ポケットから取り出すや、何やらせわしげに書きこんでいた。

そのうち、『剣客商売』のおはるが品川めしを炊くに違いない、とだいぶ長いあいだ待っていたが、とうとう品川めしが陽の目を見ることはなかった。シャコは深川周辺では、揚がらなかったのかもしれないし、深川と品川の距離は遠く、あるいは対抗意識があったとも考えられる。

いずれにしても、秋山父子は大川を中心に活躍することもあって、小説中に登場する魚介類は、江戸前の小魚や鰻、鯉《こい》、泥鰌《どじょう》といった川魚が多い。すっぽんやぼらもある。鯛《たい》や鮃《ひらめ》も出てくるには出てくるのだが、回数は多くない。

又六が、富岡八幡宮そばの料理屋、「鮒芳《ふなよし》」で、鶏魚《いさき》の刺し身を小兵衛からご馳走《ちそう》になる。ちょうど鶏魚が旬ということもあって、ご飯を四杯も食べる情景がある。最初に引用した「大江戸ゆばり組」で、八幡宮に参拝した後の話だ。すぐに夏の暑さがやってくる直前の梅雨のはれ間の安堵《あんど》と期待が、旬の鶏魚に表われている。

鶏魚は、焼き魚として用いられることが多いが、鰻売りの又六の昼食としては、刺し身のほうが似合っている。珍らしく海の魚が、巧みに季節感を描出している例だ。鶏魚も今では養殖物が出まわるようになってしまったから、季節感も薄らいでいくことだろう。

鯉も初夏の季節だが、寒鯉といって冬の鯉こくも悪くない。とはいっても、近ごろはなかなか鯉料理にお目にかからない。かつてはうなぎ屋といえば、鯉の洗いと決まっていたのだが、川魚は敬遠されて、どこでも鮪《まぐろ》や鯛の刺し身を出すようになった。

昔から妊産婦《にんさんぷ》には鯉こくがいいといわれる。海の白身魚に比べると、脂肪も蛋白質《たんぱくしつ》も多く、身体をあたためるからだ。また庖丁式などの祭事にも用いられる格式の高い魚でもある。死ぬと匂いが強くなるので、必らず生きたものを調理する。苦玉《にがたま》という胆嚢《たんのう》をつぶさないように気をつけなくてはいけない。秋山小兵衛は、鯉料理の庖丁さばきも見事だったようだ。

〈小兵衛みずから庖丁を把《と》って料理した鯉の洗いに味噌煮《みそに》。鯨骨《かぶらぼね》と針生姜《はりしょうが》の吸物などで、二人とも威勢よく飲み、食べた。

おはるは、大金が入ったので大よろこびとなり、はねまわるようにして立ちはたらいている。

ただよいはじめた夕闇《ゆうやみ》の中に、若葉のにおいがたちこめてい、どこかで蛙《かわず》の鳴く声がきこえた。〉(『剣客商売』中「芸者変転」)

池波正太郎や風間完画伯と一緒に桑名の船津屋に泊まり、多度の大黒屋へ鯉を食べに行ったのは、『食卓の情景』の取材だったから、一九七二（昭和四七）年のことになる。

〈まず、鯉の皮をそぎとり、はるさめと共に酢の物にした前菜が出た。鯉の皮が、これほど脂濃いものとは知らなかった。うまい。

つぎに、アバラ肉をたたいて団子にし、これを揚げたものと、小さな魚田《ぎょでん》二片と、雄の鯉の肝《きも》の煮つけが出た。私は、この一皿に、もっとも感じ入った。

野趣にあふれていながら調理の洗練が長い伝統につちかわれたものであることが、よくわかる。なんともいえずにおいしかった。

ワサビじょうゆで食べるアライ。塩焼と胡椒《こしょう》をふった照焼、さらに卵と針しょうがをあしらった筒煮。そして鯉こく。〉（『食卓の情景』・新潮文庫）

鯉こくの味噌は自家製の糀味噌《こうじみそ》だった。池波正太郎は、〈たしかにおいしい。惜しむらくはちょいと、ぬるかった〉と記している。実はかなり、塩味が強かった。洗いをワサビ醤油で食べさせるほどだから、臭みはないのだが、内臓も一緒に入れる鯉こくだから、どうしても塩を強めに使うのだろう。私は杯の日本酒をちょっと鯉こくのお椀《わん》にたらした。池波正太郎も風間画伯も、私にならって、うなずいた。この時も、池波正太郎はメモ帳になにか記していた。そこで、〈ちょいと、ぬるかった〉につながるのである。

ところで、池波正太郎の小説の楽しみのひとつに、食べ物の描写があるのはいうを待たない。かなり初期の作品のなかにも、食べ物の情景がある。江戸の市井《しせい》の食生活だけではなく、戦国の武将や徳川の大名、藩の家老や重役たちの食べ物が、巧みに小説の中に取り入れられていることに、もっと注目すべきだろう。

一九七四（昭和四九）年の『歴史読本』（新人物往来社）臨時増刊「日本たべもの百科」に、池波正太郎は「食べものと時代小説」という一文を寄せている。

〈むかしの人びとが口にしていたものを小説の中へ採《と》り入れるのは、書いているもの自身がたのしいことでもあるし、書くことによって、予想外の効果をあげ得ることがある。〉

この中で、短編「同門の宴」（中公文庫『青春忘れもの』所収）と長編『真田騒動—恩田木工《もく》—』（新潮文庫）を例に取って説明している。一九六〇（昭和三五）年に『錯乱』で直木賞を取るまで、信州松代の真田藩に大変な関心を抱き、五六年に初めて書いた時代小説が「真田騒動」だった。すぐに直木賞候補となったが落選、以後四篇が落ち、『錯乱』は六度目の正直だった。

〈木工の子供で、九歳と七歳になる亀次郎と幾五郎も難かしい父親の顔つきと、唇を嚙《か》みしめて入って来た若い叔父を見てからは、しめし合せでもしたように、ひっそりと箸《はし》を運んでいる。

膳には、久しぶりで蕎麦《そば》が出た。先代からいる老女中のたまが自慢で打つもので、木工は、これを大根おろしの搾《しぼ》り汁に醬油をたらし、その涙の出るほど辛いつけ汁で食べるのが好きだった。

「あ、辛い……」と、

つけ汁の器を膳に置き捨てた幾五郎に、みつが、

「だから、およしなさいと申したのに……」

と、今度は木工に、

「お父様と同じに食べて見せると申して、たまを困らせていたようでございます」

「ははははは。幾もいまに好きになるさ。亀次郎はどうだ？　もう平気になったか？」

「はい。わたくしは、大丈夫です」

と、九歳の息子は眼に涙を溜《た》めて蕎麦を啜《すす》っている。

「主米《しゅめ》。原も蕎麦が好きでな」と、木工は、

「信濃に住んで蕎麦の嫌いな者はいまいが、とりわけ、原は、これが好物なのだよ」〉

（『真田騒動』）

藩の財政状態を危機におとしいれた原八郎五郎を倒し、立て直しに取り組む恩田木工民親《たみちか》を描いた小説だが、まず財政の逼迫《ひっぱく》ぶりを読者に理解させなくてはならない。また財政再建の当事者が贅沢三昧《ぜいたくざんまい》では話にならない。

〈この食事の情景は、十万石の家老の食事がどのように質素なものかを蕎麦中心の食事によって感じさせることができる。

ことに真田汁ともよばれる大根おろしのしぼり汁で蕎麦を食べるという、当時の信州人の好みも出て、これを読んだあの地方の古老たちは、

「つばがたまってきました」

などと、よろこんでくれたものだ。

（略）

こうしたわけで、時代小説につかう食べものについては、いちいち調べた上で書かねばならないし、めんどうなことにはちがいないが、それをおこたらなければ、かならず、それだけの効果があるものなのである。

私の場合、調べてみても、その場面にそぐわないものだったら、食べもののことは書

かぬことにしている。
また、その一方では……。
すこし時代がちがっていても、効果があがるのなら、うなぎでもまんじゅうでも、かまわずにつかうことにしている。〉（前出「食べものと時代小説」）

日本の近代文学は、ことのほか食べ物について書くことを抑制してきた。長いあいだの食糧不足の歴史が、食べることを云々《うんぬん》するのは女々しい所業とみなす思想を生んだのだ。

「武士は食わねど高楊枝《ようじ》」の精神である。『真田騒動』が発表された五六年には、まだまだその風潮は残っていたといってもいいだろう。もちろん、このことだけではないが、池波作品が当初、選考委員に受け入れられなかった理由の一端があるように思えてならないのである。池波正太郎は、日本の近代文学のタブーに敢然と挑み、見事にその壁を打ち破ったともいえる。

『剣客商売』や『鬼平犯科帳』がこの世に出なかったら、おそらく駅弁の「深川めし」も誕生することはなかったろう。味は各人の好みだからおくとしても、唯一《ゆいいつ》、東京の郷土性を帯びた駅弁があることを素直に喜びたい。発売は池波正太郎が亡くなる二年前のことだから、駅弁の「深川めし」は口にしなかったと思われる。食べた感想を聞いてみたかった気もするが、それはそれで良かったのかもしれないと思っている。

（常磐大学教授）

〔剣客商売〕食べ物一覧

▼同じ食べ物が同一編に多出する場合は、最も詳しく書かれているところをとった。
▼頁は新潮文庫版の頁。

①剣客商売

作品名	頁	登場する食べ物・店	季節
女武芸者	7、8	根深汁、大根の漬物、麦飯	安永六(一七七七)年年末～
	17	嵯峨落雁(［京桝屋］)	安永七(一七七八)年年始
	26	納豆汁	
	44	豆腐の吸物、甘鯛の味噌漬	**＊小兵衛五十九歳～六十歳**
剣の誓約	61	田螺の味噌汁	初春、ものの芽の息吹きのころ
	80	浅蜊の剥身と葱と豆腐の煮こみ	
芸者変転	139	鯉の洗いと味噌煮、鯨骨と針生姜の吸物	春光うららかな若葉のころ
井関道場・四天王	145	鯰(皮つきの削身を割醤油で煮ながら)	菖蒲の花のころ
	158	菜飯、のっぺい汁(［玉の尾］)	
雨の鈴鹿川	214	蛤飯(桑名名産、蛤は春先に採っておいて煮しめたもの)	晩春から初夏に移り変るころ
まゆ墨の金ちゃん	232	蕎麦の実をまぜた嘗味噌、茄子の丸煮	梅雨のころ
御老中毒殺	289	鮎	梅雨明けのころ

	313	冷えた瓜	
	319	冷やした白玉の白砂糖かけ、熱い煎茶	

②辻斬り

鬼熊酒屋			文月中旬
辻斬り	51	落ち鱸の塩焼き、栗飯	秋、虫が鳴きしきるころ
	55	秋茄子、水芥子をあしらった味噌汁	
	66	将棋落雁（「桔梗屋」）	
老虎	78	沢庵漬	晩秋〜初冬
	82	蕎麦屋（「亀玉庵」）	
	106	鴨の肉、見事な葱、芹、手打ちの饂飩	
	107	鴨鍋、鴨飯	
悪い虫	129	熱い饂飩	冬ざれの色にすべてがつつまれているころ
	134	鰻	
	138	蕪の味噌汁、里芋の煮物、大根の漬物	
三冬の乳房	173	京菓子・窓の月（「大和屋」）	暮れ〜安永八（一七七九）年
	174	豆腐汁、鮒の甘露煮、沢庵の薄打に生姜の汁をしぼりかけたもの	
	186	納豆汁	
	191	泥鰌鍋（「山城屋」）	
	194	軍鶏鍋屋（「五鉄」）	＊小兵衛六十一歳

妖怪・小雨坊	204	蛤・豆腐・葱の小鍋だて	年明け
	204	蛤飯	
	217	泥鰌鍋	
不二楼・蘭の間	256	芹と鴨	如月（陰暦二月）のころ
	262	鰻屋（「大金」）	
	273	軍鶏鍋屋（「三河屋」）	

③陽炎の男

東海道・見付宿	23	銘酒・亀の泉	初春
	40	鶏肉と葱を叩きこんだ雑炊	
赤い富士	65	蕎麦屋（「翁庵」）	朧月夜のころ
陽炎の男	89	茶巾餅（「布袋屋」）	桜の散ったあと
	92	豆腐汁と漬物	
	98	毛ぬき鮨（「笹屋」）、蕎麦屋（「翁屋」）	
	103	千鳥そば（「十一屋」）	
	113	淡雪煎餅（「布袋屋」）	
嘘の皮	131	蕎麦屋（「寿庵」）	苗売りの商いのころ
	140	白玉汁粉（「梅園」）	
	162	六郷蜆の味噌吸物、鰹の刺身	
	164	鮑の蒸切に味噌をあしらったもの	
兎と熊	165	小口茄子と切胡麻の味噌吸物、鰹の刺身	初夏

	191	泥鰌鍋、青々と茹であげた蚕豆	
	194	豆茶飯	
婚礼の夜	226	茶巾餅（［高砂屋］）	梅雨のころ
	254	鰻	
深川十万坪	258	鰻、泥鰌	梅雨が明けぬうち
	258	蕎麦屋（［翁蕎麦］）	
	272	胡瓜もみ、手長蝦の味醂醤油付焼	
	275	油揚と葱の汁、茄子の漬物	
	293	豆腐汁	

④天魔

雷神	9	南京落雁（［富士屋又兵衛］）	梅雨明けした真夏
	18	鰻	
箱根細工	38	泥鰌鍋	夏
	70	嵯峨饅頭（［桔梗屋］）	
	74	冷やした豆腐、鱸の洗い	
夫婦浪人	78	鱸の塩焼	初秋〜
	112	草餅	
天魔	126	饂飩（おはるの手打ち）	秋
	160	蕎麦（　〃　）	
	166	鳩饅頭（［梅の茶屋］）	

約束金二十両	173	甘酒(神田明神社門前の茶店)	秋
	176	巻繊汁と栗飯	
	192	雑炊(野菜だか米だか、粟だか麦だか、得体の知れぬどろどろした鳶茶色の)	
	196	里芋の煮ころがし	
	214	大根鍋	
	216	栗飯	
鰻坊主	219	鯰の鍋、味醂醤油付焼	蔓梅擬の実のころ
	236	もみ海苔をたっぷりとふった蛤飯	
突発	292	あたたかい飯と味噌汁、生卵と大根の漬物	師走
老僧狂乱	307	鉄鍋で煎りつけた鴨肉に芹をあしらったもの、鴨飯、芹の漬物	安永九(一七八〇)年年明け
	317	饂飩	*小兵衛六十二歳

⑤白い鬼

白い鬼	19	とろろ飯	正月~如月(陰暦二月)
	21	浮世団子([松屋])	
	44、54	くろい太打ちの蕎麦を生姜の汁で([上州屋])	
	54	粥	
西村屋お小夜	74	南京落雁([東屋庄兵衛])	如月の中旬~花の終わりのころ

手裏剣お秀	121	鮒飯	如月の中旬〜花の終わりのころ
	123	泥鰌	
	125	卵を落した熱い味噌汁、大根飯	
	129	黒飴（「桐屋」）	
	130	豆腐の田楽（「稲葉屋」）	
	136	饅頭	
	149	団子（「七里屋」）	
暗殺	200	熱い味噌汁	春と夏の境のころ
	203	蕎麦屋（「白藤蕎麦」）	
	206	炊きたての飯へ生卵の黄身を落したもの	
雨避け小兵衛	245	茄子と瓜の冷し汁	梅雨どき
三冬の縁談	249	茄子の角切に、新牛蒡のささがきの味噌汁	梅雨明け
	257	鰡の山椒味噌焼き	
	261	里芋の生醤油つけ焼	
たのまれ男	292	粥	夏もすぎようとするころ
	316	翁せんべい（「清水屋」）	
	317	蕎麦（「亀玉庵」）	
	323	白鳥（白い陶製の大徳利）の酒と鰯の裂いたの	

⑥新妻

鷲鼻の武士	8	鱸	秋

	10	豆腐と野菜の煮染	
	52	蕎麦(おはるの手打ち)	
品川お匙屋敷	67	豆腐汁に、魚の干物の夕餉	柿の木の実も色づくころ
	82	炊きあがった熱い飯と生卵、大根の漬物	
	89	磯浪そば(「東玉庵」)	
川越中納言	111	煎鴨の肉と生卵をかきまぜた飯	初冬〜年の瀬
	117	熱々の餡かけ豆腐	
	117	餅	
	138	あたたかい粥	
	156	饂飩(おはるの手打ち)	
新妻	185	熱い干菜汁	初冬〜年の瀬
金貸し幸右衛門	190	鱲の酢振へ生海苔と微塵生姜をそえたもの、鴨と冬菜の熱々の汁	安永十／天明元(一七八一)年初春
	197	大根と油揚の煮込み鍋	
	231	煮染	＊小兵衛六十三歳
いのちの畳針	247	蕎麦屋(「松桂庵」)	二月
	264	蛤	
道場破り	301	生卵を一つ割り落した粥	早春、引鶴のころ
	316	一丁の豆腐で酒。そのあと冷飯に白湯をかけまわし、沢庵で	

⑦隠れ簑

春愁	20	熱い味噌汁	桜花もさかりのころ
	21	団子（［猿屋］）	
徳どん、逃げろ	65	菜飯、酒、熱い味噌汁（［菜飯屋］）	若葉のにおいが生ぐさいまでに、ただようころ
隠れ簑	127	焼魚に味噌汁、井戸水で冷やした豆腐が一皿	初夏、松蟬の声が鳴き揃うころ
梅雨の柚の花			初夏～梅雨入り
大江戸ゆばり組	205	焼きたての鰻と冷酒	梅雨時
	207	鶏魚の刺身	
	208	鰹の刺身	
	215	きせ綿饅頭（［大黒屋］）	
	222	軍鶏を食わせる店（［丸鉄］）	
	224	湯豆腐（煮出は焼干の鮎、大根をきざんでかけまわしてある）	
越後屋騒ぎ	249	索麺（井戸水で冷やし、蓼の葉の青味、薬味の葱を添えた）	蟬が鳴きこめているころ
	264	南京粔（［笹屋林右衛門］）	
決闘・高田の馬場	314	冷やし汁、早くから冷ましてある飯、溶き芥子をそえた茄子の香の物、葱をきざみこんだ炒卵	夏

⑧狂乱

毒婦	8	莢いんげんと茄子を、山椒醤油であしらったもの	夏
	8	鰡の細づくり	
	9	煮蛸の黒胡麻味噌まぶし	
	9	小海老と焼豆腐の吸物	
	28	筍(目黒名物)	
	39	炊きたての飯、実なしの味噌汁、梅ぼしだけの朝餉	
	42	太打ちの蕎麦(「浦島蕎麦」)	
	49	蜆汁(「鮒宗」)	
	50	泥鰌鍋	
	52	見事な鯉	
狐雨	81	味噌汁と梅干の膳	秋
狂乱	111	嵯峨落雁(「京桝屋」)	秋、曼珠沙華が群がり咲くころ
	116	銘酒・亀の泉(「よろずや」)	
	124	にぎり飯に味噌をまぶして焙ったもの、芋茎と油揚を煮た一鉢、秋茄子の塩漬	
仁三郎の顔	180	卵酒	秋、柿の木の葉が黄ばむころ
	193	初雪煎餅(「橘屋」)	
	196	蕎麦屋(「末広蕎麦」)	
女と男	213	蕎麦(「翁蕎麦」)	秋
	244	鶏卵入りの重湯	

秋の炬燵	269	炒り鶏に玉子焼	秋、桜の老樹が紅葉するころ
	282	餡をからませた団子	

⑨待ち伏せ

待ち伏せ	25	蕎麦屋（［清月庵］）	秋
	33	浅蜊のぶっかけと大根の浅漬	
小さな茄子二つ	66	渋柿（吊して干柿に）	秋も暮れようとしているとき
	96	八千代饅頭	
或る日の小兵衛	116	蕎麦屋（［新花］）	神無月（陰暦十月）
	140	甘辛い垂れをつけた団子	
	145	茶巾餅（［甘林軒］）	
秘密	151	目黒飴（［桐屋］）	晩秋
	160	落ち鱸	
	164	蕎麦屋（［末広蕎麦］）	
	178	豆腐料理と酒が名物（［丸金］）	
	197	新蕎麦（おはるの手打ち）	
討たれ庄三郎	198	活のよい鮃	晩秋、鶴の群れがわたるころ
	204	鮃の刺身	
冬木立			陰暦十一月半ばすぎ
剣の命脈	284	熱い味噌汁と飯	冬
	292	卵酒	

	293	卵を二つ落し入れた粥	

⑩春の嵐

春の嵐	9	鯛の刺身、鯛の味噌漬け、軍鶏鍋	天明元年暮れ～天明二(一七八二)年、新緑が燃えたち、老の鶯が鳴くころ
	10	大根飯(軍鶏鍋の出汁かけ)	
	44	熱い根深汁に飯、魚の干物、大根の浅漬	
	66	雑煮	
	79	銘菓・雪みぞれ(「不二屋」)	
	89	熱い饂飩と酒	
	139	名物の熱い饂飩	
	174	嵯峨落雁(「京桝屋」)	
	203	団子	
	238	大笊いっぱいの浅蜊	
	276	蕎麦屋(「山田屋」)	
	278	鰹節と醤油をまぶした握り飯	
	307	豆腐	
	312	鯛の刺身、濃目の茶へ塩を一摘み落したもの	*小兵衛六十四歳

⑪勝負

剣の師弟	16	豆腐の煮たのと酒	新緑のころ
	42	蕎麦屋(「翁蕎麦」)	
	55	熱々の豆腐の田楽と酒	

勝負			梅雨入り前
初孫命名	139	手長海老の附焼に粉山椒を振りかけたもの、小胡瓜の糠漬、焙った茄子の濃目の味噌汁	梅雨のころ
その日の三冬	159	饅頭（［玉むら］）	梅雨のころ
時雨蕎麦	180	嵯峨落雁（［京桝屋与助］）	梅雨明けのころ
	207	鯉の洗いと塩焼き	
	212	蕎麦屋（［小玉庵］）	
助太刀	230	芋酒	夏
	246	瓜の塩漬に梅干を肴に酒	
小判二十両	269	最中（［翁屋］）	残暑のころ～初冬
	276	泥鰌鍋	
	284	冷やした豆腐（摩り生姜、醬油と酒、胡麻油）、豆腐と焼茄子の味噌汁、瓜の雷干し	
	290	筍・鮎・鯉（［伊勢虎］）	
	293	黒飴（目黒不動の名物）	

⑫十番斬り

白い猫	13	梅干の大樽	初秋、庭の秋草がとりどりの花をつけるころ
	15	海松貝の刺身、沙魚の甘露煮、秋茄子の香の物（［元長］）	
密通浪人	45	やわらかい叩き牛蒡で酒（［鬼熊酒屋］）	秋
	58	八千代饅頭（［椿寿軒］）	

	63	梅干の入った握り飯	
	64	根深汁	
	86	蛤の吸い物（［伊勢虎］）	
浮寝鳥	90	相鴨、しゃも鍋（［丸屋］）	陰暦十一月
	98、99	熱い味噌汁、大根と油揚の煮物（［居酒・めし三州や］）	
十番斬り	133	小豆粥	天明三（一七八三）年年明け
	141	嵯峨落雁（［京桝屋］）	
	142	鼈鍋	
	148	白粥（卵落し込み）と梅干	
	156	炊きたての大根飯と豆腐の味噌汁	＊小兵衛六十五歳
同門の酒	184	筍	陰暦二月
	187	饅頭（［佐野六］）	
	194	蕎麦屋（［笹岡屋］）	
	212	湯漬け	
逃げる人	229	蕎麦掻き（［月むら］）	正月中旬〜初春
	235	生海苔をあしらった掻き平目・甘鯛の糝薯と野菜の椀	
		盛・鶉の焼き鳥（［不二楼］）	
	252	あられ蕎麦（［月むら］）	
罪ほろぼし	272	蓬餅（常泉寺・門前の茶店）	春
	288	団十郎煎餅（［成田屋］）	
	294	蕎麦（［川品屋］）	

⑬波紋

消えた女	8	芥子菜の塩漬で酒、その後で蕨餅	桜の花の散りかけのころ
	50	烏賊(焙り焼きしたものに、山椒の葉を摺りつぶしてまぜ入れた醤油をかけたもの)、蕗の煮たもの、浅蜊飯	
波紋	56	黒飴(「桐屋」)	若葉のにおうころ
	56	筍	
	60	鰹の刺身、冷たい木ノ芽味噌かけ豆腐	
	63	焙った烏賊	
	77	蕎麦屋(「信濃屋」)	
	79	魚の干物	
	104	夏蕨、筍、蚕豆、泥鰌	
剣士変貌	108	巻狩せんべい(「笹屋」)	苗売りが商いするころ
	117	御膳蕎麦(「春月庵」)	
	126	蕎麦(「万屋」)	
	146	豆腐(井戸水で冷やしたのに、醤油、胡麻油、薬味の紫蘇をそえた)	
敵	166	沙魚の煮つけ	梅雨のころ
	177	吉野落雁(「丸屋」)	
	180	団子、煎餅	
	200	茄子の新漬に溶き芥子ぞえ、独活の塩もみ	
	230	稲荷ずし	

夕紅大川橋	263	蕎麦	夏も終ろうとしているころ～秋も深まったころ
	303	落ち鱸、鶉、青柳	
	303	鮗の栗漬	

⑭暗殺者

暗殺者	54	筍飯・菜飯(目黒不動近くの茶店[亀田屋])	天明三年師走(陰暦十二月)～天明五(一七八五)年秋
	62	大根鍋(昆布の出汁、猪の脂身)	
	73	間鴨を入れた熱い饂飩	
	91	柚子切の蒸し蕎麦([明月庵])	
	99	卵の黄身を落した濃目の味噌汁に炊きたての飯、大根の香の物	
	144	薄味に煮た豆腐([山の井])	
	153	煎餅	
	157	蕎麦落雁([明月庵])	
	196	鶏肉と葱入りの饂飩(おはるの手打ち)	
	227	白粥に梅ぼし、大根の香の物の朝餉	

⑮二十番斬り

おたま	8	木ノ芽田楽味噌	天明四(一七八四)年、桜の蕾が綻ぶころ ＊小兵衛六十六歳
	25	嵯峨落雁([京桝屋])	
二十番斬り	56	鶏と葱を入れた粥	三月十五日(陰暦)～梅雨の

75	熱い味噌汁と炊きたての飯、炒り卵
99他	まずい饅頭
125	泥鰌なべ（［川半］）
140	鰻（［鮒宗］）
157	炊きたての麦飯にとろろ汁
159	蕎麦屋（［舛屋］）
168	饅頭
176	茶漬
213	白粥
250	油揚を入れた湯豆腐

ころ

⑯浮沈

浮沈

19	新蕎麦（［万屋］）
27	天麩羅蕎麦（貝柱のかき揚げ）
33	沙魚の刺身
38	いい鰻、下総の梨
45	千歳餅（［鶴屋］）
75	末広おこし（［橘屋］）
83	あられ蕎麦（［瓢箪屋］）
118	あたたかい飯に味噌汁、魚の干物
121	柚子切蕎麦（［原治］）
145	饂飩の煮込み

天明四年秋～天明五（一七八五）年年明け［～寛政五（一七九三）年］

作品名	頁	登場する食べ物・店	季節
	201	蕎麦屋（［瓢簞屋］）	＊小兵衛六十七歳
	203	飴	
	209	握り飯・熱い大根の味噌汁・煮豆（［鯉屋］）	
	238	嫁菜と生卵が入った粥	

番外編　黒白（上）

作品名	頁	登場する食べ物・店	季節
黒白	39	甘酒（［正月や］）	寛延二（一七四九）年～安永二（一七七三）年
	46	鰺の干物、大根の浅漬、梅ぼし	
	92	多摩川の鮎の塩焼きと瓜の塩もみ	
	94	水飴、芋田楽、焼だんご（鬼子母神）	
	99	鯛の尾頭つき	
	108	汐美饅頭（［栄寿堂］）	
	126	饂飩（汁に味噌入り）	
	167	熱い味噌汁	
	170	豆腐（酒の肴）	
	268	熱い飯、塩もみの新鮮な茄子、卵を落した味噌汁	
	271	よい鮎	
	294	薄い粥と梅ぼし	
	296	糝粉餅（白砂糖かけ）	
	303	韮の味噌和え	
	304	わらびや筍の煮つけ	

番外編　黒白(下)

	339	豆腐の味噌田楽、大根の香の物（目白不動門前の茶店）	
	378	味噌仕立ての汁、鶏卵に葱の饂飩（手打ち）	

番外編　ないしょ　ないしょ

ないしょ　ないしょ	23	葱の味噌汁	明和六（一七六九）年夏〜安永三（一七七四）年春 [天明八（一七八八）年夏] ＊小兵衛五十一歳〜五十六歳
	41	茄子の煮浸し	
	78	軍鶏なべ屋（[五鉄]）	
	98	焼茄子の味噌汁、瓜揉み、鯵の干物	
	104	つけとろそば（[花駒屋]）	
	107他	蕎麦屋（[原治]）	
	145	紫蘇切蕎麦（[原治]）	
	150	握り飯（味噌を塗って焙ったもの）	
	165	蛤の吸い物、秋茄子の塩もみ、餡かけ豆腐	
	169	味噌汁（[能登平]という飯屋）	
	218	亀屋饅頭	
	225	蕎麦掻き（[原治]）	
	229	白粥	
	251	柚子切蕎麦（[原治]）	
	251	草餅	
	291	淡雪蕎麦（[湊屋]）	
	301	粥（卵が一つ割りいれてある）	

〔剣客商売〕年表

——筒井ガンコ堂編

【西暦】	年号	【剣客商売・作品中のできごと】	【内外のできごと】
一七四八	寛延元	辻平右衛門、麹町の道場をたたみ、山城の国・愛宕郡、大原の里に隠棲	「仮名手本忠臣蔵」初演
一七四九	寛延二	小兵衛、本多伯耆守屋敷での試合で波切八郎に勝つ 波切八郎、翌々年三月七日、武州・野火止での真剣試合を小兵衛に申し込み、小兵衛、これを受ける	
一七五〇	寛延三	梅雨前のころ、波切八郎、水野新吾を斬り、道場を去り、橋屋の離れに身を寄せる 梅雨のころ、小兵衛、内山文太に後事を託し、江戸を離れる	
一七五一	寛延四	三月初め、小兵衛、江戸へ戻る 三月七日、内山文太を立合人として小兵衛、武州・野火止の平林寺門前へ赴くが波切八郎現れず 三月七日、小兵衛、内山文太の仲人でお貞とささやかな婚儀を行う このころ、波切道場を預かる三上達之助、心ノ臓の発作で倒れる	

		小兵衛、初めて波切道場の下僕・市蔵と会う（のち引き取る）	
	宝暦元（寛延四）	初夏、小兵衛、道場つくりに取り掛かる	
一七五二	宝暦二	小兵衛、四谷・仲町に道場をかまえる	
一七五三	宝暦三	一月中旬、小兵衛、杉浦石見守より〔高松小三郎〕少年の剣術指南を頼まれる。雪の日、〔高松小三郎〕襲撃のことあり、その場で奇《く》しくも遭った波切八郎と対決し、小兵衛、八郎の右手を斬り落とす	
一七五八	宝暦八	秋山小兵衛四十歳。山崎勘介との死闘の年	
一七六〇	宝暦十	小兵衛の妻・お貞歿 三冬の母・おひろ歿	江戸大火
一七六八	明和五	大治郎、大原の里の辻平右衛門の許へ。以後、五年滞在	上田秋成「雨月物語」できる
一七七〇	明和七	土井能登守の面前で、小兵衛、牛堀九万之助と試合をする	（英）このころ産業革命期に入る
一七七三	安永二	辻平右衛門歿。大治郎、諸国修行の旅へ	杉田玄白ら、小塚

		小兵衛、辻平右衛門を送った後、京・三条大橋の上で偶然、いまは町人姿となった波切八郎とお信を見る	原で腑分を見る 田沼意次、老中となる（安永元）
一七七五	安永四	おはる、小兵衛の下女に。このころ、小兵衛、道場をたたみ、鐘ケ淵に隠棲	（米）独立戦争勃発
一七七六	安永五	隠宅へ移って間もなく、小兵衛のもとに今は大名になったもと〔高松小三郎〕より隠居祝いの百両届く 井関忠八郎歿 三冬、根岸の寮に住み暮らす	平賀源内、エレキテル完成
一七七七	安永六	二月、大治郎、諸国修行の旅より江戸へ戻る。小兵衛、橋場に道場を建ててやる 夏、田沼屋敷での試合で、大治郎が江戸剣術界にデビュー 小兵衛、〔鬼熊〕に立ち寄るようになる 十二月、小兵衛、三冬の危急を救い、以後、相知るようになる	三原山大噴火 （米）星条旗制定。国号きまる
一七七八	安永七	嶋岡礼蔵、江戸に柿本源七郎と立ち合うために出る	ロシア船根室に来

も、その弟子、伊藤三弥に弓矢で射殺される。秋山父子、本性寺に葬る
大治郎、礼蔵の遺髪を携え、大和の国へ赴く
大治郎、鈴鹿川で後藤伊織の助太刀をする
初夏、後継者問題片づき、井関忠八郎道場閉じる
三冬、金子孫十郎道場へ通う
梅雨のころ、小兵衛とおはる、祝言をあげる
夏、田沼意次毒殺未遂事件起きる
飯田粂太郎、大治郎に入門
粂太郎の父・平助、自殺
小兵衛、初めて田沼意次と会う
初秋、〔鬼熊〕の熊五郎死ぬ
千五百石の御目付衆・永井十太夫の辻斬り事件発覚。切腹、お家取り潰し
辻売りの鰻屋・又六、大治郎に剣術指南を乞う
小兵衛の隠宅、小雨坊に焼かれる。小兵衛、小雨坊を討つ
小兵衛とおはる、〔不二楼〕離れに仮住まい

航。松前藩に通商を求める
冒険家クックがハワイで殺され、その後、探険船日本を認める

一七七九　安永八

一七八〇	安永九	春、大治郎、見付宿に浅田忠蔵救出に赴く 初夏、和泉屋の根岸の寮、襲われる 〔不二楼〕の座敷女中おもとと料理人長次、小兵衛の世話で夫婦となり、〔元長〕開店 村岡道歩の娘・房野誘拐事件起こる 梅雨のころ、又六、深川島田町に移り住む 夏、大治郎、小兵衛の使いで箱根で療養中の横川彦五郎を見舞う 小兵衛の隠宅、再建なる 大治郎、横川の死を看取り、江戸へ帰る 初秋、大治郎、〝狂気の剣〟笹目千代太郎を斬る 秋、秋山父子、雲弘流の達人・平内太兵衛を知る 二月、小兵衛、〝異常殺人犯〟金子伊太郎逮捕に協力 〝西村屋お小夜〟一味逮捕 春、小兵衛、杉原秀と知り合う 夏、大治郎、五千石の大身旗本・杉浦丹後守を斬る 小兵衛、釜本九十郎を始末する	松前藩、ロシア船の通商要求拒否 鹿児島桜島で噴火 平賀源内歿 黄表紙、洒落本流行する 「都名所図会」刊 藩校設立盛ん 〔欧〕マリア・テレジア歿

		三冬に大久保兵蔵との縁談持ち上がる。大治郎煩悶 〝品川お匙屋敷〟事件で三冬誘拐され、大治郎救出に奔走 十一月十五日、大治郎と三冬、結婚 大坂・天満の柳嘉右衛門急死。大治郎、急遽《きゅうきょ》、大坂へ その帰途、御油の辺りで〔秋山大次郎〕を助ける	
一七八一	天明元 （安永十）	一月、小兵衛、初めて金貸し浅野幸右衛門と会う 浅野幸右衛門縊死し、小兵衛に湯島天神下の家と千五百余両を託す 二月、植村友之助、為七を助ける 友之助と為七、浅野幸右衛門旧宅に移り住む 大治郎、鷲巣見平助と立ち合う 三月、小兵衛、後藤角之助を斬る 笹野新五郎、大治郎に入門 晩春、大治郎、滝口友之助と知り合う 小兵衛、小出源蔵の鼻をちょん切る 「大江戸ゆばり組」逮捕	（米）ヨークタウンの戦

一七八二	天明二	夏、笹野新五郎、小兵衛の口ききで小川宗哲宅に寄宿 秋、大治郎、杉本又太郎の危急を救う。又太郎、大治郎に入門 小兵衛、石山甚市を斬る 三冬、常州・笠間藩士ら六人に対し剣技を揮う 杉原秀、〔仕掛人〕大野庄作を殪《たお》す 佐々木周蔵、旧主・若林春斎の罪をかぶったまま、柳田茂太郎に故意に討たれる 佐々木の妻おりく、小川宗哲宅へ 大治郎、半年の間、三度ほど刺客に襲われる 滝口友之助、自害 小兵衛、黒田庄三郎から死様を見届けてくれと頼まれる 年末、〔あきやまだいじろう〕を名乗る頭巾の男による連続刺殺事件発生 〔あきやまだいじろう〕事件続く 菓子舗〔不二屋〕倅・芳次郎、杉本又太郎に入門	幕府、天文台を浅草に設置

正月早々、大治郎の取り調べ続く

小兵衛、十年ぶりに荒川大学を訪ね、戸羽平九郎のことを聞く

初夏、小兵衛、愛弟子黒田精太郎をわが手に成敗する。以後、しばらく鬱屈が続く

大治郎、谷鎌之助と立ち合い、敗れる

大治郎、再度、谷鎌之助と立ち合い、負けてやる。

その朝、三冬、男児を出産

無頼浪人ら、小兵衛隠宅に強盗に入る

松崎助右衛門の助言で大治郎の息の名、「小太郎」に決まる

梅雨明けのころ、三冬、かつての井関道場の同門、岩田勘助と不思議な出逢いをする

夏、大治郎、芋酒屋伊平と知り合う

秋山父子、扇子・団扇売りの浪人、林牛之助と知り合う

小兵衛、小野田万蔵と二十数年ぶりに出会う

平山源左衛門、小兵衛に果たし状を届けるも、立ち

下総印旛沼干拓着手

(清) 四庫全書成る

一七八三	天明三	合わないまま急死 大治郎、浅田忠蔵の見舞いで遠州・浜松に滞在 大治郎夫婦、老乞食殺人事件に巻き込まれ、四千石の大身旗本・溝口家の家来に襲われる 一月、小兵衛、小川宗哲宅で村松太九蔵を見る 小兵衛〈十番斬り〉 二月、小兵衛、矢村孫次郎を救出する 大治郎、高橋三右衛門と知り合う 小兵衛、永井源太郎（永井十太夫の息）を助ける 桜花のころ、同心・永山精之助殺される 小兵衛、横堀喜平次一味を捕える 梅雨の晴れ間、〔仕法家〕笠原源四郎殺される 晩夏のころ、内山文太失踪事件 初秋、林牛之助死ぬ 横山正元、内山文太の孫・お直と結ばれる 永井源太郎、大治郎に入門 晩秋、内山文太歿 十二月、小兵衛、波川周蔵の腕前を知る	浅間山噴火（死者二万人） 伊勢の船頭大黒屋光太夫らロシア領アムチトカ島に漂着 〔欧〕パリ条約（英、アメリカ合衆国の独立承認） 冷害によって諸国凶作、大飢饉。各地に打ちこわし起きる 田沼意知、若年寄となる

一七八四	天明四	二月二十日、刺客団、田沼意次を襲う 三月十五日、小兵衛、目眩《めまい》に襲われる。この日、昔の門人、井関助太郎が隠宅に逃げ込む 梅雨のころ、小兵衛〈二十番斬り〉 秋のころ、杉原秀、又六と結ばれる 山崎勘之介、剣客に襲われ重傷を負う。小兵衛、これを救う	新番士佐野政言、田沼意知を江戸城中に刺す
一七八五	天明五	山崎勘之介を狙う旗本、木下主計病死 秋山父子、伊丹又十郎を討つ 山崎勘之介、生駒筑後守の家来となり、中小姓として仕える 夏、小兵衛の媒酌によって、杉原秀・又六、正式に夫婦となる	
一七八六	天明六		将軍家治病死し、田沼意次罷免される
一七八七	天明七		十月、意次、隠居を命じられる

〔剣客商売〕色とりどり

主役２人と著者（右）

テレビドラマ版　**剣客商売**

昭和四十八年四月から二十二回
フジテレビ系 夜8時より放映

■キャスト
秋山小兵衛　山形勲
秋山大治郎　加藤剛
佐々木三冬　音無美紀子
おはる　梶三和子

■プロデューサー　市川久夫

初日の帝国劇場前

公演のプログラム表紙

舞台版 剣客商売

昭和五十年六月 帝国劇場公演

■キャスト
秋山小兵衛 中村又五郎
秋山大治郎 加藤剛
佐々木三冬 香川桂子
おはる 真木洋子

■脚本・演出 池波正太郎

テレビドラマ版　**剣客商売**

平成十年十月から
フジテレビ系　夜8時より放映

■キャスト
秋山小兵衛　藤田まこと
秋山大治郎　渡部篤郎
佐々木三冬　大路恵美
おはる　小林綾子

■企画　市川久夫ほか

■製作協力　松竹京都映画株式会社

〈［剣客商売］を読んでいると、人生の最後の道を歩いているという、小兵衛の苛立《いらだ》ちみたいなものを随所に感じます。年取るのが楽しみみたいな部分も表面にありますけれども、

時々、苛立ちとか、衰えとか、きっちり書かれてある。普通の時代小説には、あまりそういう主人公のあせりとか、哀《かな》しみみたいなものは出てこないですよね。あのあたりが面白いなと思うんです〉

〈池波さんの原作は、非常に世話場の話、おどろおどろした世界の話、いろいろある。そこにどういうふうに小兵衛が絡《から》んでいくかという筋ですね。突如として鰻屋《うなぎや》の又六が主人公の話があったり、〔まゆ墨の金ちゃん〕や〔天魔〕みたいな、わけのわからん奴が出てきたりする。その中を小兵衛が泳いでいく。だから、茶の間で見ている人が「今週はどんな奴が出てくる話やろな」となってくれれば、と思うんですよ。さすが池波さんや、これはこれまでの八時の時代劇と違うが、おもろいな……となってくれればね〉（藤田まこと　談）

©さいとう・プロ

コミック版　**剣客商売**

「リイドコミック」（リイド社より月刊発行、平成十年二月十九日号より連載開始）

■作画　さいとう・たかを　■脚色　北鏡太

〈池波正太郎先生の作品は、昔から好きだったんです。特に『鬼平犯科帳』と『剣客商売』は大好きで、よく読んでました。『剣客』は、人物も物語も、とにかく「動いている」んです。しかも主要三キャラクターは、全員がアウトローで、特徴が際立っている。老人スーパーマンに、かたぶつの若者、男装の女剣士——これだけでも、十分劇画的です〉

〈『剣客』は、これだけ多くの人に読まれている作品ですから、読者なりのヴィジュアル・イメージが出来上がっていて当然でしょ

＊単行本は新潮社より刊行中

うね。それを劇画にするんですから「イメージが違う」と不満を覚える人がいるのも当然でしょう。しかし、その点は、もう割りきってやっています。私なりのキャラクターを描いて、今までの池波ファンとは違ったファンを新たに獲得できればと思っています〉

〈実際に描いていて、こんなに楽しい仕事はありませんね。何といっても、私の年齢が近いせいか、秋山小兵衛には、特に感情移入できます。今、私は小兵衛を描いている時がいちばん楽しい。彼には、現代人にはない、特異な老人パワーを感じて、共感を覚えています。あんな小柄な老人が、いざとなったらスーパーマンのような働きをするなんて、それだけでも小気味いいじゃないですか。剣の達人でありながら、ずるさや嫌らしさも持っている点も、意外と現代的なキャラクターですよ〉（さいとう・たかを　談）

［剣客商売］の楽しみ

『剣客商売』の読み方

筒井ガンコ堂

秋山小兵衛・大治郎父子を主人公として書き続けられた『剣客商売』は、池波正太郎の時代小説三大シリーズの中で、最も準備の整った段階で、余裕をもって書き出された、安定感のあるシリーズと言っていい。

『鬼平犯科帳』は、題材としての人物、実在の旗本、長谷川平蔵宣以《のぶため》を史料の中から得て十年、作者の胸の中に温められていたことは、作者自身が語ってもいるのでよく知られている。その十年は専《もっぱ》ら、長谷川平蔵を主人公にして寛政期を中心に市井《しせい》のものがたりを書くための文体の模索に費やされたのだが、それを裏づけるように、シリーズ第一作の「浅草・御厩河岸《おうまやがし》」に至るまでに、長谷川平蔵が登場するいくつかの短篇がある。

『仕掛人・藤枝梅安』シリーズには、先行する作品に「梅雨の湯豆腐」がある。これは非常によくできた短篇で、作者自身も手応《てごた》えを覚え、また読者の評判もよかったようだ。しかし、この作品の主人公は梅安ではなく相棒の彦次郎《ひこじろう》で、しかも彦次郎は、この短篇で死んでしまう。また〔元締《もとじめ》〕として暗黒の世界を牛耳る江戸の音羽の半右衛門《はんえもん》や大坂の白子屋菊右衛門らも、「梅安シリーズ」に先行する数多くの江戸暗黒小説《ピカレスク》にすでに顔を出している。

つまり、『鬼平犯科帳』にしても『仕掛人・藤枝梅安』にしても、シリーズとして書き出されるまでに、いくつかの試作が必要だったようだが、『剣客商売』に関しては、それに先行する、原型とみなされる作品が見当たらず、十分な構想に基づいて、いわば〝満を持して〟書き出されているのである。

そのことは、作者歿後の平成四年（一九九二）、「小説新潮」五月号で初公開された創作ノートを見ても瞭《あき》らかである。

今あらためてそのノートの写真を見ると、いろいろ興味深いことにぶつかる。例えば、秋山小兵衛の姿形は、のちに作者自身も語っているように、歌舞伎《かぶき》の中村又五郎丈に借りたことが定説になっているが、そのノートに秋山小兵衛のイメージとして貼《は》ってあるのは日本画の前田青邨翁《せいそんおう》の着物姿の写真である。また大治郎については、第一作の「女武芸者」のメモに「巌《いわお》のごとく、たくましい体軀《たいく》。浅ぐろくなめし革を張りつめたような皮膚の照り。濃い眉《まゆ》の下の両眼、光が凝る」とある。これを実際に小説の中でみると、

まるで巌のようにたくましい体軀のもちぬしなのだが、夕闇《ゆうやみ》に浮かんだ顔は二十四歳の年齢より若く見え、浅ぐろくて鞣革《なめしがわ》を張りつめたような皮膚の照りであった。

若者の、濃い眉の下の両眼の光が凝っている。小さくて敏捷《びんしょう》なみそさざいが数羽、飛び交っているうごきを飽きもせず見入っているのだ。

となる。そして、その大治郎のイメージとして作者は、ジェームス・スチュアート、ゲーリー・クーパーの写真を貼っている。

ちょっと話がわき道にそれたが、『剣客商売』の創作ノートには、じっくりと構想を練った跡が如実に表れている。「女武芸者」から始まって第二作「剣の誓約」、三作目「芸者変転」までの登場人物について、年齢、役柄などキチンと書き込まれているのだ。さらに、秋山小兵衛の住居、大治郎の道場の詳細な見取図と場所を示す地図もノートに詳しく書かれている。そして最初の三作を読むと、『剣客商売』の大枠が見えてくる仕掛けになっている。秋山父子に佐々木三冬、おはるの主要人物が出揃《でそろ》うし、無外流の説明もある。そして安永という時代がどういう世相であったかも分かるようになっている。

『剣客商売』は、一口で言えば、安永・天明という、町人の勢いが伸びた時代、反対に武家の社会がかなり弛緩《しかん》し、壊れかけた時代に、敢《あ》えて「剣の道」をたつきにしようと考える秋山大治郎とその父親・小兵衛が、さまざまな欲望につき動かされて〔悪〕をなす者たちを懲《こ》らしめるという物語である。

純粋なエンターテインメントだから、私たちはその物語の一つ一つを楽しく読めばいいわけだが、読み進むにつれて、作者がこの小説で何を書きたかったのかがおぼろげに分かってくる。それは、先に紹介した創作ノートに作者自身が書きつけている、
〔人間の心底のはかり知れなさ〕
であろう。池波正太郎について多く書き、文庫版の『剣客商売』の解説を書いている常盤《ときわ》新平氏は追悼文の「晴れた昼さがりの先生」の中で、御用聞きの弥七《やしち》のことばから、「人間というものは、辻褄《つじつま》の合わねえ生きものでございますから……」というのを拾っているが、同じ意味だろう。事件や犯罪を引き起こす人間が多く登場し、秋山父子に懲らしめられるというのが基本構図であるから、極言して、
〔人間の愚かしさ〕
と言ってもいいように、私には思われる。
とまれ、秋山父子は実にいろいろな事件に巻き込まれ、時には危機一髪の目に遭いながら、剣技を揮《ふる》ってそれを脱出し、事件を解決してゆく。
この文の最初に私は「余裕をもって書き出された」と書いたが、無論、小説つくりの苦心は大変なものだったろう。当然、いろいろに工夫されて、あれだけの長い連載になったのだが、特に大変だったろうことは、事件とのかかわり合いをいかに自然につくるかということだったのではないか。言ってみれば、世の中から退いた元剣客の小兵衛は隠居である。大治郎は生真面目《きまじめ》だが、生活の仕方も知らない若い道場主である。その二

人がどのようにして世の中と、事件とかかわり合うか。

私は、作者歿後に編まれた『剣客商売全集』の付録の人物事典を依頼され、書いたが、秋山小兵衛の項目に次のように記している。

「……。剣を捨て、世も捨てて生きる心算《つもり》だったが、老来、何によらず他人の事が気に懸かり、それがいささかでも異常であれば尚更に興味をそそられ、事件に巻き込まれ、剣技を揮わざるをえない仕儀になる。かくして小兵衛の〔剣客商売〕は続く」

すなわち、暇を持った老剣客は、好奇心旺盛《おうせい》で、自らすすんで事件に首を突っ込む傾向があるような人物に仕立ててあるのだ。もちろん、長い間、剣客として生きてきた間に生じた因縁から、本意なく事件となっていく場合もある。大治郎も短い年月ではあるが剣客として生きてきて、同様に事件に巻き込まれることがある。かくて秋山父子の「剣客商売」は滞りなく「営業」が続くというわけだ。その「営業」の実際が長篇、番外篇を含めて八十九篇に収められているのだが、このシリーズの娯《たの》しみは、展開される物語のストーリー性だけにあるのではないことは言うまでもないだろう。そのいくつかを挙げてみよう。

その一つは、『鬼平犯科帳』が組織とかリーダーシップを強く感じさせ、『仕掛人・藤枝梅安』が個と個の結び付き、そして信頼関係を感じさせるのにくらべて、『剣客商売』は、家族とか師弟関係などが前面に出ているように感じられることである。そもそも小兵衛は、大治郎にとっては父親であり、同時に厳しい師であった。

そんなことを漠然と考えていたので、「小説新潮」が昭和六十三年（一九八八）一月臨時増刊号で「書下ろし時代小説大全集」を特集したとき、たまたま池波氏にインタビューする役が私に回ってきたとき、直接ご本人に、意識的に考えたのかどうか質《ただ》してみた。氏の答えは「自然にそうなったんですよ。僕は、意識的に書いたことは一度もありませんという」ということだった。常に語り、書かれた氏の小説作法からすると当然の答えだったろう。何しろ、あれほど長く続いた『鬼平犯科帳』は当初、一年十二回ぐらいで終わる予定だったというし、『仕掛人・藤枝梅安』にしても、最初の単行本『殺しの四人』（「おんなごろし」以下五篇が収められている）の「あとがき」によれば、「仕掛人・藤枝梅安を主人公にした小説が、望外の好評を得て、このような〔シリーズ〕になろうとは、はじめ私も考えてはいなかった」とのことである。ただ、氏の答えには続きがあって、「ただ、そういう要素が結果的に特徴になっているとは言えるかも知れませんね」とフォローしてもらっている。だから、私の指摘も満更外れているわけではないと言えるのではないだろうか。

次に『鬼平犯科帳』とも『仕掛人・藤枝梅安』とも共通する点ではあるが、池波氏独特の〔食〕のシーンがふんだんに描かれていることだ。ほかでも書いたことだが、池波氏の時代小説での〔食〕のシーンは、そもそも季節感を出すために書かれるのだが、その効用を遥《はる》かに超えて、読者はいかにも美味《おい》しい日本人本来の伝統的な食べ物を小説の中で娯しむのである。また作者自身も楽しみながら書いているように見受けられる。本当はいろいろ大変なのだろうが、そう思わせるのも作者の技というものだろう。のちに、『剣客商売』に出てくる食べ物を再現して「小説新潮」で『剣客商売　庖丁ごよみ』と題して連載、歿後、単行本にまとめられ、のち文庫にもおさめられた。

さらに、秋山小兵衛が五十九歳の時点から書き始められた（六十七歳まで）こともあって、〔老い〕の問題、あるいは〔死〕の問題も随所に書かれていて考えさせられる。小兵衛も時に病に臥《ふ》したり、目眩《めまい》に襲われたりする。元気な日常でも、なかなか蒲団《ふとん》から抜け出せなかったりする。でも、殆《ほと》んどの場合、年齢《とし》とは思えないほど颯爽《さっそう》とした老剣客ではあるけれど。

私が師・池波正太郎から直接訓《おし》えられたことは多々あるが、その中で一番、現在身にしみて教訓としているのは、「人間は四十歳を過ぎたら、一日に一度、死ということを考えた方がいい」という言葉である。死を思うことによって、日々の生がかけ替えのないものになるという風に理解しているが、作者は『剣客商売』を書き続けながら、自らとほぼ年齢の近い小兵衛の言動に託して、さまざまなことを私たちに伝えてくれていたのだ。

南原幹雄氏は同じ作家の立場から、池波氏の三つのシリーズのうち、『剣客商売』が一番書くのが難しかっただろうという意味のことを仰有《おつしや》っていて、それは、先に書いた事件とのかかわり合い方の自然さを保つ難しさにも通じて尤《もっと》もだと思うが、こと秋山小兵衛の言動、ものの感じ方・考え方に関しては、池波氏はほぼ等身大に捉《とら》えて、自らの思いを存分に語られたのではなかったかと私は考えている。その意味で、池波氏にとって『剣客商売』が最も身近な小説だったろうと想像しているし、読者もこの小説によって最も身近に作者の息吹《いぶ》きを感じて愛読しているように思う。

そのことは、時代が安永・天明期であることも理由になっているのかもしれない。先に述べた私が聞き手のインタビューで、安永・天明から寛政にかけての時代について、「そこがいちばん書きいいということもありますね。ことに安永はいい、好きですよ」と答えている。その時代には、衣食住その他の習慣がだいたい出揃っていて、それが今も残っていて、辿《たど》ることができるからだというのだ。

つまり、江戸の暮らしがまだ色濃く残っていた時代に東京の下町で生まれ育った池波正太郎という人が、のちに時代小説の作家になり、史料を渉猟《しょうりょう》して自家薬籠《やくろう》中のものとし、自らの土地を舞台に優れたエンターテインメントを書くとき、時代設定としては、江戸が最も江戸らしく在った「安永」ないし「天明」が一番、ふさわしいということだったのではないか。その意味で、南原氏とは意見が異なるかもしれないが、三シリーズの中で最も筆が暢《のび》やかのような気がしてならないし、そこに読者の多くは魅《ひ》かれているのではなかろうかと考えている。

男の流儀

――秋山小兵衛に学ぶ〔男の磨き方〕七カ条

佐藤隆介

「剣」

剣術というものは、一所懸命にやって先《ま》ず十年。このくらいやると多少の自信らしきものが出てくる。いうなればプロとして何とかやって行けるだろうという自負だ。

ところが、そこからもう十年、さらにまた十年、合わせて三十年も剣術をやると、今度はおのれがいかに弱いかということがわかる。四十年やると、もう何がなんだか、わけがわからなくなる……。

これは秋山大治郎が、たった十日で剣術を教えてくれと泣きついてきた鰻屋《うなぎや》の又六《またろく》にいうことばである。実をいうと、耳にたこができるほど聞かされている、父・小兵衛のことばの請売《うけう》りだ。だから又六にいいながら大治郎自身、内心で苦笑している。

剣術を他のどんな「仕事」に置き換えても通じる真実だろう。男はだれでも、それぞれの「剣」を持っている。持っていなければ生きていけない。それはサラリーマンといえども同じことである。人もうらやむ超一流会社とて、時流を読み違え、対処のしかたを誤ったら、簡単につぶれてなくなるのが世のならいだ。

最後に自分をささえるもの、結局、男の人生の柱となるものは、おのれの剣しかない。剣は人によってさまざまである。料理人なら庖丁《ほうちょう》。役者なら自分の肉体そのもの。学者なら頭脳。物書きならペン、いや、いまはワープロかパソコンというところか。

男にとって剣とは、畢竟《ひっきょう》、仕事そのものだが、仕事とは単に生活費を稼ぐための手段ではない。女房子供を養うための「休まず、遅れず、働かず」の日々を仕事とはいわない。好きで好きでたまらないから、つい、他のすべてを忘れて打ち込んでしまうもの——それが仕事である。それが男の剣である。

剣というやつは錆《さ》びやすい。安閑としているとたちまち錆びて使いものにならなくなる。そのことを知り尽くしているから小兵衛ほどの達人でも修業を怠らない。逆に、小兵衛ほどの達人だからこそ日々の修業の肝要さを知っているともいえる。

剣の道は生涯稽古《けいこ》である。稽古だ修業だというと苦痛になりかねないが、それが好きでたまらない道なら、稽古はちっとも苦にならない。それどころか大きな楽しみになる。楽しみなら毎日、だれにいわれなくても進んでやりたくなる。大治郎がそうだ。

しかし、秋山小兵衛ともなれば、せっせと倅《せがれ》の道場へ出向いて大治郎とやりあうわけではない。小兵衛と四谷伝馬町《てんまちょう》の御用聞き・弥七《やしち》との間に、こんな会話がある。

「このごろは、どこぞで稽古でもしているのかえ?」

「いいえ」

「ふうん」

「ただ……」

「ただ?」

「先生のおことばどおり、毎日、起きてから寝るまで、何事につけ、手前《てめえ》の勘を磨《と》いでおります」

「女房を抱くときもかえ?」

「女を抱くときの、差す手、引く手も剣術の稽古だとおっしゃいましたのは、どなたさまでございましたかね」

「ふ、ふふ……」


小兵衛のいう稽古とは、このことである。日常のやることなすことすべてが、おのれの剣を磨くことにつながっている。これが秋山小兵衛の生きかただ。

こういうふうに生きていれば、人間ボケるということがないだろう。ボケ老人になりたくなければ、差す手、引く手も剣術の稽古と心得て、おのれの勘を研ぐことである。

「童心」

世間の裏表を知り尽くし、したたかに生きぬいてきた小兵衛のこと。とても一筋縄で行くものではない。

「真偽は紙一重。噓《うそ》の皮をかぶって真《まこと》をつらぬけば、それでよいことよ」

というのが、この食えない剣術遣いの爺《じい》さまの流儀だ。しかしながら……である。小兵衛には、まるで子供みたいなところがある。旨《うま》いものがあると我慢できない。つい、食べ過ぎてしまい、当然の結果として腹をこわしたりする。

さすがに自分でも見っともないと思うから、「大治郎に対しては風邪にしておけ」と、孫のような若い女房おはるに命じている。むろん、大治郎のほうは察しがついていて、

「まったく、このごろの父は、どうかしています。何か、子供に返ってしまうような……」

と、三冬《みふゆ》に訴えたりしている。

十日も寝込んで、ようやく床上げをした日に、おはるの父親岩五郎が鮒《ふな》を届けてくると、小兵衛はもうたまらず、

「何、鮒だと……よし、今夜は鮒飯にしよう」

これである。内臓と鱗《うろこ》を除いた鮒をみじんにたたき、胡麻《ごま》油で炒《いた》め、酒と醬油《しょうゆ》で仕立てたものを熱い飯にたっぷりとかけまわして食べるという鮒飯が、病み上がりの爺さま

の胃の腑《ふ》にいいわけがない。

おはるがとめるのも聞かず、強引に鮒飯を作らせ、三杯も食べた挙句《あげく》に、翌朝はすっかり元気になって、

「わしは子供の頃から、こういうやりかたで癒《なお》してきたのだから、案ずるには及ばないのじゃ」

などと、おはるに向かって大威張りである。こういう可愛《かわい》いところが小兵衛にはある。ときどき、おはるが母親で小兵衛が腕白坊主《ぼうず》のように、立場が逆転する。だから、この夫婦はうまく行っている。童心、忘るべからず、だ。

「女」

四谷の御用聞き・弥七がいう。

「おれたちは女房どものおかげで、疚《やま》しいまねもせずに、お上《かみ》の御用にはたらいていられる。大きな声じゃいえねえが、ありがてえことよなあ、傘徳《かさとく》」

すると下っ引きの徳次郎がいう。

「まったくで。ですが親分。こんなことを女房の耳へ気《け》ぶりにも入れちゃあいけませんや。そんなことを聞いたら、女ってえ生きものは、すぐにのぼせあがり、今度はこっちへ恩を売りまさあ」

夫婦の真実が、二人の会話に尽くされている。『剣客商売』に限らず、池波正太郎の小説を読んでいてしびれるのは、(男の立場でいうなら) こういう台詞《せりふ》がひょいと出てくるときだ。

「女ってえ生きものは」というのが、いい。男にとっては永遠に理解を超えた不可思議な生きもの、それが女である。人類というのは男のことで、女は実は異星から来たエイリアンなのだという説がある。本当にそうかもしれないと思うことが、しばしばある。

弥七のことばも真実である。

傘徳のことばも真実である。

その両方がわかっていれば、多分、夫婦は長保《ながも》ちするだろう。男は男。女は女。それぞれにまったく別の生きものだ、と私は思っている。別の生きものだから互いに惹《ひ》かれ合い、互いに求め合う。

それがこのごろ、何だか妙なことになってきた。男と女は何もかも同一でなければいけない、ということになってきた。私にはどうしても納得がいかない。男と女は、本質的に別の生きものじゃないか。それがどうして、何でもかんでも男と女を一緒にしなければいけないのか。

男を男とも思わぬ女武道の佐々木三冬が、最初は小兵衛の神技に衝撃をうけて小兵衛に心酔し、やがては大治郎の男らしさに惚《ほ》れて大治郎を夢にまで見るようになる。こういう三冬を女に変えるだけの男が、かつてはいた。いまの世の中、女という女がこぞって佐々木三冬になりたがるのは、要するにそれだけの男がいなくなったということだ。

こんな、わけのわからん世の中になってしまった原因は、結局、だらしのない男にある。『剣客商売』を教科書として日本中の中学・高校生に読ませたらどうだろうか……。

「父子」

大河小説『剣客商売』シリーズの全篇を通じて、一番大きな魅力となっているのは、結局のところ「さわやかな父子関係」ではなかろうか。

私は一年ほど前から目黒不動尊のすぐ脇《わき》に棲《す》み暮らしていて、朝夕に犬を連れてお不動さんの広大な境内を散歩するのが日課になっている。お不動さんは親愛の情をこめた通称で、正しくは泰叡《たいえい》山瀧泉《りゅうせん》寺。三代将軍家光が深く帰依《きえ》したという古刹《こさつ》である。

ここの住職が境内に日々の生活訓ともいうべきものを墨書して貼《は》り出す。昨日は、こうだった。

「父親になることは難しくない。父親であることは難しい」

まったく、その通りだと思う。

私にも二人の息子がいて、一人はすでに三十を越え、下のほうも二十六、七にはなるはずだが、いまだに自分の生きる道を確立できないでいる。上は弁護士志願、下は報道カメラマンの卵だ。そろって出来の悪いこと、おびただしい。横から見ていて歯痒《はがゆ》さにジリジリし、「おれは、お前たちの年齢《とし》にはもう、親に仕送りをして面倒見ていたんだぞ！」と、つい、口に出そうになる。

よかれと思うあまりに、親というものは何かにつけて子に対して口出しをしたくなる。それが押しつけになって、子はますます親から離れようとする。「放っといてくれ。おれの人生はおれのものだ」というのが、子の側の論理だ。

「それは確かにその通りだが、こっちは親としてお前のためを思って……」と、親は親でいきり立つ。やがて、どちらの側から見ても、〝疎外《そがい》された〟感じが強まって行き、とどのつまりは〝親子の断絶〟ということになりかねない。

そうならないためには、やはり親のほうが子供への対しかたを考えるしかないだろう。年齢《とし》をとってくると、人間どうしても偏狭になりがちである。自分の歩んで来た道になまじ自信があるほど、そうなりやすい。

何回となく飽きることを知らずに『剣客商売』を読み返し、そのたびに思うのは、小兵衛のおおらかさだ。秋山小兵衛は決して無理強いをしない。人生のキャリアと実力からいって、小兵衛なら「ああしろ、こうしろ」と頭ごなしに命じても、まずそのまま通るはずだが、小兵衛はそういう押しつけをしない。

むしろ、自分のほうから若い者の気持ちの中に飛び込んで行く。それは自分の手足となって働いてくれる御用聞きや下っ引きに対してのみならず、息子大治郎に対してもそうである。だから若い者が反撥《はんぱつ》せずについてくる。こういう年寄りにならないと若者たちから総スカンをくうことはわかっているが、私などにはほとんど無理な相談だ。

小兵衛も剣客、大治郎も剣客だが、その生きかたは（少なくとも大治郎がまだ若いうちは）天と地ほども違う。小兵衛は「剣術も商売じゃ」という。商売ともなれば、飛ぶ鳥を落とすほどの権勢を誇る老中・田沼意次《おきつぐ》とも平然としてそれなりのつきあいをする。

若い剣一筋の大治郎にしてみれば、ときにはそういう父に一種の嫌悪感《けんおかん》のようなものを禁じ得ない。若さゆえの潔癖さが、清濁併せ呑《の》む父への批判につながっていくわけだ。

この親子の構図は、女武芸者・佐々木三冬とその父・田沼意次の間にも共通してある。どこからともなくあやしげな金はひねり出してくるわ、孫にしてもいいような若いおはるを女房にして目尻《めじり》を下げるわで、息子の大治郎から見た父は胡散臭《うさんくさ》い限りだが、そういう父への批判は批判として、大治郎には小兵衛の剣に対する絶対的な信頼と尊敬がある。

一方、小兵衛自身はといえば、「剣の道しか知らず、酒もだめなら女もだめ」という息子に対して、その純粋さに（わが息子ながら大したものだ……）と、ひそかにうれしさを感じ、尊敬に近いものを感じてもいる。

秋山父子の関係のさわやかさは、その根底にお互いが「人間として相手を信じる」という共通の信頼感があればこそ生まれてくるものだ。「男同士として」というほうがもっと正確かもしれない。「親父《おやじ》と息子」の間には、「母親と息子」のような生物的あるいは生理的な一体感がない。だからドロドロした感じにならずに済むともいえる。

理想家肌で、潔癖で、なりこそ大きいがいつまでたっても少年のような大治郎が、少しずつ成長して行き、成長するにつれて次第に父・小兵衛に似てくるところが面白い。

(ああ、うちの息子も大治郎のように育って行ってくれたらなァ……)

と、思いかけて、所詮《しょせん》、おれは秋山小兵衛のような父親じゃないからなァとあきらめた。やんぬるかな。

「黒白《こくびゃく》」

いまやコンピュータ万能の時代である。チェスの世界チャンピオンが手もなくコンピュータにひねられている。しかし、将棋や囲碁ではまだコンピュータといえども人間に勝てないそうだ。

いずれは将棋でも碁でもコンピュータが名人を軽くあしらうようになる。これは間違いない。しかし、そういう時代になったところで、コンピュータが人間を超えることはあり得ない。

コンピュータの思考原理は0と1である。あるか、ないか。右か、左か。黒か、白か。

このどちらかしかない。実に単純明快だ。

人間はそうではない。

あくまで剣一筋に生きぬくという倅《せがれ》・大治郎に、小兵衛はいう。

「……よいか、大治郎。人の生涯、いや、剣客の生涯とても、剣によっての黒白のみによって定まるのではない。この、ひろい世の中は赤の色や、緑の色や黄の色や、さまざまな、数え切れぬ色合いによって、成り立っているのじゃ」

「はあ……」

「よしよし、いまは、わからなくともよい。なれど、いま、お前にいった父の言葉を忘れてくれるな、よいか」

「はい」

小兵衛の人間観は即《すなわ》ち池波正太郎の人間観である。近頃は何だろうと右か左か、黒か白かと割り切ろうとする世の中である。だが、

「人間という生きものは、そんなに簡単に割り切れるものではないよ……だからこそ人間は面白いんだよ」

と、池波正太郎はいっている。

そのことがわかってくれれば、ようやく一人前の大人ということだろう。それがわからない限り、年齢《とし》は六十でも結局半人前ということだ。私はついに半人前で終わりそうだ

……。

「こころづけ」

剣術を「商売」と称する秋山小兵衛の生きかたから学ぶべき最大のものは、いうまでもなく金の使いかたである。

金を稼ぐ術《すべ》や、ふやす術については、学んでその通りにまねをすれば必ずうまく行くという方法など、もともとあり得ないとわかっている。わかっているはずなのに欲に駆られて儲《もう》けることばかり考え始めると、ろくなことにならない。この道についてはプロ中のプロともいうべき大証券会社や大銀行が、相次いで倒産しているのが何よりの証拠だ。

しかし、金の使いかたなら、小兵衛の（つまりは池波正太郎の）やりかたをまねることができる。特に「こころづけ」を、いつ、どのように渡すか。いいトシをしてこれを心得ない男が近頃は珍しくもないのだから、いやになる。

一日一回、『剣客商売』のどの一篇でもよいから読めば、自然にこころづけのやりかたがわかってくる。たとえば——

「酒をたのむよ。それから、何か、うまいものをな」と、小兵衛がいいつける。間もなく座敷女中が酒を運んでくる。小肥《こぶと》りの、愛嬌《あいきょう》のよい女中へ、

「お前さん。ふくふくとしていい女だのう。肌が白い。年増《としま》ざかりだ。たまらぬなあ」
いいつつ、小兵衛の手は早くも、たっぷりと〔こころづけ〕を入れた紙包みを、女中のたもとへ落としこんでいる——

これが小兵衛流、いや池波正太郎流だ。亡師の、その鮮やかさは、いつも脇で見ていて（これはもう、一つの芸だ……）と、感服するばかりだった。『剣客商売』全巻は「こころづけの渡しかた読本」といってもさしつかえないくらいである。それぞれのTPOに応じてどうすべきかの、あらゆる事例が載っている。

こころづけは金だけ渡せばいいのではなく、渡すときの一言の台詞が大事だ。

小料理屋「元長」が店開きをするときは、小兵衛みずから筆を執って立派な看板をこしらえさせ、
「ふうむ……こうして見ると、わしの字もまんざらではないな」
うれしそうにいって、紙に包んだ祝儀《しゅうぎ》の金五両を出し、
「こんなところで、まあ、かんべんしておくれ」

この「まあ、かんべんしておくれ」が決まっている。ポチ袋の精神はこれに尽きるといってよいだろう。「ほんのこれっぽちだが、おれの気持ちだから……」というのがポチ袋の由来。こころづけを渡す側が謙虚に頭を下げて渡すところに意味がある。ただエラそうに祝儀をばらまくだけでは、「下司《げす》な成金《なりきん》めが……」と、逆に馬鹿《ばか》にされるだけ

だ。

一生かかってどれだけの金を貯《た》めたか、その金額がその人の価値ではない。生きている間にどれだけの金をきれいに使い捨てたか、それがその人間の生涯の価値だ。

「さすがは秋山小兵衛先生。大金をつかんでも、たちまちこれを散らし、悠悠として小判の奴《やつ》どもをあごで使っていなさるわえ」

と、医師の小川宗哲がいっている。

金なんぞは貯め込むものではない。あごで使いこなすものである。

「死」

「人は生まれてより、死ぬる日に向って歩みはじめる、このことでございましょう」

と、秋山大治郎が父・小兵衛にいう。

これが池波正太郎のあらゆる小説の根幹となっている人生観だ。「人間は死ぬ」という動かしがたい事実。そのことを日常的に意識しているか、いないかで、人の生きかたは大きく違ってくる。

小兵衛も大治郎も剣客である以上、いつかは剣の宿命で死ぬと覚悟を定めている。つまり「死」を友として生きている。そこが現代人のわれわれと決定的に違うところだ。

いくら長寿世界一と統計の数字がはやしたてたところで、人間は必ず死ななければならない。それは明日かもしれないのである。だが現代人の多くは、この簡明な事実を忘れている。

だから一日一日の生きかたがダルになる。飯を食うにしても、一杯の酒を飲むにしても、適当なところでお茶を濁して平然としている。若いうちは時間が無限にあるように思える。きょうはしようがない、明日になったら……と、よろず一日延ばしでも、それが通る。それが若さの特権というものだ。

しかし、結構いいトシをして相変わらず若者のようにダラダラと暮らしている人間を見ると、他人事《ひとごと》ながら腹が立つ。

人間はだれでも、生まれたその日から寿命が決まっている、というのが私の持論だ。医学の進歩発達などは関係ない。長生きしたい一心で煙草《たばこ》をやめ、酒を控えたところで、もともと決まっているその人の寿命は変えようがない、と思っている。

たまたま、いつ死ぬか、それがわかっていないだけのことである。まあ、わかっていないからこそ生きてもいられる。だが、（きょうが人生最後の一日かもしれない……）と、毎朝、目が覚めるたびに私は思う。そう思うと、たとえ一杯のラーメンであれ、おろそかにはできない。

朝飯を食いながら、「昼はどこどこのラーメンを食いに行くぞ」と、宣言すると、古女房が笑って、「よくまァ、朝御飯を食べながら、お昼の話ができるわねえ」。

所詮、女には（女の全部とはいわないが）死を友として生きる覚悟も実感もない。女はそれでいい。

「女には、子を生むことによって、永遠の生命を生き続けるという特権がある。男にはそれがない。だから、きょうという一日が大事なのだぞ」

というのが亡師・池波正太郎の口ぐせだった。その日を生涯最後と思い定めて、きょうは何を食おうかと考え、考えた通りに実行したのが池波正太郎だ。『池波正太郎の銀座日記』を読み返すたびにそう思う。これが本当の〝食道楽〟である。死を日常の友として生きることを知らぬ腑《ふ》抜《ぬ》けにはできないことだ。

剣の達人に見た人生の達人

山本恵造

再認識した剣の奥深さ

私が竹刀《しない》を初めて持ったのは昭和九年、数えで一四歳になったときのことだった。慶応義塾大学の付属中学（旧制）の剣道部に入部し、以来、軍隊にいた二年間と戦後の四年間を除くと、大学（慶応大学）でも社会に出てからもほとんど毎日竹刀を振り続けてきたから、剣道歴はもうかれこれ六〇年になる。

その間、GHQ（連合軍総司令部）の方針で学校での剣道部の開設が禁止され、ようやく解除された昭和二九年に慶応義塾大学の剣道部を復活させたり、三六年には慶応の剣道部を全国大会優勝に導いたこともあった。

私自身、三三年に六段・教士となり、五七年には七段を取得して、全日本剣道連盟の監事や審議員（高段者の昇進を審議する委員）、中央区剣道連盟の会長などを引き受けさせてもらった。おかげで鬼平（長谷川平蔵）にとっての岸井左馬之助《さまのすけ》のような剣友も少なくない。

私の祖父に当たる山本海苔《のり》店の二代目・山本徳治郎は明治三六年に亡《な》くなったが、生前、神田・お玉ケ池にある千葉周作の道場で稽古《けいこ》をしていた。当時、道場で一緒だった無刀流の山岡鉄舟先生と祖父は親交があり、明治になって千葉道場が廃《すた》れ始めると、二人で何とか維持しようと頑張った間柄だという。それを伝える往復書簡は今でも大切にしまってある。

母はその祖父に幼い頃から「男子は剣道に励むべきだ」と教え込まれたという。以来、山本家にとって剣道は大切な武芸であり精神的支柱になった。

そのようなわけだから池波正太郎さんの『剣客商売』を初めて手に取ったとき、私は何よりもまず剣の奥深さや面白さを再認識させてくれる作品として堪能《たんのう》することができた。

フィクションゆえの誇張は当然あるし、これは少し違うのではないかという部分もあるが、剣客の息吹《いぶき》といったものが浮き彫りになっていて、やみつきになりそうな予感を覚えたものだ。

果たし合いのリアリティー

『剣客商売』は周知のように吉川英治文学賞を受賞した池波正太郎さんの代表作の一つで、その特徴は『鬼平犯科帳』や『仕掛人・藤枝梅安』にはあまり見られない突き抜けたような明るさにある、と思う。

舞台は老中・田沼意次《おきつぐ》の権勢華やかなりし江戸中期。白髪頭の小柄な老人秋山小兵衛とその息子である若く逞《たくま》しい秋山大治郎の二人の傑出した剣客が、江戸市中に巣くう悪漢を退治する。大治郎に思いを寄せる女剣士佐々木三冬《みふゆ》や小兵衛の妻おはるという魅力的な女性がそれに絡《から》み、物語を通じて秋山大治郎は人間的に成長していく。

それだけでも十分に引き込まれるのだが、剣道家のはしくれである私にとっては、要所要所に描かれる剣客たちの戦いにすこぶる想像力を刺激されるのだ。

私の好きな一篇「剣の誓約」から引用させていただく。

浅草の外れの真崎稲荷《まさきいなり》明神社に無外流の道場を構える大治郎のもとへある晩、父の兄弟弟子だった嶋岡《しまおか》礼蔵がやってくる。彼は好敵手である柿本《かきもと》源七郎との果たし合いを控えており、大治郎に立合いを依頼する。

礼蔵は言う。

《はじめてのとき、わしは木刀をもって只《ただ》ひと撃ちに（柿本源七郎を）打ち倒したものだ。それが……それが筑波山《つくばさん》の折は、たがいに刃《やいば》をかまえて、およそ二刻《ふたとき》（四時間）もにらみ合い、ついに、双方とも精根つき果ててしまい、さらに十年後を約したのだ》

ここで、「四時間もにらみ合い、ついに、精根つき果てて……」などということが本当にあるのかと疑問に思われる読者は少なくないはずである。

私自身、そのような質問を受けたことがある。剣道を少々たしなんだ者から言わせてもらうと、四時間はいささか大げさにしても、一時間近く対峙《たいじ》するというのは十分にありうることだと思う。

剣の試合は相手の力量や剣風をいかに早く見抜くかにかかっている。どう攻めればどう反応するか、裏をかくにはどうするかを的確に判断できればまず勝てる。が、実力が伯仲すると互いに相手の剣風を見抜けなくなってしまう。

そのようなときには辛抱が第一で、相手に動揺が起きるまで自分の心を平静に保って身じろぎしない、という戦法を取るほかはない。容易なことではないのだが、勝つにはそれしかない。

けれども、真剣でそのような手強い相手と対峙したらどうなってしまうだろう。そんな思いにとらわれながら、私はページをめくるのである。

負けた相手には勝たねばならぬ

また大治郎はしばしば、一度手ひどく打ち負かした相手に命を狙《ねら》われる。大治郎に対する仇敵《きゅうてき》の怨念《おんねん》は異様なぐらい執拗《しつよう》だが、その気持ちも私にはわかるような気がする。

同じ「剣の誓約」で嶋岡礼蔵はこう語る。

《負けたものは、勝つまで、挑みかかってくる。わかるか、な?》

《負けた相手に勝たねば、剣士としての自信が取りもどせぬ。自信なくして、おのれが剣を世に問うことはできぬ。なればこそ、負けた相手には勝たねばならぬ。ぜひにも、ぜひにも……》

もちろん現代の剣道の試合に遺恨試合などはない。が、負けた側は存外いつまでも覚えているものだ。

こちらはもうきれいさっぱり忘れてしまっているのに、「山本さんに昔、打ち負かされたんだ」と三〇年、四〇年前の試合を持ち出す人がいる。その方は相当な腕前なので「本当ですか」と尋ねると「学生のときに確かにやられたんだ」ときっぱり言うのだ。振り返って、私自身、手ひどく打ち負かされた試合や相手のことは今でも決して忘れていない。思い出すと歯ぎしりするような悔しさが蘇《よみがえ》り、相手の顔が浮かんでくる。

剣道に魅《み》せられた者にとって、それは単なるスポーツではないのだと思う。試合はただ技量の優劣を競うだけでなく、その人間の器量を比べるにも等しい重い意味を持っている。

ましてや侍にとって剣は〝魂〟である。剣の技量こそおのれの存在価値である、というところに剣客の喜びと悲しみがある。池波さんはそんなふうに感じていたのではないか。

いささか深読みをすれば、侍にとっての剣とはビジネスマンにとっての仕事の隠喩《いんゆ》なのかもしれない。どんなに突き放して考えようとしても、仕事が単なる生活の糧《かて》以上のものであることは誰にも否定できまい。何よりも、大治郎が剣の修行を通して人間的に大きくなっていったように、ビジネスマンは仕事を通じて成長するのである。

とはいえ『剣客商売』が単に剣の奥深さや面白さを描いただけの作品であったとしたら、これほど広範かつ深い読者の支持を集めることはできなかっただろう。私はこの物語から、明るい楽天性に裏打ちされた健康的なメッセージを読み取ることができる。

それは「努力をすれば必ず結果が得られる。だから修行とはこの世に生を受けた者の喜びであるはずだ」といったものだ。そして、それこそがビジネスマンの支持を勝ちえた大きな理由ではないか、と思う。

厳しい稽古の先にこそ喜びが

『剣客商売』の中で、池波さんは大治郎の修行の様子をそれほど克明に描いているわけではない。が、それがどのように凄《すさ》まじいものであったかは、ごく控えめな描写からも窺《うかが》い知ることができる。

大治郎は一五歳で山城の国・大原《おはら》の里に行き、父・小兵衛の恩師である辻平右衛門《つじへいえもん》のもとで五年間修行を積む。平右衛門の厳しさは、かつて二〇〇人を超えた江戸の辻道場が平右衛門のしごきに耐えかねて七人にまで減ってしまった、ということでもわかる。

平右衛門が死んだ後、大治郎は江戸に戻り、真崎稲荷明神社に道場を構えるが、《依然、一椀《わん》の汁と麦飯に腹をみたしつつ、道場に独り立って剣をふるい、また、時には二日も三日も食を断ち、端座したまま瞑想《めいそう》にふけっていたりする。

近辺の百姓たちは、

「道場の先生、真崎さまの狐《きつね》が憑《つ》いたのではなかろうか……」

などと、うわさし合った》

という修行三昧《ざんまい》の日を送る。

私はさすがに山籠《やまご》もりなどはできなかったが鍛練はつらく苦しかった。

師事させていただいたのは、展覧試合で優勝したことがある慶応大学の持田盛二先生(十段・範士)や中野八十二《やそじ》先生(九段・範士)という錚々《そうそう》たる方々で、とりわけ持田先生は一度でも稽古をつけてもらえば、死ぬまで自慢できるような剣道界の至宝だった。

しかし、当時はそれを幸せだと感じるゆとりもなく、ただひたすら稽古に耐えた。

そうした経験から、私は大治郎がなぜあれほど激しい修行を自らに課したのかをある程度推察できる。彼は稽古に耐え、耐えて耐え抜いた後に喜びがあることを知っていたのだ。

ここを凌《しの》げば新しい境地が開ける。これまでは不可能だったことを成し遂げられるようになる。それを知っているから辛抱し、辛抱するからまた次の喜びが表れる。

そのようにして一つのことを何十年にもわたって追求していくと、人は誰もが尋常ならざる境地に到達できる。

私の場合で言えば、最初は持田先生に全く太刀打ちできなかった。それがやがて稀《まれ》に「あ、いいとこ、参りましたね」と言ってくれるようになった。そんなときは涙が出るほど嬉《うれ》しく、さらに修練を積もうという気持ちになったものだ。

おそらく人の成長とはこういうことなのだと思う。より高次元の喜びを求めて死ぬまで修行し続けること……これを放擲《ほうてき》してはいけない、などと言うと生意気になってしまうが、苦しさに耐えればそれ以上の喜びを得られるという楽天性の獲得が、より豊かな人生をもたらすことは間違いない。その伝で言えば、現今の不況も耐え難いものではなくなる。

苦しみは、将来、より大きな喜びとなって報われるはずだからである。

大治郎はやがて自由を獲《え》て……

さて、ここから先は想像になるのだが、大治郎は修行の先にどのような〝尋常ならざる境地〟に到達するのだろうか。池波さんの死とともに『剣客商売』は未完のまま幕を閉じた。

したがってそれが作品の中で具体的に示されることはついぞなかったが、大治郎が獲得するのは「自由」ではないかと私は見ている。

「自由」というと自分勝手とか気ままといった悪い意味を連想してしまうかもしれない。それは欲望とか惑いとは無縁なもので、なおかつ人生を春風駘蕩《たいとう》として楽しむ精神の自由である。すなわち大治郎の父、小兵衛が得た境地である。

小兵衛の剣風は、自由闊達《かったつ》と呼ぶのがふさわしい。術が巧いという次元をはるかに超えており、ごく自然に敵に肉薄して打ち負かしてしまう。対人関係もそつがなく、金の儲《もう》け方も使い方もスマートで、人生の達人といった趣がある。

四〇歳も若い孫のような年齢のおはるに言い寄られ、祝言《しゅうげん》を挙げる羽目になったのは読者サービスの意味もあるのだろうが、それとて小兵衛の魅力の一つとなっている。

「箱根細工」で大治郎は小兵衛をこのように評する。

《老いてからの父は何事にも融通が、ききすぎて、自由自在の境地にある、といえばきこえがよいけれども、清と濁の境をこだわりもなく泳ぎまわり、大治郎から見ると、小兵衛自身がいう「古狸《ふるだぬき》」そのものにしかおもえぬこともある》

また「老虎《ろうこ》」の中で、小兵衛は大治郎にこう言う。

《わしはな、大治郎。鏡のようなものじゃよ。相手の映りぐあいによって、どのようにも変る。黒い奴《やつ》には黒、白いのには白。相手しだいのことだ。これも欲が消えて、年をとったからだろうよ。だから相手は、このわしを見て、おのれの姿を悟るがよいのさ》

むしろ小兵衛のように気楽に

小兵衛の境地に池波さんは自らの理想を求めていたのかもしれない。私は池波さんが亡くなられた年齢を上回ってしまったが、いまだに春風駘蕩の境地には到達できない。ましてや当時の池波さんは当代きっての人気作家だった。しがらみや義理がどのぐらい重いものだったかは想像に難くない。

いささか余談めくが、同じように人生の達人として描かれながら、『鬼平犯科帳』の長谷川平蔵は現実の池波さんの立場をどこか引きずっていて私には歯痒《はがゆ》い。もちろん娯楽作品として一級品であることは言をまたないけれども。

「礼金二百両」(第六巻)で平蔵はこんなふうに述懐する。

《つくづくと、ばかばかしく思うのだよ、久栄《ひさえ》》

《このように、(火付盗賊改《あらためかた》方の長官の仕事を)一所懸命にはたらかなくてもよいのだ。よい加減にしておいて、他の人に交替してもらうのが、もっともよいのさ。これでは、おれも、とうてい長生きはできまいよ》

私が『剣客商売』により強く惹《ひ》かれるのは、平蔵よりもむしろ小兵衛のように明るく気楽でありたいと思っているからだろう。

(山本海苔店会長)

鐘《かね》ケ淵《ふち》まで

池内紀

「剣客商売」には、くり返し大川が出てくる。当然であって、第一話「女武芸者」にあるとおり、主人公秋山小兵衛は「大川・荒川・綾瀬《あやせ》川の三川が合する鐘ケ淵」に住んでいた。わら屋根の百姓家を買いとって改造したそうで、松林を背にした三間ばかりの小さな家である。

大川には橋場《はしば》町から対岸の寺島村を結ぶ渡しがあり、二人の舟守がいた。これを仮にバスとすると、タクシーにあたるものが、橋場の船宿の舟である。さらに小兵衛は運転手つきの車をもっていた。おはるのこぐ小舟で、何かあると、まずこれを利用する。「この日の夕暮れに、秋山小兵衛はおはるに舟を出させ、大川を橋場へわたった」、「雨の大川を、おはるはたくみに舟をあやつり、小兵衛を橋場へわたした」といったぐあいだ。

それにしても池波正太郎は、どうして主人公を鐘ケ淵などに住まわせたのだろう。いたってへんぴなところなのだ。「秋山小兵衛は、おはるに船頭をさせて舟を橋場の船宿

〔梅屋〕へ着けさせ、梅屋の舟に乗り替え、大川を浅草橋へ下って行った」ともあるように、いちいち車とタクシーを乗り継がないと江戸の町へ出られない。たとえ一線を退いた身であっても、多少とも不便すぎるのではなかろうか。同じく隠居するのなら、もっと手近のところにしてもよかったのではあるまいか。それとも何かひそかな意図があって、大川の喉首《のどくび》にあたる鐘ケ淵が選ばれたのだろうか。

池波ファンは誰もがそうだと思うが、現場に出かけてみたくなる。池波正太郎がひいきにした喫茶店やおでん屋やカツレツの店を訪ねたくなるように、小説の舞台を、わが目とわが足でたしかめたい。

そんなわけで、ある日、バスと電車と地下鉄を乗り継いで大川のほとりにやってきた。浅草雷門を横目に見て吾妻橋《あづま》をわたり、堤を上流に向かって歩いていく。頭上を不粋な高速道路が走っていて、空をながめるのもままならない。東武電車の鉄橋をくぐると向島だ。枕橋《まくら》に寄り道すると、掘割りに船がもやってあった。ほんのちょっぴり池波的風景というものだ。二代目広重が「隅田川八景」の一つに「枕橋の夜雨」を描いているが、松の繁《しげ》った橋詰を、傘をさした人が肩をすぼめて歩いていく。向島はながらく、そんなさびしいところだった。

三囲《みめぐり》神社から桜もちで有名な長命寺。高速道路の下に常夜灯が立っている。かつての川舟の灯台だろう。当今のお舟は舳先《へさき》にまっ黒な古タイヤをぶら下げて、水を押し分けるように進んでいく。

ふと落語の「野ざらし」を思い出した。そこにも鐘ケ淵が出てくる。町内の隠居が八五郎に話したところによると、向島へ釣りに出かけ、三囲《みめぐり》あたりで釣っていたが、どうも食いが悪い。鐘ケ淵までのぼったが、やはりまるで釣れない。あきらめてもどりかけたところ、多聞《たもん》寺の鐘がボーンと鳴った。「よもの山々雪とけて、水かさまさる大川の、上げ汐《しお》南で岸をあらう音がザブーリ、ザブリ」。

風がくると枯れヨシがいっせいになびいて、そこからパッとカラスの群れが飛び立った。ヨシを分けてのぞいてみると、そこにひとつのドクロがあった。……

古地図では吾妻橋から鐘ケ淵にかけて細長い砂洲《さす》がつづいている。隅田川は鐘ケ淵のところで、やにわに九〇度ちかくカーブし、ついで南へと下っていく。ヨシの繁った湿地帯を埋め立てて、明治の半ばにつぎつぎと紡績工場がつくられた。かつてのメリヤスのシャツや股引《ももひき》は、おおかたが鐘ケ淵の紡績工場から出たものだ。そのころの成金がおっ立てたのだろう、東武電車の鐘ケ淵駅に近い木母《もくぼ》寺に、とてつもなく大きな記念碑があった。伊藤博文《ひろぶみ》の筆で「天下之糸平」。

少しクサイのではあるまいか。何やら匂《にお》ってくる。なぜ池波正太郎が白髪頭の粋《いき》な剣客を鐘ケ淵に住まわせたのか。川のカーブからもわかるとおり、水かさがますたびに、この辺りが氾濫《はんらん》した。荒川放水路がひらかれるまで、大川はのべつ洪水を引きおこした。

そのたびに死者が出る。水がひくと死体は内側の浅瀬にうちあげられる。鐘ケ淵のヨシを分けると、きっと一つや二つのドクロと出くわした。持ってきたフクベの酒を手向けに回向《えこう》をするのが釣り人の習いだった。

田沼意次《おきつぐ》が権勢を誇った時代、恨みをのんで死んでいった者たちがどっさりいた。秋山小兵衛・大治郎父子が剣に命をかけて江戸のワルどもを叩《たた》っ斬《き》る。そんな剣客の住むところが野ざらしの里の鐘ケ淵――まさにぴったりというものではなかろうか。

木母寺の前方に、巨大なコンクリートの箱を並べたような建物がつづいている。東京都が、「防災拠点計画」とやらで建てた都営住宅群だ。一朝ことあれば、これが火の海をせきとめる。そのため建物と建物との間に鉄の門がついている。

住居を並《つら》ねた長大なコンクリート壁は、それ自体が死者たちの壁とみえなくもない。緑地帯がもうけてあるが、まるきりひとけがなく、死んだように静まり返っていた。呆《ぼう》然《ぜん》として突っ立っていると、迷い犬がなさけなさそうにやってきて、わが靴をクンクンかいだかとおもうと、しおしおと尻《し》っぽを垂れて走り去った。

（ドイツ文学者）

［剣客商売］江戸散歩

南原幹雄

浅草田原町《たわらまち》から

天気予報は曇りだというのに、朝からつめたい雨が降っている。昨日まではずっと闌《らん》春《しゅん》の陽気がつづいていたのだが、今日はとつぜん〈寒の戻り〉の寒さである。この時季の天候はまったく予想しがたい。

池波正太郎さんの三周忌がちかい。車で菩提寺《ぼだいじ》がある浅草田原町へむかった。池波さんは聖天《しょうでん》町で生まれた浅草っ子だから、墓も浅草にある。

田原町は、わたしにとっても非常におもいでぶかい町である。大学を卒業して、社会人としての第一歩をふみだした町だ。日活に就職して、まず浅草日活劇場に配属され、下北沢の家から渋谷へでて、地下鉄田原町駅まで行き、国際通りをとおって六区《ろっく》にある劇場へかよっていた。

もう三十年以上も前のことで、それいらい一、二度しか浅草へ行っていないので、町の変貌《へんぼう》ぶりにおどろいた。通りの名称である浅草国際劇場がなくなり、まぶしいばかりに堂々たる〈浅草ビューホテル〉がそびえている。

田原町や稲荷《いなり》町は寺院や仏具屋のおおい町だった。仏具屋は相かわらずだが、寺院の姿があまり見えなくなっていた。が、そうおもったのはまちがいで、寺も相かわらずあったのである。ただ、寺がみなマンションふうの建物になっているので、それとわからなかっただけなのだ。

池波さんの菩提寺西光寺《さいこう》も、すぐには見つけられなかった。同名の西光寺だけでもこのあたりに十以上あるというのだから、寺のおおさがわかるだろう。

雨の中、ようやく、菩提寺をさがしあてた。わたしは池波さんのお通夜《つや》と葬儀には参列したが、墓まいりは今まで一度もしていない。今度がはじめての墓参である。

かつてはどうであったのか、西光寺も今ではマンションのように近代的な表構えである。表だけ見たのでは、とても寺院とはおもわれない。

お寺の人に案内されて、墓地へむかった。墓地といっても、マンションの中庭ふうのところである。墓地というイメージからはほど遠い。

池波さんの墓石は雨に濡《ぬ》れながら、さむそうに立っている。花をそなえて、合掌、瞑《めい》目《もく》。

目をつぶっていると、はじめてお会いしたころの池波さんの精悍《せいかん》で、浅ぐろく、がっしりした顔がおもい浮かぶ。わたしは大正十年代生れの池波さんの努力と鍛錬ぶりをか

ねて聞いていたので、

（きっと百歳くらいまで、長生きされるだろう）

とおもっていた。それだけに七十歳にもとどかずに亡《な》くなられたときは、本当に驚きだった。

わたしは作家になる以前に、池波さんと柴錬《しばれん》さんに小説を見てもらった。いずれも小説雑誌の新人賞の選者として読んでもらったのだが、そのときは両方とも落選した。その後池波さんはこの八十枚の作品に懇切ていねいな朱筆、青筆を入れてくださり、それいらいときたまお宅にお邪魔するようになったのである。

西光寺をでてから、隅田川ぞいに道をさかのぼって、鐘《かね》ケ淵《ふち》へ向かった。これから〈剣客商売〉と、池波さんのゆかりの地を散歩して、故人や作品背景の時代をしのぼうというのだ。

池波さんの主要作品である〈剣客商売〉〈鬼平犯科帳〉〈仕掛人・藤枝梅安〉などのおもな舞台は隅田川沿岸と、その周辺にある。浅草で生まれてそだった池波さんにしてみれば、そこらは自分の家の庭のようなもので、目をつぶれば、川の流れや大路、小路、横丁まであざやかに目に浮かぶのであろう。

江戸の市井《しせい》を書く作家として、池波さんほどめぐまれた条件を持っていた人はいなかった。子供のころからあそんだり、日常生活をおくってきた場所がみな作品にいかされている。まったくほかの作家にはない強みである。

強みはまだいくつもある。小学校をでて間もなく実社会にでて株屋奉公をはじめ、幼ないころから自然なかたちで大人の社会を見てきたことだ。身近かなところには映画館や芝居小屋、寄席《よせ》、船宿、洋食屋などがふんだんにあって、子供のころから肌身でそれらに接してこれた。

さらにもう一つ、決定的な強みを持っていた。それは家族である。お母さん、お婆《ば》あちゃん、くわえてひい婆あちゃんまでがおなじ屋根の下に暮らしていて、池波さんにいろいろと昔のことなどをおしえてくれた。池波さんが大正の生まれであるから、お婆あちゃんは明治生まれ、ひい婆あちゃんになると、もう江戸時代を生きてきた人だ。池波さんの『江戸切絵図散歩』などを読むと、ひい婆あちゃんは、どこそこの大名屋敷に女中奉公をしており、維新戦争がおこなわれたころ十八、九歳で、上野の山に彰義隊《しょうぎたい》がたてこもり、官軍とたたかっているのを実際に見ているのだそうである。そういう江戸時代の人が池波さんのそばにいて、いろいろと話を聞かせてくれたのだから、池波さんは江戸時代の人間とほとんどかわらないのである。江戸を舞台にして自由自在に小説が書けたのは、こうした理由からだ。

わたしが時代小説を書きはじめたころは、極端に時代小説が不振なときだった。池波さんが、

「鬼熊酒屋」挿画より

「井関道場・四天王」挿画より　小兵衛の隠宅

「どうして時代小説を書くんだ。東京はもう変っちまったし、時代小説はおれぐらいでおわりだよ」

と言ったのをおぼえている。池波さん以外には言えない言葉である。

鐘ケ淵といえば、綾瀬《あやせ》川が隅田川にそそぐやや下流のあたりを言う。秋山小兵衛の隠宅があったとされるところで、作中に隅田川をのぞむ堤の下の一軒家と書いてある。江戸時代、このあたりはまったくのどかな田園で、人家もおおくない静かなところだった。小兵衛が隠居するにはまったくふさわしい土地柄だが、今は当然ながら鐘ケ淵にそんな面影はかけらもない。鐘紡や鐘淵中学校、公団アパートなどがあって都市化され、いたるところに工事現場がある。綾瀬橋からのぞんでも、川を見ることができない有様だ。

綾瀬橋をわたって、すこしくだったところに木母寺《もくぼじ》がある。このあたりには法泉寺、白髭《しらひげ》明神、諏訪《すわ》明神、長命寺などがあって、江戸庶民の行楽地であった。隅田堤の桜といえば、江戸第一の景観で、季節には江戸各地、近国から花見の客がやってきた。

名にしおはばいざこと問はむ都鳥《みやこどり》……

と在五《ざいご》中将業平《なりひら》がうたったとされる有名な歌も、このあたりの風景である。

木母寺境内には、謡曲〈隅田川〉で知られた梅若塚《うめわかづか》があって、江戸時代の人々はよくこの塚に参詣《さんけい》したものだが、その塚は今でも健在である。梅若塚保存会というものがあって、大切に保存されている。けれども周囲の殺風景な雰囲気から、残念ながら当時の面影はしのばれない。これはもう仕方ないことだろう。

隅田川を渡る

木母寺のほぼ対岸に、真崎《まさき》稲荷明神社があった。その裏手に小兵衛の息子秋山大治郎の無外流道場と住居《すまい》があったとされている。

小兵衛は綾瀬川の流れを自宅の庭にひきこみ、舟着場をつくって自家用の小舟をおき、若い女房のおはるに漕《こ》がせて、隅田川を自在にのぼりくだりしていた。江戸は、大坂の水上交通ほどではないにしても、隅田川、神田川、小名木《おなぎ》川、竪川《たてかわ》、横川などが縦横に四通八達し、徒歩や駕籠《かご》でなくても、舟で大抵どこへでも行けた。だから小兵衛の小舟は現代のマイカーとおなじだと池波さんは書いている。

漕ぎ手の若女房おはるは、まったく池波さんが好んだタイプの体つきの女である。よく、

「近ごろの足腰のほそいキリギリスみたいな女は駄目だよ。女は腰が大きくてどっしりした、太股《ふともも》に厚い肉のあるのでなけりゃあいけないんだ」

と口にしておられた。どうしてスタイルのいい女が駄目で、石臼《いしうす》のような腰をした女のほうがいいのかわからないが、これはまったく個人的な好みによるものであろう。

いつだったか、偶然、銀座の松屋の前で池波さんに出会ったことがある。そのときた

またま一緒にいた女性もまったくおなじタイプの人だった。池波さんのほうが先にわたしを見つけ、にこにこと楽しそうにすれちがって行った。

（なるほど、言行一致だ）

とわたしはおもったものだった。

真崎稲荷は、今は石浜神社と一緒になっている。最近建てなおされたらしく、まだ社殿や境内はあたらしく、なんとなくこの地にそぐわぬ感じをうけた。

ものの本によると、

「……浅草橋場《はしば》にあって、橋場神明ともいわれており、祭神は伊勢《いせ》神宮とおなじで、皇太神宮をまつる。昭和二十九年二月、東京ガス千住《せんじゆ》工場の発展に押されて、旧地よりすこし北に移転した……」

とある。皇太神宮も大企業の発展にはかなわない。

このあたりは中世のころ総称して石浜といったが、大正の年代から、それまで小名《こな》であった〈橋場〉が総称になったのである。

「長命寺前から真乳山《まつちやま》今戸へん、あるひは関屋石浜の眺望、ヤ、その絶景なる事たとふるに物なし……」

と、『人間万事虚誕計《うそばつかり》』には書かれている。むろん今や、その面影はなし。

真崎稲荷明神社からもっと北へいったところに、おはるの実家岩五郎の家があるとさ

「浮寝鳥」挿画より

「三冬の乳房」挿画より

れている。

岩五郎の家とは反対方向、浅草寺へむかう。

浅草寺はいうまでもなく、江戸随一の大寺で、徳川将軍家の祈願所である。室町時代にすでに門前町ができ、信仰の町から商業の町へと発展していたが、江戸時代になって文字どおり、天下の繁昌地《はんじようち》となった。明暦三年に観音堂の北に吉原遊廓《よしわらゆうかく》が移転し、さらに天保《てんぽう》年間には猿若《さるわか》三座が浅草寺の北東隣りに引っ越してきて、はなばなしく興行をはじめたので、いやがうえにも山内《さんない》は繁昌をきたした。境内に見世物小屋、矢場《やば》、掛け茶屋、食べ物屋などが無数にでき、吉原、芝居町とともに歓楽地ともなったのである。

ところが、今見る浅草寺境内は寒の戻りと、そぼ降る雨のせいもあってか、人影はまばらで、ハトに餌《えさ》の豆をやる者もいない。時のうつりかわりとはいえ、寂しいことこの上もない。

浅草寺から六区へ入って行った。前に書いたように、六区はわたしが社会人としてスタートした場所である。懐《なつ》かしさのないはずがない。

当時、浅草日活といえば、六区興行街のほぼ真ん中にあった。日活の右隣りが松竹、その隣りが松竹演芸場、前が電気館、千代田劇場。左隣りへはフランス座、東洋劇場、カジノ座、ロック座などのストリップ劇場が軒をつらね、なまめかしいヌード看板が林立していたものである。どんづまりに東映があり、そのほかに宝塚、花月劇場、名画座などがこの一画に集中していた。

わたしが浅草日活に配属されたのは、昭和三十五年で、映画の黄金期であった。したがって六区には人が群れていた。とりわけ土曜、日曜、祭日の人出はすごく、人波をかきわけて道を横断するのもなかなか困難なほどだった。

新入社員としての仕事は〈呼び込み〉だった。これは浅草特有のもので、館前《かんまえ》にでて、大声で通行人にたいして呼びかけ、劇場へさそいこむ客引きのようなものである。雨の日も風の日も、これを休むことはない。各劇場の者が館前にでて呼びこむのであるから、六区は壮観な光景となる。

新入社員には、このほかにサンドイッチマンなどの仕事もある。扮装《ふんそう》してプラカードを持ち、六区の端から端まであるかされる。わたしは浅草ははじめてであったし、知人もいないので案外平気だったが、毎年の新入社員のなかには親類や友人に会って逃げだしたり、電柱や看板の陰にかくれたなどの苦労話がある。

それほど活況を呈していた六区であるが、今見たところほとんど興行街というにはほど遠い風景であった。現在も当時のままあるのは、目についたところではロック座と東映くらいのものであった。ほかはあたらしいビルに建てかわったり、べつの商売に鞍《くら》がえしていた。なんと、浅草日活はハンバーガー屋にかわっているではないか。感慨無量。ぼやいてみても仕方がない。

六区をでて、浅草公会堂へ行って見ると、公会堂の入口前の路上にハリウッドにあるように、高名な演劇人たちの手形がならんでいる。興味まじりにそれを見ていった。すると、どうだ、美空ひばりのとなりに、

〈池波正太郎〉

と彫りこんだ文字がみえた。そしてくっきりと手形がのこっていた。

雨の中、わたしは自分の手を池波さんの手形に合わせてみた。わたしよりもいくぶん指先はみじかいが、いかにも力づよそうに指はふとく、厚みを感じさせる掌《てのひら》が印象的であった。

池波さん以外に作家の手形は見あたらなかった。池波さんは作家になる以前、新国劇の脚本を書いていた。作家になってから脚本は書いていなかったが、演出はときたまやっていた。おそらくそのために、劇界の演出家として手形をのこされたのだとおもう。

絵が玄人《くろうと》はだしであるのは周知のことだ。子供のころは絵描きになりたかったそうである。料理が上手なことも世間に知られている。池波さんの才能は小説だけではないのである。文字を書いても卓越している。じつに多芸な人であった。

上野界隈《かいわい》

浅草をでて上野へむかう前に、浅草の〈並木の藪《やぶ》〉に寄った。ここのそばは池波さん

の好物である。

一般に、池波さんはうまい物好きの高級グルメだとおもわれているようだが、それはいささかちがう。池波さんはけっして金にあかして高価な食べ物をこのんだのではない。むしろそういうものは敬遠していたむきさえある。

池波さんは誰にでも口に入るような大衆的な食べ物をこのんだ。少年時代から自分の舌で吟味してきた昔ながらの本当の味をこよなく愛していたのだ。

とくに少年のころから社会にでて、自分ではたらいて得た金で映画や芝居を見たり、うまいものを食べるのを楽しみとしてきたので、その生活が晩年までつづいたのである。だから食べ物の話をするときは、本当にたのしそうな顔になる。

〈藪〉の座敷でそばをたべていると、店のとばくちのほうでそばをすすっていた中年の男の客の会話が耳に入ってきた。

「おれは池波正太郎の鬼平をまとめて〇〇冊買ってきたよ」

「おれは先だって、剣客商売をぶっとおしで〇〇冊読んだ」

わたしと同行した編集者やカメラマンと、おもわず顔を見合わせたものである。おあつらえむきすぎて、嘘《うそ》くさく聞えるかもしれないが、これは本当のことである。

ちかごろテレビCMにも、これに似たセリフがある。その影響もあるのかもしれない。

しかし故人になっても、おどろくべき人気である。

地下鉄に乗って上野へ。浅草からタクシーに乗ってもすぐなのだが、池波さんはタクシーよりも電車に乗るのが好きだった。普通だったらタクシーに乗るようなところでも、

「地下鉄で行こう。駅まであるいてもすぐだよ」

と言って、すたすたと早足であるくのだが、けっしてすぐ近くではないことが多い。お宅から銀座にある映画会社の試写室までついていったことがあるが、近いと言うわりには駅まで遠かったのをおぼえている。

地下鉄の駅をでると上野広小路《ひろこうじ》である。

上野も池波さんにとって切っても切れない縁のあるところだ。少年のころ池波さんは、毎日のように上野界隈をあるきまわっていたそうである。

「切絵図の不忍池《しのばずのいけ》の東端に〔上野仁王門前丁〕とある。この一角に上野日活館という映画館があって、躰《からだ》がのめり込みそうに鋭く傾斜した三階席で、私は、どれほど戦前の日活映画を観《み》たか知れない」

と『江戸切絵図散歩』に書いてある。

おなじ劇場は今でも同地にある。この劇場は日活の直営館だったので、わたしもよく知っているが、たしかに三階席の前のほうにすわると、今にも下へ落ちそうな感じになる。さほどハコは大きくはないが、以前はずいぶん客の入った劇場で、裕次郎や小林旭の作品をかけると、急傾斜の三階席も超満員になって、客が落ちそうになる。

ともかく広小路からはとても見通しのよい劇場で、館前に裕次郎や旭の超大型看板をたてると、すごく見ばえがしたものである。

池波さんが子供のころよくかよって、

「よかちょろ（商家の若旦那《わかだんな》が吉原のおいらんに夢中になる話）演《や》って」

と高座の桂文楽《かつらぶんらく》にねだって、たしなめられたという寄席の〈鈴本〉も健在である。〈鈴本〉は浅草からの観光バスが着くところである。

広小路の駅前に〈凮月堂《ふうげつ》〉があり、その横の春日《かすが》通りに入って、不忍池のほうへまがると、戦前からの古い店や、江戸時代からつづいている老舗《しにせ》がまだいくつものこっている。組紐《くみひも》や羽織紐を売る〈道明《どうみょう》〉や、その隣りの呉服屋〈藤井〉、履物屋の〈長谷川〉にはわたしも世話になっている。昨年は某雑誌のグラビアでもつかわせてもらった。

昨年、雨の日に着物で出あるいて、買ったばかりの草履《ぞうり》の裏をはがしてしまった。それを〈長谷川〉へおくってなおしてもらったのだが、

「雨の日に草履で出ちゃあいけませんよ」

と主人に注意され、ついでに雨下駄と雨覆《あまおおい》をプレゼントされた。今の下町にもこのような人情家の職人さんたちがのこっているのだ。

ところが、その主人のいつもの歎《なげ》きは、店の周囲をほとんどあやしげなバー、キャバレーの店々に占領されて、けばけばしいネオンの看板に取りかこまれてしまったことだ。

今では昔ながらの店が風俗営業の店々のあいだにはさまって、身をちぢめるようにして商いをつづけている。時代のうつりかわりを歎くことしきりである。

夕方になって、寒さがいっそうきびしくなった。スニーカーが雨に濡れて、水がしみこみ、体中が冷えてきた。

不忍池へでると、ここの風景もずいぶん変っていた。

この池は、上野台地と本郷台地とのあいだの入海《いりうみ》が、土砂の堆積《たいせき》で湖となり、やがて沼地にかわったところである。池の大きさは、江戸時代では、

「見わたし三、四丁、長さ五、七丁」〈江戸砂子〉

「めぐり二十丁」〈砂子の残月〉

と書いてある。

明治以後は埋めたてられて、江戸時代の約半分、三万六千坪になったが、さらにまた埋めたてられている。池の中に島があって、そこに中島弁財天がまつられ、池の蓮《はす》は江戸時代から有名であった。島の茶屋でだす蓮飯《はすめし》には人気があった。

池の周辺、池之端《いけのはた》には江戸時代、出合《であい》茶屋がたくさんあって、男女密会の場所として繁昌した。出合茶屋は今でいうなら、ラブホテルである。

さむいので、池の見物は早々に切りあげた。折から、大相撲の場所中である。駅ちかくの街頭のテレビで、終りの二番を立ったまま見た。

その足でふたたび地下鉄の駅にでる。

銀座でおりて、池波さんがよく行っていた〈新富寿《ず》し〉へ行く。わたしもサラリーマンのころ、日活本社が日比谷にあったので、銀座は長年なじみの盛り場である。映画を観るのも、酒を飲むのも銀座であった。ごく若いうちから銀座になじんでしまったので、ほかの盛り場だとおちつかない。

一概に銀座は高級、高価だとおもわれがちだが、けっしてそうではない。高いところもあれば、安いところもある。それはほかの盛り場とおなじである。

〈新富寿し〉もはじめて入った寿し屋だったが、ほかとくらべて高い店ではなかった。

本所深川

今日、二日めも〈剣客商売〉ゆかりの地の江戸散歩である。

ゆかりの地といっても、〈剣客商売〉は短篇集、長篇をあわせて十六巻もだされた名物シリーズであるから、登場人物は無数といっていいほど多く、ゆかりの場所もそれにしたがって厖大《ぼうだい》な数だ。主なところを全部まわるのは不可能である。

池波さんの三つの名物シリーズは、いずれも絶対的人気をほこってきた。作品評価は、三本いずれも比較しがたい、個人の好みによるしかないのである。

ところが書くむつかしさを比較すると、これはもう絶対に〈剣客商売〉がいちばん大変である。

何故《なぜ》かといえば、これは〈巻き込まれ型〉の小説だからである。〈鬼平犯科帳〉は主人公が火付盗賊改《ひつけとうぞくあらため》の長官であるから、事件はしぜんにおこってくる。世の中、悪いやつはゴマンといる。鬼平は好むとこのまざるとにかかわらず、たえず出役《しゅつやく》していなければならない。

〈仕掛人・藤枝梅安〉は裏の世界の殺し屋である。表の世界で鍼《はり》、灸《きゅう》の医者をしていても、においを嗅《か》ぎつけて、ころしの仕事を依頼にくる者は絶えない。したがって、ドラマはおのずからおこる。

けれども〈剣客商売〉はちがう。このほうの主人公は市井《しせい》に隠棲《いんせい》する老剣客と、一人ぐらしの道場主である息子だ。このように主人公を設定すると、ほうっておいては事件はおこらない。ドラマも進展しない。作者がいろいろな因縁や出来事をそのたびにつくりだして事件をおこさなければならない。それにのっとってドラマをすすめるという作法になる。

だから、三巻や四巻くらいの作品を書くのは容易であっても、これが十六巻となると、いかな名人の池波さんといえども大変な作業である。小兵衛や大治郎が昔かかわり合った人間や事件が無数にでてくるのはそのためである。主人公二人がその事件に巻き込まれて、やおらストーリーがすすんでいく。十六巻もこれをこなしていくのは、名人芸と

「小さな茄子二つ」挿画より

「春の嵐」挿画より

いうしかない。名人芸とはいえ、ご本人は口にしなかったものの、池波さんの苦労は想像にあまりある。今回、あらためてそうおもった次第だ。

さて、今日は銀座からスタートだ。銀座の文春画廊の脇《わき》を入った小路に、〈近藤〉というてんぷら屋がある。

ここの主人近藤文夫さんは、山の上ホテルの料理長を長年つとめ、池波さんに大層気に入られた人である。その近藤さんが池波さんの歿後《ぼつご》、ここに店をだした。

わたしは池波さんが晩年、痛風などにかかったころからしだいに縁がうすれ、お付き合いもすくなくなっていた。それで近藤さんの店のことも知らなかった。

銀座の繁華街からすこしはなれており、この道筋まではふだん滅多にやってこない。

近藤さんは、柔和な細面の人である。店には池波さんの絵がかかっていた。暖簾《のれん》も、看板も池波さんの文字である。歿後の開店となったので、以前池波さんが近藤さんへあてた手紙の宛名《あてな》の文字を拡大して染めたのだそうだ。

ここで昼食をしたためる。

今日も天候はわるい。昨日よりももっと寒い。昨日よりつよい雨が降っており、場合によっては霙《みぞれ》になりそうな気配である。わたしは何年かぶりに雨靴をはいた。一度やってきた春がどこかへ行ってしまった。

車で深川門前仲町《もんぜんなかちょう》へむかう。

隅田川をわたると、そこは深川である。

深川は、大昔、大川の河口にちかい三角洲《す》であった。家康が関東に入国したころの江戸といえば、不忍池や赤坂の溜池《ためいけ》にまで江戸湾の海水が入ってきて、現在の日比谷公園あたりも海辺だった。家康は入国してから江戸の開発に着手し、神田の山を切りくずして葦原《あしはら》を埋めたて、堤防をきずいて水の流れをふせいだ。両国から内神田、日本橋、京橋、芝へかけての町割りをおこない、後世の江戸の基盤をつくりあげた。基本的には現在でもこの町割り、道筋はかわっていない。

「深川は、イタリアのベネチアに比較してもよいほどの水郷であった」

と、池波さんは名著『深川区史』から引用しているが、本当に江戸時代の深川といえば、堀川が縦横に網目のようにながれる水の町だった。

この深川を開拓したのは、深川八郎右衛門と熊井《くまい》理左衛門だったといわれている。そして古くから深川の繁華街を形成したのは、富岡八幡宮《はちまんぐう》を中心とした富岡町と門前仲町一帯で、これらの町はもと八幡宮門前町から発達したのである。

俗に深川七場所といわれた深川遊里は、〈辰巳《たつみ》〉と称せられた。すなわち、仲町、土橋、新地、石場、表櫓《おもてやぐら》裏櫓、裾継《すそつぎ》、佃新地《つくだしんち》の七ケ所である。これらの岡場所は吉原とちがって非公認の遊び場であり、安永、天明期にさかえ、文化文政期に全盛をきわめたが、天保《てんぽう》十三年の〈岡場所取払令〉によって消滅してしまった。

しかし富岡八幡宮は今でも健在である。創立の昔は、

「いまだ華構の飾りにおよばず、ただ茅茨《ぼうし》の営をなすのみ」

と古い本にあって、いたって粗末なかやぶきの社にすぎなかったが、宝永四年に権現《ごんげん》造りの立派な社殿が落成し、現在では堂々たる鉄筋の社殿になっている。その上、佐川急便の会長が奉納した、何億円ともいわれるキンキラの黄金に宝石をふんだんにはめこんだ神輿《みこし》を展示した、ガラス張り、シャッター付きのものものしい建物が境内にある。

祭礼は八月であるが、氏子の深川っ子たちにはこのキンキラ神輿をかつぐ者がいないそうだ。かつぎ手のない神輿は祭礼の日、どのようにすごすのであろうか。今からおもいやられる。

池波さんがまだ幼ないころ、門前仲町と砂町に親戚《しんせき》の家があって、よくお母さんやお婆あちゃんのお使いで行ったそうである。そんなとき、ひい婆あちゃんからきまって、

「帰りに、お不動さまの金鍔《きんつば》を買って来ておくれ」

とたのまれたと『江戸切絵図散歩』にでている。その金鍔屋がまだつづいていると人に聞いてきたので、富岡八幡宮とそのすぐ隣りの深川不動尊の境内や参道のあたりをさがした。

けれども近年人気の深川飯を売る立派な店などが目につくばかりで、金鍔屋は見つからなかった。

参道の商店の人に聞くと、

「あの金鍔屋なら、もうなくなったよ。今は甘酒屋になっている」

ということだった。

金鍔屋も甘酒屋も大差はないかもしれないが、もし池波さんが聞いたら、さぞがっかりすることだろう。

その甘酒屋の前をぬけて、木場へむかった。

木場は、古くは東平野町あたりにあったが、都市の膨張、拡大などのためにたびたび移転して、現在地にうつった。江戸時代には、この地の材木問屋から大富豪が輩出して、吉原での大尽あそびなどに逸話をのこしている。

今はその当時をしのぶよすがもなく、わずかに地名をのこしているのみである。

木場ばかりでなく、今の世に江戸の面影をさがすのは大変むつかしい。

とうとう天候は心配していた霙になってきた。三月の彼岸前後は天候が荒れるというが、やはり本当だ。何年か前のこのころにも、大雪が降ったっけ。

木場に長居は無用とばかり、早々に車に乗った。

江戸散歩もだいぶ早足になった。

神田、湯島方面

わたしが池波さんのお宅にお邪魔するようになったころ、日活は倒産の危機に瀕《ひん》していて、ロマンポルノをはじめた時期だった。たびたび警視庁に摘発され、会社は騒然として、わたしも多忙であった。自由な時間があまりなかったために、苦肉の策として、自分勝手に電話もしないで、いきなり荏原《えばら》のお宅をたずねていた。

当然のことながら、玄関先で池波さんの一喝がとんでくる。

「君のために時間はとってやるから、電話くらいしてきたらどうだ!」

癇癪玉《かんしゃくだま》の大爆発だ。

かねて覚悟のことであるから、ていねいに謝罪して応接間にあげてもらう。はじめのうちは話がはずむはずがない。ところがものの十分もしないうちに、それまでの不機嫌は吹きとんで、映画、演劇、酒、女……、もろもろのことに話がはずんでくる。池波さんは自分で一時間と区切るのだが、いつも二時間以上もお邪魔をしてくるのがつねであった。

池波さんはわたしのために時間はとってくれると言うが、それはあくまでも池波さんの指定する時間である。ところがわたしは会社の都合で、大抵その時間には行かれない。それで仕方なく、叱《しか》られるのを承知でとつぜんの訪問をしていたのだ。

「約束金二十両」挿画より

「時雨蕎麦」挿画より

わたしが悪いにきまっているが、そうでもしなければ、会社と小説の勉強は両立しなかった。ところが今かんがえても不思議なのは、お宅の応接間でほとんど小説の話がなかったことだ。あったとしてもほんの数分でおわり、あとは雑談ばかりだった。

池波さんの映画好きは有名だが、ロマンポルノにも大層興味を持ち、試写状をおくってくれと言われた。それでせっせと試写状をおくったが、照れ性のせいか、はじめはなかなか腰をあげず、いろいろな理由をつけて行けなかったことへの釈明をされていた。ところがあるとき、ひょいと日活の試写室に顔をだし、それ以後は何度も足をはこび、映画随筆にもよくロマンポルノを取りあげてくれた。

神田へむかう車のなかで、そんな昔のころの池波さんのことがおもいだされた。池波さんは独特のカン高い声でしゃべり、自分で面会時間を区切っておきながら、大幅にそれをオーバーしても、けっして自分から、時間だよ、とうながすことはなかった。

車が神田明神についた。

神田というところは、大昔、皇太神宮に新稲をたてまつるための神田《しんでん》であった。江戸時代の中ごろから繁栄し、〈神田〉〈神田っ子〉は江戸っ子のなかでももっとも誇らかな呼称となった。内神田は旗本屋敷がおおく、大名屋敷、町家がこれにつづいた。外神田は、神田川内の町が移転したところである。

神田明神は、湯島の聖堂の北にある江戸の総鎮守である。歴代将軍の尊崇もあつく、氏子は神田一帯から日本橋六十町にもおよび、祭礼のときは、山車《だし》は田安《たやす》門から城中へ入り、将軍の上覧をたまわり、竹橋門へぬけるのをコースとした。

神田明神は江戸の高台に立っていた。このあたりの地形は昔とほとんどかわっていないが、江戸時代に茶店がたくさんたちならび江戸の町々を一望にした断崖《だんがい》上のところには、今は明神会館という結婚式場ができていて、昔の眺望はのぞめない。

この明神下といえば、池波さんの諸作品によく登場するばかりでなく、時代小説家がこのんでつかう場所である。銭形平次もこの一帯を縄張りとする目明しだとされている。池波さんは、若いころからこのあたりをよくあるいたそうである。

神田明神からは湯島天神がちかい。あるいて行ってもたいしたことはない。

湯島も坂道のおおいところで、浮世絵には切り立つような石段の上に天神の鳥居や社殿がえがかれている。唄《うた》や芝居などで有名な湯島切通しは、天神と根生院《こんじょう》とのあいだの坂道である。本郷から池之端へでるのに便利な抜け道でもある。

湯島天神といえば、なんといっても有名なのが、梅林と、芝居や映画でなじみの〈婦《おんな》系図《けいず》〉であろう。池波さんは、

「春も浅いころ、湯島天神の梅が満開になり、そのとき、雪でも降ったらこころみに出かけて見るがよい。

雪は、汚れたもの、みにくいものを消してしまう。そして、江戸名所図会や広重の絵

けの闇《やみ》は……」

の趣きを、まだ我々につたえてくれるだろう。雪が降らなければ夜更《よふ》けでもよい。夜更

と湯島天神について書いている。

〈剣客商売〉にでてくる金貸し浅野幸右衛門の家は天神下の同朋《どうほう》町にあるとされている。

また池波さん自身がこのんだそば屋が男坂の下にある。

池波さんは少年のころ、本郷春木《はるき》町にある〈本郷座〉という映画館に洋画を見にかよいつめたために、このあたりの地理にはくわしい。四季の風景、風物なども瞼《まぶた》に焼きついているのであろう。

今は時季はずれで、梅林も、池波さんおすすめの白梅は散った後だった。〈お蔦《つた》の梅〉と名づけられた梅の木はつめたい雨に枝をぬらしていた。

それよりも、湯島天神のまわりはおどろくほどたくさんのラブホテルが林立していて、あたりの風景や趣きをこわしている。毎年受験シーズンになると合格祈願の学生たちが大勢おまいりにくるそうだが、ラブホテルにかこまれた天神さまを見て、何をおもうだろうか。

江戸散歩も、寒さの折からいっそう駆け足になってきた。池波さんゆかりの地で行きたいところは数々あるのだが、なにせ時間と誌面にかぎりがある。つぎにむかう山の上ホテルが最後の散歩地である。

山の上ホテルは御茶ノ水駅にほどちかく、明治大学のあいだの坂道をあがっていった突きあたりだ。閑静で瀟洒《しょうしゃ》な、いかにも池波さんが好みそうなホテルである。

このホテルには池波さんが画いた絵が何枚もかざられている。ときに盗難にあったりすることもあるそうだ。

ここのしずかなロビーでゆったりとコーヒーを飲み、池波さんをしのんでから、大型テレビで大相撲をしばらく観戦。

この後は、長年池波さんを担当した出版界のある方の祝賀会に出席するために、車で東京会館へむかった。二日間の江戸散歩はこれでおわった。

（作家）

〔剣客商売〕私ならこう完結させる

大石慎三郎（学習院大名誉教授）
縄田一男（文芸評論家）
諸《もろ》井《い》薫《かおる》（作家）

老獪《ろうかい》な父と生一本の息子

縄田　『剣客商売』は、『鬼平犯科帳』『仕掛人・藤枝梅安』と並ぶ、池波正太郎さんの作品の中で最も人気のある、いわゆる「三大シリーズ」の中の一作ですね。今もって文庫本が出版される際は初版が三〇万部ぐらい印刷されるといわれる大ベストセラーです。主人公は秋山小兵衛、大治郎の、非常に対照的な剣客の親子。父親の小兵衛は小柄であり、剣客として多くの修羅場を潜《くぐ》り抜けてきているので人間的にもかなり老獪な面を備えている。また非常に好色ですね（笑）。それに対して息子の大治郎のほうはといえば、父親とは正反対に非常に大柄で、とにかく生一本で真面目《まじめ》な青年。この二人が江戸の市《し》井《せい》のいろいろな事件に関わり、見事解決していくというストーリーです。

大石　その事件がときにはまさに天下を揺るがすような大きな陰謀が絡《から》んでいたり、ときには彼ら親子の過去に関わるような根の深いものであったりするわけですね。

縄田 「御老中毒殺」のような作品もありますからね。筒井ガンコ堂さんが書かれた『剣客商売年表』によると、第一話「女武芸者」の始まりが安永六年（一七七七）。この話の最初の部分に「田沼意次《おきつぐ》は、今年の春に将軍から七千石の加増をうけ、遠江《とおとうみ》（静岡県）相良《さがら》三万七千石の大名と成り上ったが、もとは三百石の幕臣にすぎなかったそうな」とあり、ストーリーとしては、秋山大治郎が武者修行の旅から江戸へ戻ってきたところから始まります。そして最終作『浮沈』で、意次が失脚した翌年の天明七年（一七八七）までが、作品の中で語られている。時代はまさに田沼時代にぴったり重なります。

諸井 確か主人公の秋山小兵衛は田沼意次より一歳年上という設定でしたね。それに何といっても大治郎の妻が意次の妾腹《しょうふく》の娘の三冬《みふゆ》ということですから、田沼意次と田沼時代は、この作品の欠かせない要素になっています。

縄田 ええ。確かに田沼時代の幕府内部での政治抗争、たとえば意次の政敵松平定信の動静などもかなり出てきます。ただ後から『黒白《こくびゃく》』などの番外編がいろいろと書かれますが、これなどは秋山小兵衛の師匠の辻平右衛門が道場をたたんだところから始まっていますので、かなり時代を遡《さかのぼ》ることになりますし、また作中で、何度か秋山小兵衛が九三歳の長寿を保ったと書かれていますから、小兵衛は何と文化年間まで生きていたことになる。これはちょうど子母沢《しもざわ》寛の『父子鷹《おやこだか》』の話が始まるあたりです。私はこの作品の根底にはいくらか『父子鷹』のモチーフがあったと考えています。相手を倒すことを生業《なりわい》としている剣客の宿命をメインテーマに、父と息子の情愛もあれば、背景に田沼時代という一種独特の時代の雰囲気、そして田沼政治もあるという、かなり重層的な構造を持った作品といえますね。

「田沼時代」とはどんな時代だったか

大石　歴史上、田沼時代とは田沼意次が側用人《そばようにん》となった明和四年（一七六七）あるいは幕閣最高位の老中に昇進した安永元年（一七七二）から、先ほどもお話に出たように、彼が失脚した天明六年（一七八六）までを言うわけですが、『剣客商売』の時代設定はまさにこの時代にぴたりと当てはまる。そしてこの田沼時代とはいったいどういう時代なのかといいますと、一言で言えば非常に幅の広い、そして懐《ふところ》の深い時代だったと私は捉《とら》えています。戦乱のない平和な時代でしたし、徳川幕府も成立以来一五〇年ほど経過して、内部にさまざまな矛盾を包含しながらもまずまず安定している。こういった時代にはさまざまな価値観を持ったいろいろな人間が出てくるものですが、なかには時代の懐の深さ、その多様性をいいことに悪いことをする人間もずいぶん出てくるものです。しかも当時の警察力などは現在に比べると実に貧弱ですから、庶民の平和を保つために働いた人たちがいたわけで、それが池波正太郎さんが書かれたところの、この秋山小兵衛・大治郎のような剣客だったり、あるいは藤枝梅安のような仕掛人だったり、『鬼平犯科帳』の火付盗賊改方《あらためかた》のような人たちだった。

諸井　梅安などはだいぶ暗いけれども、この『剣客商売』の秋山父子の悪人の懲《こ》らしめ方は非常に明るいですね。相手を斬《き》るにしても片手を斬り落とすとか、片足を払うとか……。

大石　ええ。この明るさが確かに田沼時代の一側面で、池波さんは実にうまく表現していると思いますよ。それから小兵衛を鐘《かね》ケ淵《ふち》、大治郎を橋場に住まわせ、盛んに大川（隅田川）を行き来させたり、女剣客の杉原秀が年下の鰻売《うなぎうり》の又六に惚《ほ》れ、最後は夫婦になるといった話が出てきたりする。実際、この時代最も賑《にぎ》やかだったのはこの大川の両岸で、大名・旗本の下屋敷や商店、料理茶屋、町家が密集し、また色街などもあって、小橋と渡し舟で人々が盛んに行き来していたんですね。それから世の中豊かになると、金のある年増《としま》女が若い男を追いかけるというのは時代の常ですが、この時代がまさにそうだった。この時代大変流行したものに錦絵《にしきえ》がありますが、当時最も人気のあった美人画の作家鈴木春信《はるのぶ》の絵にも、こうした風潮を絵にしたものがたくさんあるんです。池波さんという作家は、こういったさりげない情景描写やエピソードの織り込み方が、本当に巧みですね。時代、時代の特色の摑《つか》み方が、へたな歴史家よりずっと的確だと感心しました。

縄田　従来田沼時代を扱った代表的時代小説といえば、山本周五郎の『栄花物語』や柴田錬三郎の『曲者《くせもの》時代』、映画の「紫頭巾《むらさきずきん》」などがありますが、政治家としての手腕を問うにしても田沼意次を悪玉にするか善玉にするか、まず決めてしまって物語をつくるといった傾向のものが多かったように思います。そういう作品を見ていきますと、時代の全体像はどうも捉えきれていない。むしろ秋山小兵衛のような自然体で飄々《ひょうひょう》として生きている、いわば清濁併せ呑《の》むような主人公が登場してくることで、この時代が巧みに捉えられたという気がします。

諸井　田沼時代のように豊かで幅のある時代には、善にも悪にも幅があって、なかなか一面だけでは捉えきれない。世の中、一見善に見えて悪、またその逆もありますし、善であると同時に悪ということもある。そういった価値観の幅、あるいは人間に対する洞察力の深さといってもいいかもしれないが、どちらかといえば時代小説にはこの点が弱いものが多いような気がします。

縄田　それに比べて池波さんの小説は、人間の心の機微といったものが比較的意識されている時代小説であると思いますね。以前池波さんがテレビに出演なさったときに、「人間というものは、結局食って、寝て、子供をつくって、そして死んでいく、単にそれだけのものだ。ところがそれがなかなかスムーズにいかなくて、一生の間にさまざまな障害にぶつかってしまう、だから小説ができるのだ」とおっしゃっていた。つまり池波作品の基本にあるのは、まず一人一人の人間の生理とか生活のリズムみたいなもので、それが集まって世の中の仕組みが形づくられ、さらに時代の一つの大きな流れをつくっていくという世界観、歴史観ですね。庶民的な、いわば謙虚な姿勢で歴史を捉えようとし、また実際に成し遂げた希有《けう》な作家ではないでしょうか。この特色が『剣客商売』にも遺憾なく発揮されていると思いますね。

諸井　私がこの『剣客商売』という作品に対して抱いている印象は少し違うのです。縄田さんがおっしゃった池波作品の基本という点については、まったく同感ですが。晩年のこの作品に限っては、作家自身が、そういった自分の価値観の物差しとか、小説家としての職人的な工夫とか、緻密《ちみつ》な構成といったものを少し脇《わき》に置いておいて、主人公・秋山小兵衛に、老境に入った男の幸福とか、残された時間の中での自分のあらまほしき姿を託して、非常に楽に伸び伸びと書いているような気がします。確かに時代は田沼時代であり、主要な登場人物として田沼意次も出てくるのだけれど、そういった要素は、あくまでこの作品に限っていえば、芝居の書き割りみたいなものではなかったかという感じもするんですね。たとえば普通ですと、ある年代になったら酒も食い物もほどほどに慎み、女性との関係についても「いや、もう引退です」などと行い澄ました風を装《よそお》うといったところがあるじゃないですか。ところが小兵衛は、実に伸びやかに己が欲するままに毎日を暮らしているんです。

大石　そうですよね。江戸時代の六〇歳といえば、現在の六〇歳より感覚的にはもっとずっと高齢でしょう。それだけの年齢でありながら、あれほど多くの人たちに頼られ、また十分に人助けができ、それに見合うだけの豊かな収入があって、しかも四〇歳も年下の内儀《かみ》さんがいて、彼女に小舟などを操らせて悠々と出かけていく毎日ですからね（笑）。

作者が自らの心を解放できた作品

諸井　小説の後半に差しかかってくると、さすがに一度体調を崩すと何日も床に臥《ふ》せっていたり、またちょっとめまいがしてきたりするんですが、最初はまさに絵に描いたような元気印の老人なんですね。僕は池波さんが、この小説を書くことで、伸びやかに自らを解放していたという感じがして仕方がない。だからあまり堅いことを言わないで読まなくてはいけない小説ではないかという気がするんです。まさにこれを書いていた頃の池波さん、そして主人公の秋山小兵衛と同年代の人たちが共感を持って読むのに最適な小説ではないか、だから高齢化時代にはもってこいの小説ではないかと思うんですけれどね（笑）。

大石　小兵衛の内儀さんのおはるは、いかにも健康的な田舎娘という感じがよく出ていて、かわいらしいと思いますし、杉原秀というあの女流剣客は凛《りん》としていながらとても色っぽい。

諸井　それだけリアリティーがあるんでしょう。これまでの池波ものの持っている色っぽさというのは、どちらかといえばグラマラスな女を、一生懸命色っぽく仕立てなければという、作家の旺盛《おうせい》なサービス精神のようなものが如実に感じられるんですが、この作品ではそのサービス精神も脇に置いている感じがします。それからずっと短編でいくのかと思うと、突然延々と長くなってしまったり、まことに勝手というか自在というか……。でもその感じが僕は非常に好きなんですけれど。

大石　非常に気楽に書いているんでしょうね。

縄田　しかし逆に超人的元気老人のはずである秋山小兵衛が、後半になってから体調を崩したり、その内面に無常観を漂わせ始めたとき、私は一読者としてたいへんショックを受け、またとても切ない気持ちになった記憶があります。ずっと後半の『二十番斬り』という作品で、小兵衛が二〇人の剣客を相手にどんどん斬り捨てていくのですが、どうも小兵衛本人は意識も朦朧《もうろう》としていてよく覚えていないにもかかわらず、夢想剣を使いながらみんな斬ってしまう。

なるほど老いたりといえどもさすが小兵衛ほどの剣客ともなると、無意識のうちにも剣客としての生理は残っていて体が動くものなのかと、一つことを究めた人間の理想的な生きざまに感動しつつも、年齢的な衰えをこういうかたちで描いたのかと胸が締めつけられる思いがしたのです。作者自身も次第に、楽しみながらこの長丁場を続けていくことにかなりの苦痛を覚え始めたのではないかと感じたんですけれどね。

『剣客商売』、このタイトルに託されたもの

諸井　先ほど私は、この『剣客商売』が作家といわず読者といわず老境に差しかかった男の希望や欲望を実現させてくれる小説であり、心を解放してくれる小説だから、堅いことを言って読むべき小説でないと申し上げましたが、少し野暮なことをあえて言わせていただきたい。田沼時代は先ほどもご指摘がありましたように、『十八大通』などに代表される粋、通といった都会的に洗練された趣味が尊重され、江戸を中心に爛熟《らんじゆく》した文化が花開き、さまざまな才能が開花した実に魅力的な時代でしょう。ところが、この小説ではどうしても登場人物が剣客とその周囲の人間に限定されてしまうところがあって、せっかくのこの時代の魅力がよく見えてこない点がまず一つ。それから確かに田沼意次が主要な登場人物として頻繁に出てはくるのだけれど、彼の人間としての輪郭も見えてこないし政治家としての手腕も全く描かれていないですね。池波さんがもうちょっと若い時分にこの作品を書いたら、もう少し勉強して読者にもサービスしたのではないか、そう思うと、その点は少し残念な気もします。

大石　この小説は、田沼意次が自分の屋敷で江戸の名だたる剣客を集めて大がかりな剣

術の試合を行い、諸国武者修行から帰ってきたばかりの秋山大治郎が江戸剣術界に見事なデビューを飾ったところから書き起こしています。そして意次の妾腹の娘はこれまた女だてらに大変な剣術使いですね。意次が本当に剣術をやったのかどうかはわかりませんが、現在の田沼家に唯一《ゆいいつ》残っている史料である自筆の遺書の中に「第五条　武芸は懈《け》怠《たい》なく心掛け、家中の者にも油断なく申付けるように……（後略）」という一項目がある。全七条のうち、これだけが実に唐突な印象なんですが、とにかくこう書かれているんです。このあたりを池波さんは実にさりげなく的確に捉えていたのかもしれない。しかし、確かにこの作品は、実際の田沼の政治だとか生き方についてはあまり入り込もうとしてはいませんね。

縄田　ただ従来の時代小説における剣客のタイプを見てみますと、たとえば机龍之助《りゅうのすけ》を嚆矢《こうし》とするニヒリストの系譜があり、宮本武蔵《むさし》の求道者《ぐどうしゃ》像の系譜があり、もう一つひたすら楽天家、明朗派の剣客の系譜がありますが、秋山小兵衛はそのどれにも当てはまらない。先ほど申しあげたように清濁併せ呑む人間的にリアリティーのある存在で、剣の達人どころか人生の達人ともいえる。だからこそ、この主人公の存在によって、時代の複雑さ、奥行きの深さといったものを表現しているようにも思えます。

諸井　まさに『剣客商売』というこの小説のタイトルそのものに、それが端的に表現されてますね。

縄田　普通、剣や刀という、いわば侍の魂みたいなものに「商売」という言葉をくっつけて作品の題名にはしませんよね。

諸井　このへんは池波さんの洒脱《しゃだつ》さ、センスのよさを感じさせますね、確かに。これは指摘しておかなければいけない。

大石　私もその点はたいへん面白いと思いました。

諸井　後半になると、秋山小兵衛はやたらめまいがしたり、つまり気力・体力ともにさすがに自信を喪失して、さっきご指摘があったようにそこはかとない無常観みたいなものを漂わせ始めますね。一方おはるさんのほうも嫉妬《しっと》深くなったり、以前のような初々《ういうい》しさが薄れてきたりで、だんだん普通の内儀さんになってきてしまう……。

縄田　それは田沼時代の侍の一般的な生き方といったものに対し、小兵衛が次第に違和感を感じ始めるという面もあるのではないでしょうか。そう思って改めて最初から読み返してみると、秋山小兵衛というのはかなり運にも周囲の人たちにも恵まれた人で、一歩間違えればどっちの側にいったかわからないというような危なっかしい人生を生きてきたということがわかります。そんななかで時代の変化に対応しようとするさまざまな新しいタイプの剣客も登場してくる。小兵衛は一見自由で進歩的であるかのように見えるけれども、実際は古いタイプの侍の生き方に殉じようとしているようにも見えますね。もっとも彼が野《や》にいるからこんな呑気《のんき》なことも言えるわけで、それこそ政治の表舞台に引き出されるようなことにでもなれば、修羅場を潜《くぐ》らなければならなかったのでしょうが。それから最後のほうになると長編が圧倒的に多くなってくる。おそらく作者のほうも、短編技巧を凝らすのにかなり疲れてきているのではないかという気がします。最後の『浮沈』などは、池波さんが昔書かれた「夢中男」という短編を中に原型として入れ、それを長編に変えているんですが、そろそろ締め括《くく》りたいという意図が如実に窺《うかが》える。それからもう一つ付け加えさせていただくと、戦争体験の残滓《ざんし》の影響などで、戦後の時代小説が親子や骨肉の情愛などの非常に日本人的なテーマを排除してきた中にあって、それを正面切って久しぶりに復活させた作品という気がします。

諸井　その親子関係ですが、私の感想を言わせてもらえば、リアリティーがなさすぎるのではないですか。普通、親子が同じ道を志せば、息子は父親の力や実績に対して嫉妬もし、またこれを乗り越えようとして焦《あせ》ったり苦しんだりするだろうし、なかなか複雑な心情が互いにあると思うのですが、この父子の場合はあまりにシンプルにすぎる。大治郎が自分より年下の父の後妻おはるに対して、いろいろ気を使ったり、母上と呼ぶのになにか抵抗感があるみたいな、あのへんはなかなかリアリティーがあるけれども。ただ、これもまた堅いことであって、言うべきではないのかもしれません（笑）。

縄田　時代小説だと、この程度でも通用してしまうというところがありますけれどね。

大石　それから僕は、大治郎の影があまりにも薄いという感じがしますね。

縄田　初めの頃、大治郎というのは準主役級の扱いでしたけれども、後のほうになると完全に脇《わき》ですよね。その他大勢の一人みたいになって……。

諸井　だから一度は出してはみたものの、大治郎の人間性が緻密《ちみつ》に書かれていないのは、やはり池波さんにお子さんがいなかったからではないですか。食いものの話などは、確かにこの人独特のものがあります。これを読んでいると食いしん坊の小兵衛も年齢のせいか次第に食いものに対する興味もかなり限定的になってきて、最後のほうではほとんど同じようなものばかり食っているにもかかわらず、それをまた池波さん独特の芸で、実にうまそうに説明してますね。

縄田　根深汁《ねぶかじる》と浅蜊《あさり》と大根のぶっかけ飯、それに漬物といったような定番メニューですね。食べ物のリアリティーという面からいうと、時代ものの食事の場面というのは、これまでわりといい加減だったんです。ある大家の作品で、水戸光圀《みつくに》が青年時代に料亭に入って鰻《うなぎ》を食べたり、あるいはすでに鯛《たい》焼《や》きが出てきちゃったり（笑）……。しかし、この時代、江戸の庶民がどんなものをどのように食べていたか、そういったリアリティーは、この小説はかなりよく描けているのではないですか。

「田沼派粛清」の危機を、どう切り抜けるか

諸井　さて、この未完の長編をどう締め括ればいいかという今回の本論ですが、まず考

慮しなくてはならないのは、池波さんが書かれたところまでの最後の部分は、田沼意次の失脚で話が終わっているということですね。田沼意次が失脚した後、田沼一派に対する粛清はものすごい徹底ぶりだったという歴史的な事実がありますから、主人公の秋山一家にとって、この情況の変化は、その行く末に大きな影響を与えずにはおかなかったでしょうね。

大石　田沼失脚を画策し、見事その後を襲って老中に昇進したのが、歴史上、寛政の改革で有名な松平定信です。意次が失脚する直前、その息子田沼意知《おきとも》が江戸城本丸で新番組の佐野善左衛門に切りつけられ、それがもとで亡《な》くなります。その折、善左衛門はあくまで自分の私怨《しえん》からの行為であると申し立てていますが、世間ではそうはとらなかったようです。たとえば当時長崎のオランダ商館長であったチチングは、この暗殺事件は幕府の高官数名が田沼親子の改革を阻止するために仕掛けたものであり、その主要メンバーの一人は松平定信であると、その著『日本風俗図誌』の中にはっきりと記述している。

縄田　確か松平定信自身、懐《ふところ》に剣を忍ばせて殿中で田沼意次を刺そうと機会を窺っていたというような話もありますね。ですから意次が失脚したら、彼の周囲の人たちは松平定信一派の粛清の標的になるのは避けられない情況でしょう。

大石　そうでしょうね。実際、記録が残っているものの中にもひどいのがあります。たとえば意次が開港の意図を持って派遣した蝦夷《えぞ》探検隊を、意次失脚と同時に全部呼び返し、さらに松前藩で国後《くなしり》騒動というアイヌの反乱が起こると、ロシアが後ろで糸を引いているという噂《うわさ》が流れたため、その中の一人を再度確認のために派遣、その人間が帰ってきてその噂が事実無根であると報告をすると、定信は怒って彼を牢《ろう》にぶち込んだうえ獄死すると死骸《しがい》はそのまま取り捨てたといいます。定信はそれほど田沼意次と関係のあると思われる連中を徹底的に粛清した。だからこれはもう、大急ぎで一家揃《そろ》って逐電でもしないと具合が悪いんではないですか。

諸井　あるいは逆に剣客らしく定信を殺《や》ってしまうという切り抜け方もある（笑）。

大石　それも手だな（笑）。

諸井　最後に秋山小兵衛が、よし、俺もどうせ長くはないんだから、やってやろうということで、これが案外うまくいったりして……（笑）。いやだめだ。殺すわけにはいかないんですね。定信は実在の人物ですから（笑）。

大石　ただ結局松平定信という人も、八代将軍吉宗の孫という抜群の血筋の良さから、保守派の連中のシンボルとして担《かつ》がれただけなんですね。決してその政治手腕や人徳によって担がれたわけではない。つまり定信を担いだ連中は、田沼を追い落とすまで定信を存分に利用しようと考えていたわけですから、結局その後ほどなく屁理屈《へりくつ》をつけて彼を解任してしまうわけです。

諸井　自民党政権にとって代わるために担いだ誰かさんと似ていますね、確かに血筋もいい（笑）。

大石　そうですね。そして実際の政治権力を握ったのは、定信が取り立てた若い連中で、かなり現実的な政治家たちだった。実際その後の政治を見ますと、田沼時代とあまり変わらなかったのです。

縄田　それも、どこかの国の現在の情況に酷似してますね（笑）。

諸井　田沼意次の失脚は、結局彼が成り上がり者であるということに起因しているんでしょうね。要するに田中角栄が追い落とされたのと非常に近い感じがあるんでしょう、その政策の成否よりもね。

大石　日本人は成り上がり者に対し、本能的に拒否反応があるようです。成り上がらんよりは成り上がったほうが偉いに決まってるのに、そのあたりに対する認識がいま一つ希薄なんです。

「老人スーパーマン」のあらまほしき最期《さいご》

諸井　こういうことを言うと、また身も蓋《ふた》もないけれど、この『剣客商売』は何も無理やり終わらせることはないんじゃないのかな。いつの間にか終わる小説、つまりフェイドアウトする小説だと思うんですよ。ただいちばん気になるのは、やはり老いというものと剣客であるということの鬩《せめ》ぎ合いみたいなものですね。たとえば敵に襲われたとき、突然めまいがしたらどうしようとか、それでも本当に自分は勝てるだろうかといった恐怖感とどう戦うかとか、剣さばき、戦い方を自分なりに工夫してどう変えていくのかとか、あるいはそれとは逆に、剣客としての人生にきっぱり見切りをつける一種の諦観《ていかん》みたいなものに自分を移し変えていくといった、我々同年代の男が共通して持たされる内的変化といったものが、この小説に書き込まれ、そして生命が弱まっていくように静かに終わっていけばいいんじゃないでしょうか。

大石　私も、ある程度年取ってくると、やはり商売としての剣客は無理だろうと思いますから、そうしたらどう自分を位置づけ、どんな生き甲斐《がい》を心の支えに生きていくのだろうということに確かに興味はありますね。やはり年には勝てなくて、いずれは斬《き》られて死んでしまうということだってありうるわけだけれども、それではあまりに面白みがない。それなら、ある日突然隠居をしてしまうのだろうか。しかし長いこと剣客として人を斬って生きてきたのですから、なかには仇討《あだう》ちにやってくるのもいるだろうし、そうなると完全に隠居してしまうというわけにもいかないだろう……、などと想像するわけです。そういったときに頼みの田沼意次が失脚し、松平定信一派に襲撃をされようという事態になって、やはり一家あげてどこかへ遁走《とんそう》し、結局定信の世もそうそう長くは続かないので、それまで一家五人で田舎に隠れ、ひっそりと隠遁生活を送りつつ、じっと再起の日を待つというのが妥当でしょう。その再起のきっかけに、何か華々しい仕掛けが欲しいと思いますけれどね。

諸井　実際、後半の『二十番斬り』あたりを読んでも小兵衛はかなり用心深くはなってきてますからね。その結末も妥当ですね。でも、秋山小兵衛はいわば老人スーパーマンですから、スーパーマンをあまり惨《みじ》めに終わらせるわけにはいかないとは思いますが。

大石　華々しく戦って死ぬのが一番いい終わり方なのかなあ。

諸井　やはり何らかの形で意次の仇を討つとかね。

縄田　また『父子鷹《おやこだか》』的なモチーフを生かして、父親から息子に何かを受け継がさせなくちゃならないという面から考えていくと、一つには、田沼失脚後の最大の修羅場を何とか潜り抜けたところで終わらせるのも一つの手だと思います。それからもう一つ、読者としては、小兵衛の老化が進んでいくのはあまり見たくないという気持ちがもう一方にありますね。これは南條範夫《なんじょうのりお》さんも書いているのですが、有名な剣客の中には、晩年、消息が全くわからないという人が何人もある。それはたぶん老い衰え、晩年の老醜を世間にさらさないために、どこかに身を潜めてしまうのではないかというんですね。秋山小兵衛が、もし象が死ぬときのようにどこかに籠《こ》もっちゃって、結局はそこで最期を迎えるというふうな結末にして、むしろその場面で、最期に小兵衛が剣客商売の厳しさみたいなものを改めて大治郎に受け継がせるということにするのもいいのではないかと思います。
諸井 ただ秋山小兵衛という老人は、基本的にエピキュリアンですからね。だから最後までおはるさんが横にいて膝枕《ひざまくら》でもしながら死んでいくみたいなほうが似合うし、最後にもう一杯酒を飲ませろみたいなことを言うほうがふさわしいような気がする。どうもストイックな、少なくとも宮本武蔵みたいな死に方は小兵衛には似合わない。
縄田 しかし、おはるのほうが先に死ぬと書いてありますからね。そういう意味では逆に無常観が増すところはありませんか。
諸井 いやいや小兵衛なら、また別の女に懸想《けそう》するかもわからない（笑）。どうもそのくらいのほうがリアリティーがありそうだ、このご老体は。でも老醜というのとは違うけれど、小兵衛のような特殊な能力を持ったスペシャリストが、少し老人ぼけが始まって、うつらうつらしたり、少したつと正気に戻ったりして、おはるをはらはらさせたり喜ばせたりしながら次第次第に老いていく、最後のほうは剣豪小説から、しみじみとした老境小説へと持っていく、『瘋癲《ふうてん》老人日記』じゃないけれど、そういった趣向も満更悪くないかもしれない。
大石 そしてとにかくおはるさんが先に死んでしまうわけだから、そのとき半分ぼけた小兵衛老人がいったいどう対処し、どう生きていくかも、とても興味がある。何はともあれ明るくほのぼのと締め括りたい、これだけは多くの愛読者の偽らざる気持ちでしょう。

池波さんのこと

「時代小説の名手」その人と作品への旅

尾崎秀樹《ほっき》

庶民の哀歓を描き出した作家

池波正太郎は、文字どおり時代小説の王道を歩んだ作家だった。戦国から幕末へかけて幅ひろい時代を背景として、武家から忍者、隠密《おんみつ》、剣客、敵討《かたきうち》、白浪《しらなみ》までを取りあげ、その活躍する姿を描いた作品を次々と書いてきたが、一作ごとに創意工夫があった。

歴史物・時代物を描きながら、大局から一種の歴史観で実態を把握するといった筆法はとらず、むしろその時代、時代を生きた人間の日常に即しながら、その苦しみや悲しみを語った。登場人物の男らしさを追求する一方で、日常の暮らしにふれるなど、庶民的な哀歓を見逃すことなく描き出してきたのである。

時代小説の人気は不朽のヒーロー、ヒロイン像の創造にかかっているといわれる。机竜之助《りゅうのすけ》から鞍馬天狗《くらまてんぐ》、銭形平次あるいは眠狂四郎、木枯し紋次郎と、いずれも、そのシンボルである。そのなかにあって池波正太郎ほどヒーロー像の創造に成功した作家はいない。

「鬼平犯科帳」の長谷川平蔵、「仕掛人・藤枝梅安」の梅安、「剣客商売」の秋山小兵衛父子など、その人物像は、すでに作家池波正太郎の手をはなれ、読者のイメージのなかに移り住み、一個独立した存在と化している。池波正太郎の文学の人気の象徴ともいえよう。

昭和四十年代の末に「作家の表象」と題して、作家が作品に表出したシンボルをとらえ、その作家の持続的・根源的なライト・モチーフ、作家の原風景を書いたことがある。奥野健男と「サンケイ新聞」に共同執筆した。その時、池波正太郎の項は「池波正太郎と料理」だった。

——池波正太郎の料理好きは有名である。「食卓の情景」(昭和四十八年刊)と題した食べもの随筆の中に、彼が七、八年前からつけている〈惣菜《そうざい》日記〉が紹介されている。「昭和四十二年十二月九日、本日をもって、銀座通りの都電廃止となる。都政の低劣、ここにきわまれり。〔昼　十二時〕鰤《ぶり》の塩焼(大根おろし)、葱《ねぎ》の味噌汁《みそしる》、香の物、飯。〔夕　六時〕鶏《とり》のハンバーグ(白ソース)、グリーンサラダ、ウイスキー・ソーダ(2)、鰤の山かけ、大根とアサリの煮物、飯。〔夜食　午後十一時〕更科《さらしな》の乾《ほし》そば」

といった調子で、その日その日の食べものについて記してある。ほかはほとんど書かない惣菜だけの記録だが、それを見ても食べもの好きは実証されよう。

「仕掛人・藤枝梅安」や「剣客商売」にも、その好みが反映して、作中人物が料理をつくったり、味わったりする場面がいくつか出てくる。

《台所の沙魚《はぜ》を見るや、梅安は、ぴちゃりと舌を鳴らした。食欲をそそられたらしい。

新年を迎えたばかりの、このごろの沙魚は真子《まこ》・白子《しらこ》を腹中に抱いて脂《あぶら》がのりきっている。

梅安は、のろのろと鍋《なべ》を強火にかけ、生《き》醤油《じょうゆ》に少々の酒を加え、これで沙魚をさっと煮つけておいて、

「ふむ、ふむ……」

ひくひくと鼻をうごめかしながら、居間へはこび、冷酒を茶わんにくみ、炬燵《こたつ》へ入ってすぐさま食べはじめた》

これは梅安シリーズの第一話〈おんなごろし〉の一コマだが、作者の感情が、そのまま梅安にこめられている。池波正太郎はいわゆる食通ではないし、料理通ともいえないかもしれない。しかし「うまいものを食う」ことは、彼にとって生きる上での欠かせない楽しみなのだ。

彼は「われわれ東京の下町に生れ育ったものにとって、……〔どんどん焼〕ほど、郷愁をそそうものはない」と回想していた。何でもまぜこむ当世ふうなお好み焼とはちがい、どんどん焼にはさまざまな工夫があった。彼は豆餅《まめもち》を入れた二銭の〈餅てん〉が大好きで、よく屋台に食べに行ったらしい。小学校五年のとき、鳥越神社に近いどんどん焼屋をひいきにし、じゃがいものゆでたのをさいの目に切ってキャベツといっしょに炒《いた》めたものをポテト・ボールと名づけたとか、じゃがいもをつぶし、そのまん中に穴をあけ卵を一つ落とした鳥の巣焼を思いついて、そこのおやじにすすめたというから、三つ子の魂百までである。

師・長谷川伸との出会い

池波正太郎は大正十二年一月に、東京の浅草 聖天町《しょうでん》で生まれた。生粋《きっすい》の下町ッ子である。父方の祖父は宮大工、母方の祖父は錺職人《かざり》、父は日本橋小網町の綿糸問屋の通い番頭、伯母には吉原仲之町《よしわらなかのちょう》の老妓《ろうぎ》がいたし、叔母には小鼓《こつづみ》の望月《もちづき》長太郎に嫁いだ人もいたという。彼が江戸ッ子気質《かたぎ》そのままの人間だったのも当然だ。

幼いころに父親と別れ、小学校卒業とともに実社会へ出、兜町《かぶとちょう》のメシを食って育っただけに、人間生活の機微にも通じていたが、逆境にめげることなく、うまいものを愛し、芝居を好み、人生をたのしむ楽天性を身につけた。

十六、七歳のころから相場に手を出し、若さに不相応な金を手に入れ、吉原などで遊ぶことも少くなかったようだが、その彼が創造する喜びを知ったのは、旋盤工として徴用され、旋盤ととり組むようになってからだ。アランの「精神と情熱に関する八十一章」を読んだことも、おおいにプラスとなった。「物は、いろいろ推量してみたり、ためしてみたりして初めて知覚される」といったアランの言葉が、旋盤を相手に苦闘している間に、その心身に結びついてきた。

そのころ『婦人画報』の〈朗読文学〉欄に「休日」「兄の帰還」「駆足」「雪」などの諸篇を投稿し、入選あるいは佳作に選ばれたこともあったが、戦争が熾烈《しれつ》化し、彼自身も海兵団へ入団したため、それ以上を書く余裕がなかった。

戦後は十年近く都の職員をつとめた。目黒税務事務所を最後に作家生活に入るのは昭和三十年である。

昭和二十一年に戯曲「雪晴れ」が、読売新聞の演劇文化賞に入選し、新協劇団で上演され、つづいて「南風の吹く窓」が第二回演劇文化賞の佳作に選ばれた。このときの選者の一人に長谷川伸がいた。かねて敬慕していた長谷川伸を訪ね、師事するのは昭和二十三年からだ。

昭和二十三年夏、はじめて二本榎《にほんえのき》の長谷川伸邸を訪ねたおり、次のようにいわれたという。

「作家になるという。この仕事はねぇ、苦労の激しさが肉体をそこなうし、おまけに精神がか細くなってしまうおそれが大きいんだが、……男のやる仕事としては、かなりやり甲斐《がい》のある仕事だよ。もし、この道へはいって、このことをうたがうものは、成功を条件としているからなんで、好きな仕事をして成功しないものならば男一代の仕事ではないということだったら、世の中にどんな男の仕事があるだろうか、こういうことなんだね。ま、いっしょに勉強しようよ」

あたたかい言葉だった。その言葉をはげみとも、はげましともして、彼は文学修業に打ちこんだ。「絶えず自分を冷たく突き放して見つめることを忘れるな」とも、教えられた。そして長谷川伸を中心とする創作研究会に加わり、「手」「偕老《かいろう》同穴虫」などの戯曲を執筆する。

初の小説「厨房《キッチン》にて」

新国劇の脚本や演出を担当するようになるのは、「鈍牛」が昭和二十六年に新橋演舞場で上演されてからである。「渡辺崋山《かざん》」「名寄岩《なよろいわ》」「牧野富太郎」「黒雲谷」「決闘高田の馬場」「賊将」「清水一角」などを執筆、演出した。

その彼が戯曲のほかに小説を手がけるのは、昭和二十九年の「厨房《キッチン》にて」からだ。海軍にいたころの自分を主題としたこの短篇を読んだ長谷川伸は「小説でもやってゆけるよ、もっとも努力次第だが……」といい、それにはげまされて、彼は小説を次々に執筆した。

長谷川伸を中心とする新鷹会《しんようかい》の機関誌『大衆文芸』に「禿頭記《とくとうき》」「太鼓《ドラム》」「波紋」「恩田木工《もく》」「眼」「信濃《しなの》大名記」「応仁の乱」「秘図」などを次々に発表、「恩田木工」など五篇が直木賞にノミネートされた。

候補になった「信濃大名記」と「恩田木工」が一冊になって出版されたのが昭和三十四年九月。処女出版で、当然のことながら私にとってもはじめての出会いであった。新国劇の公演を観《み》、『大衆文芸』や『小説倶楽部《くらぶ》』『面白倶楽部』などの倶楽部雑誌で、すでに池波正太郎の短篇を目にしていた私は、この処女出版を時評でとりあげた。

「兄弟でありながら戦わねばならなかった真田《さなだ》幸村《ゆきむら》の兄信之《のぶゆき》が、領民にしたわれながら信州上田から松代《まつしろ》へ転封されるまでを書いた『信濃大名記』は、信之から五代目、信安の治下、腐敗し切った藩政立直しに挺身する恩田忠親《ただちか》の苦悶《くもん》を描いた『恩田木工』に続いている。戦国の武将たちが幕藩体制に組込まれてゆく過程は、戦国の動乱以上に非情なものがあったろう。作者の眼は恩田木工の人間性に即してこれを見つめている。清潔な作品である」

そして、「信濃大名記」刊行の翌年、「錯乱」で第四十三回の直木賞を受けた。

真田家に「運命の縮図」を見る

直木賞受賞作「錯乱」は、父子二代にわたって二重生活を送らなければならなかったスパイの苦悩を描いた短篇である。信州松代の領主真田信之につかえた堀主膳《しゅぜん》は、老中酒井忠清がおくりこんだ隠密だったが、主膳の死後その責務は息子の平五郎に引きつがれる。平五郎は人格円満、謙譲でしかもきわめて凡庸な武士をよそおうが、やがて彼の本態を見抜いた信之は逆スパイを放って、平五郎を自滅に追いこむ。その孤独で虚《むな》しい生き方は、現代人にも通じるものがあるが、作者はそれをさりげなく提示するにとどまった。

「錯乱」の構想は、松代の郷土史家のところで、真田藩に関する古い資料に眼を通したとき、「明暦四年六月二十三日、家臣・堀正種を放逐す」という一行を見出《みいだ》し、もしかしてこの堀某は、幕府が真田藩に送りこんだスパイだったのではなかったか、と頭にひらめいたのが始りだったという。池波正太郎はこの受賞作をはじめ、それ以前の「信濃大名記」「恩田木工」もふくめ「この父その子」「刺客」「へそ五郎騒動」「槍《やり》の大蔵」「角兵衛狂乱図」「幻影の城」などの中・短篇で、真田家の運命と直接・間接のかかわりをもつ主題を発表した。

「別に、真田家へ執着をもっていたわけではないが、いくつかの短篇を真田家から得るにつれて、当然、深い関心を抱くようになった」と書いている。真田家の興亡の歴史に、人間の運命の縮図を読んだのであろう。

長篇では〝信濃の獅子《しし》〟とよばれた真田信之の晩年を描き、執拗《しつよう》にはりめぐらせた幕府の諜報網《ちようほう》に対し、信之が真田十万石を守るためどのように対処したか、その凄《すさ》まじいまでの姿をとらえた「獅子」もある。

とくに昭和四十九年から九年の歳月をついやしてまとめた「真田太平記」は、真田物の集大成であった。その後書を読むと、作者は執筆に先立ち、伊那《いな》の高遠城址《たかとおじようし》から伊那谷のあたりを何日か旅するうちに向井佐平次という男が脳裡《のうり》に浮かびあがってきたことで、書き出しのイメージが決まったと回想していた。

佐平次は天正十年に高遠城が織田軍に包囲され、落城したおり、長柄足軽の一員だったが、真田昌幸《まさゆき》配下の女忍び・お江《こう》に救い出され、それ以後真田家に仕えることとなる。間もなく武田勝頼《かつより》が天目山《てんもくざん》で自刃《じじん》して武田家は滅亡するが、「真田太平記」は、このあたりから筆をおこし、真田家の人々の動きを中心に、戦国武将たちの動向や、信長から秀吉、家康へと政権が移り行く時代を追い、元和《げんな》八年の真田信之の松代移封までの四十年の歴史を物語っている。

武田の滅亡後、独立した真田昌幸が、長男の源三郎信幸、次男の源二郎信繁《のぶしげ》（幸村）らと協力して真田の武勇を天下にしめし、後にはそれぞれの信念に従って東西に別れたものの、お互に理解し合い、いずれもみごとな生き方を示す。その過程を、人物の錯綜《さくそう》する動きの中でたどっているのだ。

冒頭から登場する佐平次はじめ、真田兄弟の異母弟といわれる樋口《ひぐち》角兵衛、秀吉の謀略で名胡桃《なくるみ》城主である父を失い信幸に仕える鈴木右近《うこん》など、脇役《わきやく》たちの性格や運命も描きこまれ、作品世界の拡《ひろが》りとなっている。

「その男」に託した男の生き方

「維新の篝火《かがりび》」の題で映画化された「色」(昭和三十六年)という短篇がある。たまたま「新選組」のテレビドラマを見ていた母親が、何気なく洩《も》らした——土方歳三《ひじかたとしぞう》って人の彼女は、京都の、大きな経師屋の後家さんだったんだってねえ、という述懐から想を得て、〝鬼〟といわれた新選組副長の恋をあつかい、人間的な部分へ切りこみをみせたというが、こうした視座のすえ方は、池波正太郎の作品の一特長だともいえる。

「色」を発表した翌年あたりから、新聞、雑誌・週刊誌の連載を次々に手がけ、しかも維新物から、忍者、剣客、敵討、仁俠《にんきょう》、白浪とあつかう素材も幅があった。「夜の戦士」「人斬《ひとき》り半次郎」「幕末新選組」「幕末遊撃隊」「忍者丹波大介《だいすけ》」「堀部安兵衛」「蝶《ちょう》の戦記」「近藤勇白書」「俠客」とつづき、そのあたりで「鬼平犯科帳」の筆もおこされた。

さらに「火の国の城」「編笠《あみがさ》十兵衛」「その男」「おれの足音」「忍びの風」「雲霧仁左衛門《くもきりにざえもん》」「獅子」と仕事を展開し、「剣客商売」や「仕掛人・藤枝梅安」の連作もはじまり、さらに昭和四十九年から大作「真田太平記」にも取組んでいる。「真田太平記」と平行して、「おとこの秘図」「忍びの旗」「旅路」「雲ながれゆく」などが書かれ、鬼平・梅安・剣客商売の三大シリーズとあわせて、エッセイの数もふえた。

これらの作品のなかで話題となったものも少くない。

「人斬り半次郎」(昭和三十七〜三十九)は〈幕末編〉と〈賊将編〉に分れ、〈幕末編〉は文久から慶応へかけての数年間を背景に、剣と恋とに情熱をかけて生きた中村半次郎の青春記だ。半次郎は後に桐野利秋《きりのとしあき》と名を改め、陸軍少将まで累進する。動乱の時代にふさわしい南国的な自然児である。西郷隆盛とともに城山で死ぬまでの後半生は〈賊将編〉で語られる。

この「人斬り半次郎」と対照的に位置するのが「その男」(昭和四十五〜四十六)だ。幕臣の杉虎之助《とらのすけ》という人物を軸にすえ、幕末から明治・大正・昭和と生き抜いた男の姿を、変転する世相のなかに彫りこんでいる。曲折を経て維新後は一時床屋の店を出すが、お秀《ひで》をめぐる縁で結ばれた中村半次郎との関係で鹿児島へ行き、西南の役のおりには西郷の身辺の世話を焼く。はげしい世の変転を見とどけた虎之助は、昭和の時代まで生き、晩年は作者の曾祖母《そうそぼ》とも親しくつきあったという。

女とむつび、楽しく生きることが至福だという人生観と、それだけでは終らぬ男の生きかたを結びつけ、虎之助の一生を描いているが、作者の心情を託した人物かもしれない。

未完の三大長篇シリーズ

「鬼平犯科帳」の第一回「浅草・御厩河岸《おうまやがし》」が登場するのは昭和四十二年十二月、以後「ふたり五郎蔵」まで計一三二篇、「誘拐」は未完におわった。

「剣客商売」は昭和四十七年一月にはじまり、読切が八十三篇、長篇が「黒白」など四篇。「仕掛人・藤枝梅安」は昭和四十七年三月からで、「殺しの四人」「梅安蟻地獄《ありじごく》」「梅安最合傘」「梅安針供養《はりくよう》」「梅安乱れ雲」「梅安影法師」とつづき、「梅安冬時雨《ふゆしぐれ》」が最後となった。

これらの三大シリーズが出揃《でそろ》うのが昭和四十七年、以後死に至るまで、間に小休止をおきながら書きつがれた。昭和五十二年には、この三作で第十一回吉川英治文学賞を受け、さらに昭和六十三年には第三十六回菊池寛賞を受けている。

「鬼平犯科帳」の鬼平こと長谷川平蔵は、悪に向っては容赦しない火付盗賊改《あらためかた》方だ。二十八歳で父の宣雄のあとをついで西丸御書院の番士となり、さらに御徒《おかち》頭、御先手頭を経て、四十二歳で火付盗賊改方を命じられた。

母のお国が長谷川家の下女だったこともあって、十七歳まで祖父のもとですごし、やがて長谷川家に迎えられたものの、義母に〝妾腹《しょうふく》の子〟といじめられ、その反発もあって入江町の屋敷を抜け出し、本所深川界隈《かいわい》を根城に放蕩《ほうとう》無頼の青春をすごしたこともある。

「人間というやつ、遊びながらはたらく生きものさ、善事をおこないつつ、知らぬうちに悪事をやってのける。悪事をはたらきつつ、知らず識《し》らず善事をたのしむ。これが人間だわさ」というのが、平蔵の人間観だ。

これまでの捕物帖《ちょう》とは一味ちがい、江戸の暗黒街や盗賊の世界にも眼をくばった世話物の味をもつ連作で、与力の佐嶋忠介《さじまちゅうすけ》、同心の木村忠吾《ちゅうご》、直属の密偵などおなじみの人物も数多く登場し、町の風物、食べ物の味なども親しみを添えた。鬼平は池波正太郎と等身大の人物であり、それが大衆に受ける理由ともなった。

「剣客商売」の秋山小兵衛は無外流の老剣客である。かつては嶋岡礼蔵と並んで辻平右衛門道場の竜虎《りゅうこ》と呼ばれたほどの剣の遣い手で、師が隠棲《いんせい》した後、四谷仲町に道場を開き賑《にぎわ》っていたが、五十三歳のおり道場を閉じて大川の畔《ほとり》に隠れ住み、四十も年下の下女おはると夫婦になった。

その息子大治郎は七歳のおり実母を失い、父から剣の道を教えられたが、十五歳で辻平右衛門を隠棲先に訪ねて弟子となり、嶋岡礼蔵に鍛えられ、諸国遍歴の末に江戸へ戻って田沼屋敷での試合に頭角を現し、認められ、女剣客の三冬《みふゆ》とも結ばれ、小太郎をもうける。この三冬は老中田沼意次の妾腹の娘という設定で、田沼時代のさまざまな問題が、事件となって小兵衛たちの前に現われる。

この小兵衛のモデルは、むかし池波正太郎が株屋で働いていた頃知りあった吉野さんという老人だというが、小兵衛の容貌《ようぼう》や姿かたちには歌舞伎《かぶき》俳優の中村又五郎がイメージされたようだ。

池波作品が読み続けられる理由

「仕掛人・藤枝梅安」の梅安は、品川台町に住む腕の良い鍼医《はり》で、評判もよく、患者には江戸で知られた商家も少くない。しかし実は仕掛人つまり殺し屋だ。暗黒街の顔役から金をもらい、殺しを頼まれたときから仕掛人の仕事ははじまる。

梅安は藤枝の生まれ、父の治平は桶屋《おけや》だった。お吉という妹がいたが、母親は夫が病で死ぬと、喪も明けぬうちに娘を連れ、ながれ者の日傭取《ひようと》りと一緒に、梅安を捨てて逃げてしまう。梅安が女を信じないのは、この心の傷に由来する。

捨てられた梅安は江戸から京へ戻る途中の津山悦堂という鍼医に拾われ、以後二十五歳になるまで悦堂のもとでみっちりと鍼術《しんじゅつ》を仕込まれた。だが悦堂の死後、近くの浪人者の女房の病を治したのが縁で、その女房に誘惑され、それが亭主に露見すると、女は梅安に犯されたと嘘《うそ》をついて云《い》い逃れようとする。梅安はそれを許せず、ついにその女を殺してしまうが、そのことがきっかけで殺し屋稼業《かぎょう》に足を踏み入れるのだ。

この梅安とコンビを組む仕掛人に彦次郎《ひこじろう》がいる。表向きは楊枝《ようじ》つくりの職人で、殺し屋としては梅安より十年も古参だ。吹き矢も得意である。下総《しもうさ》松戸の在の出身で、家は百姓だったが、父が六歳の時に病死し、その後母親が別の男を引き入れたため十歳で家出し、苦労した挙句、二十歳をすぎて寺男となり、妻をめとってやっと幸せをつかんだと思ったのも束《つか》の間《ま》、間もなく妻は浪人者に襲われ、それを苦に赤ん坊を道づれに自殺するといった不幸つづきだ。

梅安と彦次郎の二人は、いずれもこのような暗い過去をもっており、闇《やみ》の世界に生きながらも、お互に心を許し合い同業者として助けあう。この二人に剣客浪人小杉十五郎が加わり、それらの活躍が仕掛人シリーズの構成になっている。

「鬼平犯科帳」「仕掛人・藤枝梅安」は悪の世界をあつかいながらも、カラリとした清潔感を作品にとどめている。これは池波正太郎の庶民的な資質のあらわれであり、その文学の特質だといえる。

鬼平、梅安、秋山父子などは、いずれも大衆のヒーローとして、これからもながく読者のなかに生きつづけるにちがいない。

（文芸評論家）

池波さんはツラかった

江　夏　豊

プロ野球選手は、遠征で移動が多いため、新幹線などで、結構、みんな本を読む。広島カープにいた時は、ちょうど赤川次郎さんが爆発的に売れ始めた頃で、山本浩二も衣《きぬ》笠《がさ》も、よく赤川さんを読んでいた。

自分はアマノジャクなので、赤川さんだけは読むまいと思った。さりとて大の大人がマンガを開くのも恥ずかしい。そこで、昔から新撰組が好きだったということもあって、池波さんをはじめとする時代小説を持って遠征にいくようになった。勿論《もちろん》、池波作品はそれまでにも、阪神タイガースの大先輩・藤村富美男さんがテレビ版に出演した『仕掛人・藤枝梅安』などを読んではいた。

しかし本当に池波さんの虜《とりこ》になったのは、さらに数年後、なんとなく手にした、現代物の『原っぱ』からだ。これにジーンときて、以来、目につく限り、池波さんの本を買うことになった。

寒い冬に読んでも暖かくなれる、ホッカイロのような『原っぱ』、三回読んだ『その男』など、好きな本は一杯あって、どれか一冊というのは難しい。シリーズものだと、『梅安』はちょっと残酷で、池波さん自身「筆が進まない」と書いているし、『鬼平犯科帳』も極悪人が多く登場する。心がやすらぐということでは、『剣客商売』だろう。自分に父親がいなかったせいか、『鬼平』の長谷川平蔵とうさぎ（木村忠吾《ちゅうご》）の関係にはホロッとさせられてきて、平蔵は理想のリーダーだと思うけれど、やはり『剣客』がいちばん好きだ。孫ができてからの小兵衛がいい。小太郎をあやす小兵衛の姿は、目に見えるようだ。

遠征の車中でも本をよく読んだが、刑務所では、読書は本当に最高の愉《たの》しみになる。作業中心の生活だから、読書にあてられる時間は仮就寝から本就寝までの二、三時間にすぎないが、持ち込める本の数に制限があるので、もったいなくて少しずつしか読めない。ところが、池波さんの本はどんどん読めるし、面白くてやめられないので、困った。

もうひとつ困ったのは、池波さんの食べ物の描写の巧みさだ。自分の好物の鰻《うなぎ》や蕎麦《そば》が出てくる、茄子《なす》とか浅蜊《あさり》とか季節のものをあしらった家庭料理が出てくる。実にうまそうで、度々《たびたび》、つばをゴクリと呑《の》み込むことになる。あれはツラかった。

ツラいといっても、池波さんの本を読みながら泣いたりはしなかったが、『その男』を読みながら、主人公の口ぐせのままに「なっちょらん、なっちょらん」と呟《つぶや》いたり、『剣客』のおはると小兵衛のかけあいを読みながら、ニヤニヤ笑ったりはしていたのではないかと思う。

二回読める本は少ないというが、池波さんの本はストーリーがわかっていても、何度でも読める。自分が沈んだ時や迷った時に読むと実に参考になるし、三十代で読んだ時と四十代の時では受けとり方が変わってきた。新作が出ないのは寂しいけれど、これからも池波さんを読みつづけるだろう。

（野球評論家）

一冊も読んでいない後輩

永　六　輔

一口に浅草と言っても広いから、浅草生れというだけでは、同郷という感じはありません。

だけど、蔵前の同じ小児科医に診て貰《もら》っていたとなると話は別で、その事を池波さんに教えられて以来、池波さんは同郷の先輩になりました。僕は体が弱かったので、当の長田医師《せんせい》には随分ご厄介になったから、懐《なつ》かしかった。

ただし、池波さんの本は、今に到《いた》るまで、一冊たりとも読んだことがありません。

これは、池波さんに限ったことではなく、僕は知り合いの小説を読まないからです。気恥ずかしいということもあるけれど、いつだって、書かれたモノより、書いた本人のほうがはるかに面白いと思っていますから、本人と付き合えば、それでいいんです。

作家になる前から知っている野坂昭如《あきゆき》、五木寛之《ひろゆき》、井上ひさしなど、代表作以外は一行も読んでいないし、これからも読みません。

池波さんとも、三十年以上前から、映画の試写室でお会いしてきて、当然、映画のことを中心に、お話はしましたが、ついぞ『鬼平』も『剣客』も読んでません。向こうも、読まれないほうが気が楽なようで、ある時、

「おれの本なんか、読む?」

「ああ、安心して下さい。読んでないし、これからも絶対読みませんから」

「うわあ、そう言ってくれると嬉《うれ》しいなあ。ホッとするなあ」

というやりとりがありました。

心底、嬉しそうな顔でしたね。

同じ浅草生れとして、自信を持って言えることですが、池波さんの顔というのは、旦《だん》那《な》の顔ではなくて、職人の親方あたりの顔なんです。

だから気さくに話もできますが、職人だけに仕事にうるさい。

料理店や映画についてアレコレ書くのは、池波さんが、他人のであれ仕事ぶりが気になる職人であって、旦那ではない証拠でしょう。旦那なら何も言いません。

そして、作家というのはカスミを食べてるような職業で、汗水たらして働いているわけではないということに、照れやハニカミを覚えていたんだと思います。

それが「読まないと言ってくれるのは、嬉しいなあ」という発言になる、もう、こんなハニカミがある人は少ないでしょう。浅草の古い寺の息子（僕のこと）に、下町についての本なんかを読まれたらウルサイな、と多少は思っておられたのかもしれないけれ

ど。

試写室で会う池波さんは隠居した職人の親方のようで、決して前に出ようとせず、むしろ大勢の中に埋没したがる、東京っ子のあるタイプに見えました。この先輩の役を芝居で演じるとすれば、最適なのは小沢昭一さんだと思いますが、愛読者は、意外だと感じるでしょうか。

（放送タレント）

「原っぱ」のつきあい

市川久夫

五月三日のしらじら明け、池波さんの遺体を乗せた車は、神田の三井記念病院から荏《え》原《ばら》の自宅に向かった。高速道路を追走しながら、私の頭の中ではめまぐるしく四十年近いつきあいの折々が幻像しつづけた。

はじめての出会いは昭和二十五年ごろ、芝二本榎《にほんえのき》の長谷川伸先生のお宅だった。当時、大映企画本部に籍をおき、映画の原作契約窓口だった私は、上司の川口松太郎専務のひきあわせで長谷川先生宅を足しげく訪ねていたのだが、あるとき先生から「これからの池波作品を注目するように」とのアドバイスを受けたことがあった。その言葉が実ったのが昭和四十四年、松本白鸚《はくおう》主演による「鬼平犯科帳」である。以来現在に及ぶまで「剣客商売」「仕掛人・藤枝梅安」と三シリーズあわせて二七〇本をテレビ映画化させてもらっている。映像化にあたっての池波さんの第一の注文はシナリオライターの人選だった。映画は七〇パーセント以上シナリオの出来に左右されるという意見は、映画通ならではで、まったく異論なくベテラン井手雅人を中心に、野上龍雄、安倍徹郎、星川清司、下飯坂菊馬、小川英といった一流どころに、ときには池田一朗（隆慶一郎）、早坂暁らを加えた。

井手雅人は池波さんと長谷川門下の同期生のかたちで、昭和二十八年下半期「地の塩」で直木賞候補にもなったが、のちシナリオ一筋で黒沢明作品「赤ひげ」「影武者」「乱」などに協力している。ある一時期、親友の二人は伊東の西東荘にたてこもって、お互いに励まし合いながら仕事に打ちこんでいた。「剣客商売」はこの宿で生まれ、主要人物の女武芸者三冬《みふゆ》は西東荘の娘さんの名前をいただいたものだ。井手さんは昨年七月、六十九歳で一足先に世を去ったが、夫人とともに通夜《つや》に弔問した池波さんの面上にはたとえようもない悲しみの色が漂っていた。池波さんの気力がめっきり衰えてきたのは、たしかにこの頃からである。いまは天上で手をとりあっているのかもしれない。

池波さんの持論によれば、小説とシナリオでは表現方法が違うのだから作品のテーマと主な要素を外さない限り構成は尊重する。但《ただ》し、セリフ廻しには独特のニュアンスがあるのだからといって、準備稿には丹念に朱を入れてくださった。また試写のあとでは小道具、かつら、衣裳《いしょう》、俳優の立居振舞についても助言をいただくなど、忙しい中でのありがたい協力があった。小説の分身として強い愛着をもっていたからだろうが、スタッフも仕事しながら勉強したかたちだ。

『青春忘れもの』や『原っぱ』に小学校時代に世話になった恩師の話がよく出てくる。

師範学校を卒業し、はじめて赴任した下谷《したや》西町小学校で池波さんたちのクラスをうけもったT先生こと高森敏夫さんは、昨年暮に電話口で「いつまで生きていたってしようがない」と弱音を吐いた池波さんを叱《しか》って「何をいっているのだ。元気を出してみんなのためにいい仕事をしてくれ」と励ましたと語り、今度も仮通夜、本通夜、告別式と三日間にわたって顔を見せた。高森さんの末弟と私の姪《めい》が縁組みしているのはまことに奇縁だが、それを知ったときの池波さんの驚きようは大きかった。私の生まれ育ちは下町でも川向うだが、『原っぱ』の世界は共通のものだし、他人に迷惑をかけず、約束の時間を守るという律義《りちぎ》な心がけが長いつきあいを支えていたのだと、いまつくづく反芻《はんすう》している。

（プロデューサー）

晴れた昼さがりの先生

常盤新平

よく晴れた日の午後、銀座で池波先生のお姿をよくお見かけした。暑くもなく寒くもない日で、だから春か秋だった。

たぶん、先生は試写の帰りだったのだろう、小さなバッグを持たれて、和服のこともあれば、カジュアルなジャケットを着ておられることもあった。『剣客商売』の老剣客、秋山小兵衛が去っていく姿を「微風のように」としばしば書かれているが、池波先生はいつもまさに微風のように私の視界から消えていった。

銀座を歩かれる先生は長谷川平蔵や秋山小兵衛とかさなって見えた。鬼平の「小肥《こぶと》りの、おだやかな顔貌《がんぼう》」は先生にそっくりである。

平蔵の手下の木村忠吾《ちゅうご》や、小兵衛が信頼する四谷の御用聞き・弥七《やしち》のように、追いかけていって、池波先生と声をかけてもよかったのだが、私は遠くから見るだけで満足していた。こちらが挨拶《あいさつ》すれば、先生はコーヒーでも飲もうと清月堂に誘ってくださったかもしれない。

先生にはじめてお目にかかってから数十年になる。ある雑誌で私がインタビューしたのだった。場所はたしか京橋のフランス料理店で、私はすっかり固くなっていたが、先生は服装やチップや言葉やジャズについて楽しそうに語ってくださった。

以後、先生には四度お話をうかがっているが、『鬼平犯科帳』を読みはじめたころ、翻訳者の端くれだった私は、まさかこんな機会にめぐまれるとは思ってもいなかった。これも長谷川平蔵の言う「浮世の仕組み」なのかと不思議な気がするばかりである。一ファンとしてじつに幸運なことだった。

ある年の野間賞授賞式のパーティのあと、先生に引きあわせてくれた編集者のK氏から仕事場へ電話がかかってきた。年末のことで私は仕事に追いまくられ、パーティに出られなかったのであるが、池波先生が私に会いたいとおっしゃっている、とKさんは言うのである。

仕事を放りだして、私が銀座の酒場におそるおそる顔を出すと、先生はKさんはじめ数人の編集者にかこまれて、すこぶるご機嫌うるわしく、もてる男が来た、と私を冷やかされた。その二、三週間前に先生は、日本橋のデパートで私が女といっしょにいるのを見かけられて、私をからかったのである。その女が私のただの知り合いであることは先生もご存じだったにちがいない。

その夜、先生はお帰りになる前に、ギターとアコーディオンの流しに、「シング・シ

ング・シング」をやってくれと注文された。それは、先生が私のためにとくにリクエストされたような気がした。

鬼平の作者が、剣客商売の作者が、梅安の作者が、と私は思い、流しの二人が騒々しい酒場で精いっぱい演奏するのを感激して聴いた。そのころ、私は二人の女のあいだを右往左往していて、四面楚歌《しめんそか》の状態だったから、流しのわびしい演奏がこころに沁《し》みた。その後、会うたびに先生は、もてるからねえと言われて、私を閉口させた。いや、先生こそもてるじゃないですかと申しあげても、先生は優しい微笑を浮べて、私の言うことを無視された。その笑顔が融通無礙《むげ》な秋山小兵衛にも見えた。あるいは、私は長谷川平蔵にからかわれる木村忠吾だったのかもしれない。

池波先生はお茶の水の山の上ホテルを愛されていた。このホテルの本館にある喫茶室には先生の画が何枚も飾られている。その喫茶室を私もなんどか利用してきた。喫茶室の支配人であるKさんに会うと、先生の近況を知ることができた。先生は山の上ホテルに月の何日かは滞在されて、画を描かれたりエッセーを書かれたりしていると聞いていた。Kさんはよく先生の散歩のお伴をしていた。

喫茶室でたまたま先生に会うこともあった。先生がおひとりのときもあれば、編集者といっしょであることもあった。私が挨拶にうかがうと、先生は好奇心にみちた笑顔で私をごらんになるので、何もかも見すかされているような気がしたものだ。鬼平も小兵衛もこんな目で見たのではなかったか。

数年前、池袋の百貨店で先生の小説の背景を地図やスライドで見せる池波正太郎展が開かれた。そのオープニング・パーティに出席すると、先生は私を手招きして、ほら、この人が秋山小兵衛だよ、と言われた。目の前に立っていたのは、小柄な、眼鏡をかけた、にこやかな老紳士である。中村又五郎氏だった。私が『剣客商売』の文庫の解説をどうしても書きたいと言っていたので、先生はわざわざ紹介の労をとられたのだろう。中村又五郎氏は『剣客商売』から抜けだしてきたような老紳士だった。

『鬼平犯科帳』も『仕掛人・藤枝梅安』も私は好きだが、『剣客商売』も二つのシリーズに劣らず愛読してきた。ことに身辺がごたごたしていたころ、慰めといえば『剣客商売』を読むことだった。

作者は御用聞きの弥七に言わせている。「人間というものは、辻褄《つじつま》の合わねえ生きものでございますから……」

こういう言葉は先生の心の豊かさを暗示していたように思われる。長谷川平蔵も秋山小兵衛も藤枝梅安も共通して、人間を「辻褄の合わねえ生きもの」と看《み》ている。わが身をもてあましていた私は先生の小説を読んで、ほっとしていた。

身辺の整理がそろそろつきはじめるころ、大晦日《おおみそか》に仕事部屋の掃除が終ったあと、こたつにはいって『鬼平犯科帳』を読みはじめた。ある年の暮は、それが『剣客商売』であり『梅安』であったこともあって、それがいまにつづいている。

池波先生が入院されたと聞いて、四月からまた『鬼平犯科帳』を読みだした。文庫で十四冊目の「五月闇《さつきやみ》」を読みおえたところで、親しい編集者のNさんが、先生が亡《な》くなられたことを電話で知らせて来た。先生の死を私は予感していたのかもしれない。先生の晩年の小説やエッセーに私は暗さを感じていた。老いとか死とかいった言葉が作中に増えていた。

身辺の整理がようやくついて、そのことを先生に手紙で報告したところ、すぐにご返事をいただいた。じつに筆まめな先生だった。フランスから帰られて、お疲れのはずなので、私は大いに恐縮した。先生はお手紙のなかでつぎのように書いておられた。

「フランスはどうやら無事に行ってきました。この取材で〔原っぱ〕の第二部を書くつもりです。老いて、いよいよ切迫してきました。ですが、勇気を出して最後の期へすすみたいとおもいます」

先生がお元気だったら、この晩春のいまごろ、銀座でお姿を拝見できたはずである。その楽しみと歓《よろこ》びがなくなってしまった。

突然の死のために『梅安冬時雨《ふゆしぐれ》』も『誘拐』も『原っぱ』の第二部も途中で終ってしまった。原稿の締切に一度も遅れることのなかった先生としてはさぞ無念だったことだろう。先生は私などよりはるかに長生きされると信じていた。秋山小兵衛のように先生は九十三歳まで生きられると私は固く信じていたのである。

（作家）

「青春忘れもの」の頃

川野黎子《れいこ》

私が最初に池波さんに魅《ひ》かれたのは小説でなく、エッセイだった。それも文章というより、そこに描かれた池波正太郎という人物にだった。

もう直木賞作家であり、私の所属していた小説新潮は勿論《もちろん》、各誌に精力的に小説を発表していらしたが、昭和四十年頃だろうか、掲載誌も題名ももはや定《さだ》かではないのだが、旅好きな池波さんがたまたま泊った地方の宿屋で、小間物屋《こまものや》だか呉服屋になりすますというエッセイがあった。変った人、面白い人だなあと思った。そのあとにまた、痔用体《じよう》操というものを発明して痔をなおしたという一文も読んだが、これもとても面白かった。

その頃、私は司馬遼太郎さんにのめりこんでいて、大阪に通いつめ原稿を頂いていた。そこで池波さんのエッセイの話をすると、司馬さんがえたりや応とばかりに、池波さんのさまざまなエピソードを語ってくれたのだ。

この時の話が、喧嘩《けんか》っ早い池波さんであり、後年有名になった嫁・姑《しゅうとめ》の操縦法であり、しかも話し手が座談の名手、司馬さんだったので、聞く方としてはひっくり返って笑ったのだが、女房を叱《しか》るのはともかく、母親を怒鳴ったりおどしたりするなどというのは、およそ考えられないことだったので、益々《ますます》池波正太郎という人に興味を持った。

幸運にもそれから間なしに編集部の担当替えがあり、池波さんを担当するように云《い》われ、昭和四十二年の一月に荏《え》原《ばら》のお宅へ勇躍お伺いしたのが初対面だ。

二階の池波さんの書斎になっている座敷で、小間物屋になりすまして写した各地の写真――ワイドやパノラマなど当然無い頃なので、慎重に手をずらして何コマか写し、横につないだ苦心作など――を見せて頂いた。しかしこの部屋で神妙に坐《すわ》っていたのは二、三回だけだったような気がする。

あとはどういう話の運びでそうなったのか、待ち合せは夕方五時半、場所は上野広小路《ひろこうじ》の〝凮月堂《ふうげつどう》〟、そこから外神田の料理屋〝花ぶさ〟へ。そしてすぐに凮月堂も省《はぶ》かれ、花ぶさへ直行で一杯ということになってしまった。

株屋の小僧の頃、海軍の話、終戦後の区役所勤めから新国劇の脚本書き、長谷川伸先生のことと、呑《の》むほどに酔うほどに展開する若き日の思い出は、うまいもの好きに加えて、江戸っ子の正義感からくる喧嘩っ早さなど、池波さんのお人柄を反映し、最初に感じた通りの絶妙の面白さだった。しかも単に面白いだけでなく、人生というものを感じさせる独得の雰囲気があった。

池波さんの小説以外の隠れた大才能を引き出すにうってつけの連載エッセイが出来る

――そしてこれらを全部生かすテーマは〝我が青春〟というのが一番いい、こう思って青春記の連載をお願いしたのだが、見事に断わられた。当時、青春回想を書くのは、功成り名遂げた老大家と相場が決まっていて、未だ四十半ばの池波さんが、その若さで書くのはおかしいし、第一、自分の回想記など読者が読んでくれる筈《はず》がない、というのがその理由だった。しかし私は妙に自信があって、大丈夫です、読者は絶対読みます、と大保証してくどき続け、こうして始まったのが昭和四十三年一月号から十二月号まで小説新潮に連載された「青春忘れもの」である。

幸い、読者の評判は上々で、池波さんも機嫌が良かった。そしてこの作品こそ、後の「食卓の情景」以下、数々の食と生活の名エッセイを生み出す原形になったものと思っている。

株屋の小僧の頃に、長唄《ながうた》を習いに行った先で、娘か孫のような若い細君と粋《いき》に暮している老人と出会ったことで、四十歳も年下の若いおはるを女房に持つ、無外流の剣の達人、秋山小兵衛を造形し、そこにゲーリー・クーパー、ジェームス・スチュアートからイメージした息・大治郎を配した「剣客商売」が小説新潮誌上で始まるのは、昭和四十七年一月号からである。

見せて頂いた「剣客商売」基《もと》メモには、大川を中心に荒川、綾瀬《あやせ》川。鐘《かね》ケ淵《ふち》近くの隅田村、木母《もくぼ》寺東面須田《すだ》村の木立の中の小兵衛住居。浅草橋場《はしば》外れの真崎稲荷《まさきいなり》社の南面畑地の中の大治郎の道場。ＷＣから台所のカマドまで書きこんである小兵衛住居の拡大図など、律義《りちぎ》な池波さんそのままの丹念な絵図が描かれていて、何やら心楽しく、私の貧弱な空想までがふくらんだのを、よく覚えている。

言問《こととい》から牛御前《うしのごぜん》、木母寺、帝釈天《たいしゃくてん》から矢切の渡し、国府台《こうのだい》、浦安——と秋の一日、取材に歩いた。

「何をどうするか決めないで書く。自分でもどうなるか判《わか》らない。しかし書いているうちに登場人物が勝手に動き出し、それで話が出来ていくんだ」

というのが、常日頃の池波さんの言だが、あの爽《さわ》やかな秋晴れの日、もうその時には、小兵衛も大治郎も池波さんの頭の中で、縦横に動き回っていたに違いない。


（新潮社・取締役）

若いころの池波さん

司馬遼太郎

池波正太郎さんは、ごく自然な意味での隠喩《いんゆ》がうまかった。

あるとき、池波母堂が上方《かみがた》料理の薄味について感想を洩《も》らされたそうである。

「なんだか、白《しら》っぱくれてるね」

私は、池波さんからその表現をきいて大笑いした。

解説してしまうとせっかくの興を殺《そ》ぐが、言葉が意味重《がさ》ねになっている。わるいやつが、お白洲《しらす》にひきだされても、白《しら》を切っている。悪党の赤っ面《つら》が白化《しらば》くれているのと、たべものの味の薄さとが唐突に鉢あわせして目から火が出そうである。

池波さんは、話のなかに人間描写をくわえる。母堂の話をされていたとき、ひょいと加えられたのが右の挿話で、むろん東西の物の味を論じているのではなく、人柄のはなしなのである。

おかげで、いかにも率直で正直で、つねづね切れのみじかいことばづかいをする母堂の小気味いい人柄をおもいうかべることができた。

私どもは、同年（一九二三年うまれ）である。震災のとしで、池波さんが一月、私は八月うまれだった。

当時、東京と大阪とでは、巷《ちまた》の風物やらなにやらが、だいぶちがっていた。

私のこどものころ、大阪では駄菓子屋に一銭洋食というものがあり、それが発展してお好み焼になった。

当時の東京に、一銭洋食に似たものとしてドンドン焼があり、私は少年雑誌で知るだけでどんなものかはわからず、なが年気になっていた。

「やってみましょう」

と、池波さんは拙宅の台所に立つと、機敏に手をうごかし、二十分ほどでつくりあげて、食べさせてくれた。

一銭洋食の味とはだいぶちがっていた。どちらも鉄板の上に水で溶いた小麦粉を流してうすくひろげる。その上にサクラエビやキャベツなどの具《ぐ》をのせ、半ば焼いたあと、小麦粉汁をかけて裏返してまた焼くというやり方は、双方、似ている。しかし味がちがうのは、ひょっとすると池波さんの我流じゃありませんか？

「正真正銘です」

池波さんのことばは、みじかい。

この人は少年のころ、ドンドン焼の屋台がやってくると、買い食いしただけでなく、おもしろがっておじさんの手伝いまでした。

小麦粉を練ったり、鉄板のうえで薄延べしたり、ついには代役をつとめるほどののめりこみようだったという。

有頂天のあまり、大きくなればおじさんみたいにドンドン焼屋になるんだ、といった。おじさんは、「よせよ」と大声を出して、

「こんな商売はいろんなことにしくじったあげくのやつがなるんだ。はなっからドンドン焼を志すやつがあるか」

と、説諭した。

だから、本職がつくったのとおなじです、といった。こんな挿話にも、多能で屈託のない少年がうごきまわっているのである。市中《いちなか》の物のにおいまでした。

池波さんとの頻繁な接触は、たがいにひまだった三十代の後半までのことで、その後、自然にゆききが疎になった。その疎遠になったことさえ、池波さんとの場合、いい感じがしている。

三十代後半の池波さんは筋肉質のいい体をもっていて、機敏だった。

いつも独り旅をしていて、京大阪や高野山などにくると、西区西長堀の十一階だての

公団アパートの十階の拙宅をのぞいてくれた。

「高野山はいかがでした」

「ケーブルに乗りましたよ」

ケーブル・カーのなかに、ふざけて乗客にからんだりしていた男がいて、あっというまにその男の胸ぐらをつかみ、浮きあがらせてガラス扉に押しつけてしまった。

作中の人物とちがうのは、胸ぐらをつかんでもせりふがなく、悪態もつかなかったことである。相手はこまったにちがいない。

私どもは、兵隊にとられた世代である。

戦争がおわり、復員してきてしばらくのあいだ都庁につとめて税金のことをやっていたらしい。

あるとき、税金のことで練りテンプラ屋さんにゆくと、揚げた練りテンプラが大きなざるいっぱいにならべてあった。そのざる越しに池波さんが職務上のことをなにかいうと、テンプラ屋がふりかえって、

「たれのおかげなんだ、てめえなんぞがめしを食っているのは。――」

といったとき、池波さんはとっさには自分でもなにをやったのかわからず、気づいたときにはざるいっぱいのテンプラをゆかにぶちまけてしまっていた。あとで役所にデモがくるやら、池波を出せ、というプラカードが立つやらで、都庁に居づらくなり、やめ

てしまった。この話をきいたころ、池波さんは、恩田木工という江戸期の信州松代藩の名家老のことを書いていたりして、ご自分の性分に似たような人を書いていなかった。おそらくこんな気性は小説にはならないとおもっていたのにちがいない。

私の記憶のなかの池波さんは、さきにのべたように、この人の四十歳前後までのことばかりなのである。

和服は用いていなかった。服装はいつも茶色っぽい開襟《かいきん》シャツに地味なセビロで、およそめだたず、あごが頑丈そうで、笑えば金属の義歯が一つ二つ光った。顔が、叩《たた》いてつくったようにしっかりした筋肉でできていて若々しかった。いまの若い人にあんな感じの顔をみたことがない。

いつも草をわけるようにして田舎を歩いていたが、気分としては東京がすきで、東京だけでなく、町育ちの者がすきだった。というより、町育ちの者がもっている遠慮とか気づかいとかといった気分がすきなようだった。

後年、映画評論家の淀川長治《よどがわながはる》さんが大好きになったのも、たがいに映画ずきということがあったにせよ、淀川さんが神戸育ちらしい町の子という人柄をもっているせいだったにちがいない。

私は淀川さんには会ったことがないが、文章をよんだり、話をきいていたりすると、池波さんの感じとついかさなってしまう。双方無害な意味で好き嫌いがつよく、好き嫌いが、倫理的な体系にまでなっているような感じが、いかにも町がつくった人柄のようにおもえるのである。

池波さんのよさは、たれしも多少はある自己陶酔症《ナルシシズム》という臭い気体のふたをねじいっぱいに閉めていて、気《け》もなかったことである。江戸っ子ぶるなどは、およそこの人にはなかった。

あるとき、四国へゆき、大阪にもどってきたとき、愉快な人に会いましたよ、と数分喋《しゃべ》った。話がみじかくて、たとえば焼け火箸《ひばし》を水に突っこんで音がたつほどのあいだにヤマ場が済んでしまう。人物評やら論評やらはなく、演劇的情景だけを話す。白っぱくれる、と同様、「鄙稀《ひなまれ》」というのが、いわば題である。

私が受けうりすると、つい解説のほうがながくなるのだが、要するに旅先で出会ったのはNHKの地方局の人で、江戸っ子が自慢のひとであった。

田舎がうとましく、多少は配所の月を感じていて、当時の池波さんの風韻をみるなり、自分のなかの故郷が過剰に出てしまったらしく、東京のはなしをしきりにした。

年はすこし上だったようで、ともかくもその地方を案内し、峠の茶店のようなところで、親子丼《おやこどんぶり》を注文した。その人は一箸《ひとはし》口に入れるなり、「おっ」と笑顔をあげ、

「ひなまれでげす」

といったというのである。

話は、それだけだった。

ここでまた国語辞典的な解説を加えねばならないが、「田舎《ひな》にはまれな美人」という慣用句があって、それをつづめて、田舎で美人をみると〝ひなまれ〟などといったりした。おそらく明治期の生半可《なまはんか》な東京書生のあいだではやったらしく、古い小説などに、ときに出てくる。

この話の昭和三十年代ごろでは、むろん死語になっている。

げすは、ですのことで、江戸末期から明治にかけて、芸人や通人、職人のあいだで用いられたりした。漱石の『坊っちゃん』にも出てくる。「画学《ががく》の教師は全く芸人風だ」というあたりである。

この図画教師が〝坊っちゃん〟と初対面のとき、「扇子をぱちつかせて、御国はどちらでげす、え？　東京？　夫《そ》りゃ嬉《うれ》しい、御仲間《おなかま》が出来て……私もこれで江戸っ子です」という人物で、〝坊っちゃん〟が、のだいこというあだなをつけた。

たかが親子丼に〝ひなまれでげす〟というような明治風の〝江戸っ子〟を、昭和三十六、七年ごろ、四国でみつけたことを池波さんはおかしがったのである。むろん、この人は江戸っ子自慢がきらいなのだが、そういうことをことさらにいわずとも、この寸景のなかに池波正太郎のすべてが出ている。

池波さんと私は縁がふかくて、おなじ年(昭和三十五年――私は三十四年の下期だが、受賞式は翌年だった――)に、直木賞をもらった。

受賞したときはすでに芝居を書くほうでは練達の人だったが、初対面の印象は江戸の錺《かざり》職人のようにさりげなくて、みごとなたたずまいだった。

人前に出ることはきらいで、そういう場合は、終始落ちつかなかった。

そのころ、文壇海軍の会というのがあった。

私は陸軍だから、陸軍にとられた他の人と同様、その時代を懐《なつか》しまない。むろん文壇陸軍の会などはない。

その点、海軍には一種の文明のようなものがあったようで、往時を懐しむひとが多かった。顔を出すのはたいてい予備学生出身の元士官の人で、まれに池島信平さんや十返《とがえり》肇《はじめ》さんのように、社会人でもって水兵にとられてしまったような人もいた。

当然だが、下士官出身者はいなかった。

下士官は軍隊の職人頭《がしら》のようなものだから、学生や社会人からとられた素人《しろうと》出身がなれるものではない。

ところが、池波さんは海軍の何等兵曹だったか、ともかくも下士官で、終戦の前は山

陰海岸にいたそうである。ああいう会合には出ないんですか、と答えがわかりきってい
るものの、そうきいてみると、
「いや。——」
と、手を横に振ったきり、別の話をした。

私の記憶や知識のなかでは、江戸っ子という精神的類型は、自分自身できまりをつく
ってそのなかで窮屈そうに生きている人柄のように思えている。
池波さんも、そうだった。暮の三十一日の日にはたれそれの家に行って近況をうかが
い、正月二日にはなにがしの墓に詣《もう》で、そのあとどこそこまで足をのばして飯を食うと
いったふうで、見えない手製の鳥籠《とりかご》のような中に住んでいた。いわば、倫理体系の代用
のようなものといっていい。
この場合、こまるのは、巷の様子が変ることである。夏の盛りの何日という日にゆく
店が、ゆくとなくなっていたり、まわりの景色がかわっていたりすると、たとえば蛙《かえる》の
卵をつつんでいる被膜がとれてしまうように当惑する。
「いやですねえ」
池波さんは、心が赤剝《あかむ》けにされてゆくような悲鳴をあげていた。
なにしろ当時、東京オリンピック（昭和三十九年）の準備がすすめられていて、都内

は高速道路網の工事やらなにやらで、掘りかえされていた。東京は、べつな都市として変りつつあったのである。

池波さんは、適応性にとぼしい小動物のように自分から消えてしまいたいとおもっている様子で、以下は重要なことだが、この人はそのころから変らざる町としての江戸を書きはじめたのである。

それはちょうど、ジョルジュ・シムノンが『メグレ警視』でパリを描きつづけたようにして、この人の江戸を書きはじめた。この展開がはじまるのは、昭和四十三年開始の『鬼平《おにへい》犯科帳』からである。

メグレが吐息をつく街路や、佐伯祐三《さえきゆうぞう》が描きつづけたパリの壁のように、池波さんは江戸の街路や、裏通りや屋敷町、あるいは〝小体《こてい》な〟料理屋などをすこしずつ再建しはじめただけでなく、小悪党やらはみだし者といった都市になくてはならない市民を精力的に創《つく》りはじめた。昭和四十七年からは、『剣客《けんかく》商売』『仕掛人・藤枝梅安《ばいあん》』などがはじまる。

かれらは池波さんが創った不変の文明のなかの市民たちなのだが、たれよりもさきに住んだのは池波さん自身だった。

「京大阪にうつりたい」

とまでいっていたこともあったが、このおかげで東京の変容をなげいたりする必要がなくなった。

このため、池波さんは大阪へ来なくなったが、べつに遠くなったわけでなく、私もまた『鬼平犯科帳』以後の池波作品の住人になった。いずれも不朽のものである。

晩年の池波さんの町への興味が、パリに移った。

当然なことで、東京も京大阪も、この町好きな人にとって違ってしまった以上、町らしい町といえば、パリへゆくしかなかったにちがいない。

パリは不変を志す町だから、その通りを歩いて、右へまがって左をみれば、かならずなじみの店がある。すると、その店の角をも一つ右にまがりさえすればドンドン焼の屋台が出ていて、うちわを持って火をおこしている甲斐々々《かいがい》しい正ちゃんに出くわさないともかぎらないのである。

（作家）

池波正太郎年譜

八尋舜右編

＊本年譜は小説作品を中心に記載し、エッセイ類は代表的なものに限り、また単行本は初版のみを記し、新装、改訂版、文庫本は省略、雑誌発表作品も後半分は一部割愛した。

大正十二年（一九二三）

一月二十五日、東京・浅草聖天町《しょうでんちょう》で、父富治郎（日本橋小網町の綿糸問屋小出《こいで》商店の番頭）、母鈴（浅草馬道の錺職《かざりしょく》今井教三の長女）の長男として生まれる。関東大震災おこり、埼玉県浦和に転居、六歳の正月すぎまで過ごす。

昭和四年（一九二九）　六歳

東京・下谷の上根岸で父撞球場《どうきゅうじょう》を開業。下谷・根岸小学校に入学。両親離婚のため、浅草・永住町の母の実家に住む。下谷・西町小学校に転入。このころから、母や母方の祖父に連れられ芝居見物や美術の展覧会に出かける。

昭和十年（一九三五）　十二歳

西町小学校卒業。現物取引所田崎商店に働きに出る。半年後同商店を辞め、株式仲買店松島商店に入る。

昭和十七年（一九四二） 十九歳
国民勤労訓練所に入る。所内の訓練風景を描いた短文「駆足」を書く。芝浦の萱場《かやば》製作所に入所、旋盤機械工として働く。

昭和十八年（一九四三） 二十歳
『婦人画報』の〈朗読文学〉欄に作品を投稿。五月号に「休日」が選外佳作、七月号に「兄の帰還」が入選、賞金五十円を受ける。ついで十一月号に「駆足」が佳作入選、十二月号に「雪」が選外佳作となる。岐阜県・太田の新設工場で徴用工に旋盤を教える。

昭和十九年（一九四四） 二十一歳
元日、名古屋の大同製鋼に徴用されていた父と再会。横須賀《よこすか》海兵団に入団。ついで武山海兵団内の自動車講習所に入る。さらに横浜・磯子にあった八〇一空に転属。

昭和二十年（一九四五） 二十二歳
三月十日の空襲で浅草・永住町の家焼ける。水兵長に進級。五月、鳥取県・米子《よなご》の美保航空基地に転出、通信任務に当たる。余暇に俳句や短歌を詠む。その中の一首——

地をひくみ頰かすめ飛ぶ燕《つばくろ》に姥《うば》は手をとめくびをかしげり

同基地で敗戦を迎え、ポツダム二等兵曹となる。八月二十四日、東京帰着。

昭和二十一年（一九四六）　二十三歳
都職員となり下谷区役所に勤務、ＤＤＴの撒布《さんぷ》に従事。この年、読売新聞の演劇文化賞に戯曲「雪晴れ」入選の第四位。新協劇団で上演される。

昭和二十二年（一九四七）　二十四歳
読売新聞の第二回演劇文化賞に戯曲「南風の吹く窓」佳作入選。このときの選者に長谷川伸がいた。

昭和二十三年（一九四八）　二十五歳
戯曲「牡丹軒《ぼたんけん》」「手」を書く。この年夏、長谷川伸を訪ね、戯曲を読んでもらう。

昭和二十四年（一九四九）　二十六歳
長谷川伸に師事。戯曲「蛾《が》」を書く。

昭和二十五年（一九五〇）　二十七歳
七月、片岡豊子と結婚。戯曲「偕老《かいろう》同穴虫」ほか多くの戯曲を書く。

昭和二十六年（一九五一）　二十八歳
七月、戯曲「鈍牛」新国劇で処女上演される。

昭和二十七年（一九五二）　二十九歳
十月、「檻《おり》の中」新国劇で上演される。戯曲「そろばん紳士録」を書く。

昭和二十八年（一九五三）　三十歳
四月、「渡辺崋山《かざん》」新国劇で上演される。

昭和二十九年（一九五四）　三十一歳
短篇小説「厨房《キッチン》にて」を『大衆文芸』十月号に発表。戯曲「春の虹《にじ》」を書く。

昭和三十年（一九五五）　三十二歳
七月、目黒税務事務所を退職、執筆活動に入る。
「禿頭記《とくとうき》」を『大衆文芸』二月号、「太鼓《ドラム》」を『大衆文芸』四月号、「波紋」を『大衆文芸』六月号、戯曲「名寄岩《なよろいわ》」を『大衆文芸』十二月号に発表。
一月、「名寄岩」新国劇で上演され、初めて自ら演出する。四月、「夫婦」新国劇で上演される。戯曲「足」ほか、このころラジオ・テレビドラマの脚本を多数執筆。

昭和三十一年（一九五六）　三十三歳

「機長スタントン」を『大衆文芸』一月号、「狐饂飩《きつねうどん》」を『大衆文芸』四月号、「キリンと蟇《がま》」を『大衆文芸』七月号、「恩田木工《もく》（真田《さなだ》騒動）」を『大衆文芸』十一月号〜十二月号に発表。

三月、「牧野富太郎」、八月、「廓《くるわ》」、九月、井上靖の原作「風林火山」を脚色、新国劇で上演。

この年、「恩田木工」直木賞（下期）候補となる。

昭和三十二年（一九五七）　三十四歳

「三根山」を『小説倶楽部』一月号、戯曲「牧野富太郎」を『大衆文芸』二月号、戯曲「夫婦」を『大衆文芸』三月号、「牧野富太郎」を『小説倶楽部』三月号、「娘のくれた太陽」を『面白倶楽部』三月号、「天城峠」を『大衆文芸』五月号、「猿鳴き峠」を『小説倶楽部』六月号、「眼」を『大衆文芸』六月号、「明治天皇と乃木《のぎ》大将」を『小説倶楽部』八月号、「あの男だ!!」を『面白倶楽部』八月号、「自衛隊ジェット・パイロット」を『面白倶楽部』十月号、「番犬の平九郎」を『小説倶楽部』十二月号、「信濃《しなの》大名記」を『大衆文芸』十二月号に発表。

三月、「牧野富太郎」「黒雲谷」新国劇で上演される。

この年、「眼」「信濃大名記」直木賞の上・下期の候補となる。

昭和三十三年（一九五八）　三十五歳

「木葉微塵《こっぱみじん》」を『大衆文芸』一月号、「土俵の人」を『小説倶楽部』三月号、「猫と香水」を『面白倶楽部』四月号、「決闘高田の馬場」を『面白倶楽部』五月号、「緑のオリンピア」を『大衆文芸』六月号、「碁盤の首」を『週刊大衆』六月三十日号、「母ふたり」を『面白倶楽部』七月号、「抜討ち半九郎」を『小説倶楽部』七月号、「蒲魚《かまとと》」を『小説倶楽部』十一月号、「応仁の乱」を『大衆文芸』十一月号〜十二月号に発表。

三月、「決闘高田の馬場」「剣豪画家」新国劇で上演される。

この年、「応仁の乱」直木賞（下期）の候補となる。

昭和三十四年（一九五九）　三十六歳

「竜尾の剣」を『小説倶楽部』一月号、「さいころ蟲《むし》」を『小説倶楽部』三月号、「賊将」を『小説倶楽部』五月号、「秘図」を『大衆文芸』六月号、「刺客」を『小説倶楽部』九月号、「清水一角」を『小説倶楽部』十一月号、「永倉新八」を『歴史読本』十二月号に発表。

九月、「信濃大名記」を光書房より刊行。

二月、「賊将」新国劇で上演される。戯曲「抜討ち半九郎」を書く。

この年、「秘図」直木賞（上期）の候補となる。

昭和三十五年（一九六〇）　三十七歳

この年、「錯乱」にて直木賞（上期）を受賞。

「錯乱」を『オール讀物』四月号、「踏切は知っている」を『週刊文春』八月一日号、「鏡山騒動」を『歴史読本』八月号、「うんぷてんぷ」を『オール讀物』九月号、「北海の男」を『オール讀物』十月号、「鬼坊主《おにぼうず》の女」を『週刊大衆』十一月七日号、「尊徳雲がくれ」を『講談倶楽部』十一月号、「白い密使」を『小説倶楽部』十一月号に発表。

九月、「竜尾の剣」を東方社、十月、「錯乱」を文藝春秋、十一月、「応仁の乱」を東方社、十二月、「真田騒動—恩田木工」を東方社より刊行。

二月、「清水一角」、五月、「加賀騒動」（脚色演出）新国劇で上演される。

昭和三十六年（一九六一）　三十八歳

「卜伝《ぼくでん》最後の旅」を『別冊小説新潮』一号、「ひとのふんどし」を『文藝春秋』二月号、「蕎《そ》麦《ば》切《きり》おその」を『別冊文藝春秋』七十三号、「夢の階段」を『別冊週刊朝日』三月号、「娼婦《しょうふ》の眼」を『講談倶楽部』五月号、「色」を『オール讀物』八月号、「闇《やみ》の中の声」を『別冊サンデー毎日』十一月号、「権臣二千石」を『別冊小説新潮』四号に発表。

六月、「眼」を東方社より刊行。

この年、「色」が「維新の篝火《かがりび》」の題名で映画化される。

昭和三十七年（一九六二）　三十九歳

「兎の印籠《いんろう》」を『スポーツタイムス』一月三日付に、「火消しの殿」を『別冊小説新潮』一号、「熊五郎《くまごろう》の顔」を『推理ストリー』二月号、「冬の青空」を『小説倶楽部』三月号、「妻を売る寵臣《ちようしん》」を『歴史読本』四月号、「猛婦」を『小説新潮』九月号、「運の矢」を『オール讀物』十月号、「槍《やり》の大蔵」を『文芸朝日』十月号、「よろいびつ」を『別冊小説新潮』四号に発表。

「夜の戦士」を『内外タイムズ』ほか一月十六日付〜三十八年六月三十日付、「めめ子の幸福」を『週刊大衆』二月二十四日号〜三月十日号、「人斬《ひとき》り半次郎」を『アサヒ芸能』十月二十八日号〜三十九年一月二十六日号、「台所の日本人」を『週刊大衆』十二月一日号〜十二月二十九日号に連載。

一月、「復讐《ふくしゆう》」、二月、「討たれ元右衛門」松竹新喜劇で上演される。

昭和三十八年（一九六三）　四十歳

「あばた又十郎」を『推理ストリー』一月号、「恥」を『別冊小説新潮』一号、「駿河大納言《するがだいなごん》始末」を『歴史読本』二月号、「鳥居強右衛門」を『小説新潮』三月号、「荒木又右衛門」を『小説新潮』四月号、「烈女切腹」を『オール讀物』五月号、「金太郎蕎麦」を『小説現代』五月号、「さむらいの巣」を『文芸朝日』六月号、「動乱の詩人」を『歴史読本』七月号、

「ごろんぼ佐之助」を『日本』八月号、「南部鬼屋敷」を『小説新潮』九月号、「角兵衛《かくべえ》狂乱図」を『別冊小説新潮』四号に発表。

「幕末新撰組」を『地上』一月号〜三十九年三月号、「幕末遊撃隊」を『週刊読売』八月四日号〜十二月二十九日号、「青空の街」を『夕刊東京タイムズ』ほか十二月十日付〜三十九年八月七日付に連載。

六月、「夜の戦士」を東方社、十月、「人斬り半次郎」を東方社より刊行。

三月、新国劇用に子母沢寛の原作「おとこ鷹《だか》」を脚色。

昭和三十九年（一九六四）　四十一歳

「江戸怪盗記」を『週刊新潮』一月六日号、「幻影の城」を『小説新潮』一月号、「おしろい猫」を『推理ストリー』二月号、「真田信之《のぶゆき》の妻」を『歴史読本』三月号、「勘兵衛奉公記」を『小説新潮』四月号、「金ちゃん弱虫」を『オール讀物』四月号、「明治の剣聖」を『歴史読本』六月号、「つるつる」を『オール讀物』七月号、「おせん」を『小説現代』七月号、「夫婦の城」を『小説新潮』十月号、「顔」を『推理ストリー』十月号、「霧の女」を『別冊小説新潮』四号に発表。

「忍者丹波大介」を『週刊新潮』五月十一日号〜八月十七日号、「北海の猟人」を『潮』七月号〜八月号に連載。

三月、「真説・仇討ち物語」をアサヒ芸能出版、四月、「賊将」を東方社、「幕末新撰組」

を文藝春秋、五月、「幕末遊撃隊」を講談社より刊行。

昭和四十年（一九六五）　四十二歳

「やぶれ弥五兵衛《やごべえ》」を『オール讀物』二月号、「へそ五郎騒動」を『小説新潮』二月号、「敗れたり彰義隊」を『歴史読本』二月号、「開化散髪どころ」を『小説現代』五月号、「鬼火」を『増刊推理ストリー』五月十五日号、「霧に消えた影」を『歴史読本』五月号、「看板」を『別冊小説新潮』三号、「紅炎」を『オール讀物』七月号、「首」を『推理ストリー』十一月号、「若き獅子《しし》」を『歴史読本』十一月号、「黒幕」を『小説新潮』十二月号に発表。「堀部安兵衛」を『中国新聞』ほか五月十四日付～四十一年五月二十四日付に連載。八月、「忍者丹波大介」を新潮社、九月、「娼婦の眼」を青樹社、十二月、「青空の街」を青樹社より刊行。

昭和四十一年（一九六六）　四十三歳

「剣客山田又蔵従軍」を『歴史読本』二月号、「出刃打お玉」を『小説現代』三月号、「力婦伝」を『オール讀物』三月号、「波紋」を『小説新潮』四月号、「命の城」を『小説新潮』九月号、「同門の宴《うたげ》」を『オール讀物』九月号、「舞台裏の男」を『推理ストリー』十二月号に発表。

「さむらい劇場」を『週刊サンケイ』八月二十二日号～四十二年七月十七日号に連載。

昭和四十二年（一九六七）　四十四歳

「首討とう大坂陣」を『歴史読本』一月号、「坊主雨」を『オール讀物』四月号、「四度目の女房」を『小説新潮』五月号、「あほうがらす」を『小説新潮』七月号、「恋文」を『小説現代』九月号、「御菓子所・壺屋《つぼや》火事」を『小説新潮』十一月号、「浅草御厩河岸《おうまやがし》」を『オール讀物』十二月号に発表。

「上泉伊勢守」を『週刊朝日』四月二十八日号～六月十六日号、「蝶《ちょう》の戦記」を『信濃毎日新聞』ほか四月三十日付～四十三年三月三十一日付、「近藤勇白書」を『新評』十月号～四十四年三月号に連載。

一月、「信長と秀吉」を学習研究社、二月、「卜伝最後の旅」を人物往来社、三月、四月、「堀部安兵衛」正・続を徳間書店、四月、「スパイ武士道」を青樹社、八月、「さむらい劇場」をサンケイ新聞出版、「忍者群像」を東都書房、十月、「西郷隆盛」を人物往来社より刊行。

昭和四十三年（一九六八）　四十五歳

「おっ母《かあ》、すまねえ」を『小説現代』一月号、「かわうそ平内」を『別冊小説新潮』一号、「柔術師弟記」を『別冊小説新潮』二号、「弓の源八」を『別冊小説新潮』三号、「だれも知らない」を『小説エース』十一月号、「寛政女武道」を『別冊小説新潮』四号に発表。

「青春忘れもの」を『小説新潮』一月号～十二月号、「俠客《きょうかく》」を『サンケイスポーツ』十月二十八日付〜四十四年九月五日付に、連作「鬼平犯科帳」を『オール讀物』一月号〜十二月号に連載。

一月、「にっぽん怪盗伝」をサンケイ出版局、十月、「仇討ち」を毎日新聞社、「鬼火」を青樹社、十二月、「武士の紋章――男のなかの男の物語」を芸文社、十二月、「鬼平犯科帳」（第一巻）を文藝春秋、「炎の武士」を東方社より刊行。

三月、「討ち入り曾我《そが》」菊五郎劇団で上演される。

昭和四十四年（一九六九）　四十六歳

「秘伝」を『小説エース』一月号、「大石内蔵助」を『オール讀物』一月号、「谷中・首ふり坂」を『小説新潮』一月号、「元禄《げんろく》色子」を『小説新潮』二月号、「新年の二つの別れ」を『太陽』二月号、「縄張り」を『アサヒ芸能問題小説特集』三月号、「女の血」を『小説新潮』七月号、「女毒」を『別冊アサヒ芸能問題小説』九月号、「夢中男」を『読物専科』十月創刊号、「三河屋お長」を『小説新潮』十月号、「決戦川中島」を『新評』十一月号、「毒」を『小説新潮』十二月号に発表。

「火の国の城」を『京都新聞』ほか三月二十五日付〜四十五年六月九日付、「編笠十兵衛」を『週刊新潮』五月三十一日号〜四十五年五月十六日号、連作「鬼平犯科帳」を『オール讀物』一月号〜十二月号に連載。

一月、「青春忘れもの」を毎日新聞社、三月、「蝶の戦記」を文藝春秋、四月、「剣客群像」

を桃源社、五月、「近藤勇白書」を講談社、九月、「忍者群像」を桃源社、十月、「侠客」を毎日新聞社、十二月、「鬼平犯科帳——兇剣《きようけん》」を文藝春秋、「江戸の暗黒街」を学習研究社より刊行。

この年秋よりNETテレビで「鬼平犯科帳」連続ドラマとして放映される。

昭和四十五年（一九七〇）　四十七歳

「刃傷」を『小説新潮』三月号、「この父・その子」を『小説新潮』七月号、「逆転」を『小説サンデー毎日』十一月号、「激情」を『別冊小説新潮』四号に発表。

「英雄にっぽん」を『小説セブン』一月号〜十二月号、「その男」を『週刊文春』二月九日号〜四十六年九月二十日号、「おれの足音」を『東京新聞』ほか三月二十日付〜四十六年六月十七日付、「闇は知っている」を『問題小説』九月号〜四十六年二月号、「忍びの風」を『静岡新聞』ほか十二月十六日付〜四十七年八月六日付、連作「鬼平犯科帳」を『オール讀物』一月号〜十二月号に連載。

二月、「戦国幻想曲」を毎日新聞社、六月、「夢中男」を桃源社、八月、「ひとのふんどし」を東京文芸社、十月、「編笠十兵衛」を新潮社、十一月、「鬼平犯科帳——血闘」を文藝春秋、十二月、「槍《やり》の大蔵」を桃源社より刊行。

昭和四十六年（一九七一）　四十八歳

「雨の杖《つえ》つき坂」を『太陽』一月号、「内藤新宿」を『海』臨時増刊号、「顔」を『小説新潮』二月号、「強請《ゆすり》」を『小説新潮』七月号、「殺しの掟《おきて》」を『小説新潮』十一月号に発表。「まぼろしの城」を『新評』三月号〜十一月号、連作「鬼平犯科帳」を『オール讀物』一月号〜十二月号に連載。

二月、「英雄にっぽん」を文藝春秋、三月、「闇は知っている」を桃源社、「信長と秀吉と家康」を東京文芸社、「火の国の城」を文藝春秋、七月、「敵討ち」を新潮社、八月、「仇討ち群像」を桃源社、九月「おれの足音」を文藝春秋、十一月「鬼平犯科帳——狐火」を文藝春秋より刊行。

四月、「鬼平犯科帳——狐火」松本幸四郎一座で上演される。

昭和四十七年（一九七二）　四十九歳

「おきぬとお道」を『小説現代』一月号、「おんなごろし」を『小説現代』三月号、「殺しの四人」を『小説現代』六月号、「秋風二人旅」を『小説現代』十月号、「必殺仕掛人——後は知らない」を『小説現代』十二月号に発表。

「食卓の情景」を『週刊朝日』一月七日号〜四十八年七月二十七日号、「狐《きつね》と馬」を『週刊小説』三月三日号〜四月七日号、「雲霧仁左衛門」を『週刊新潮』八月二十六日号〜四十九年四月四日号、「獅子」を『中央公論』十月号〜四十八年五月号、「鬼平犯科帳」を『オール讀物』一月号〜十二月号、連作「剣客商売」を『小説新潮』一月号〜十二月号に連載。

一月、「まぼろしの城」を講談社、三月、「あいびき——江戸の女」を講談社、四月、「その男」上・下を文藝春秋、六月、「池波正太郎歴史エッセイ集——新撰組異聞」を新人物往来社、十月、「忍びの風」上・下を文藝春秋、十一月、「この父その子」を東京文芸社、十二月、「鬼平犯科帳——流星」を文藝春秋より刊行。

この年、「殺しの四人」で「小説現代読者賞」を受賞。また、NETテレビでドラマ「必殺仕掛人」が連続放映される。

昭和四十八年（一九七三）　五十歳

「母」を『文藝春秋』十二月号に発表。

「忍びの女」を『週刊現代』一月三日号～四十九年二月二十六日号、「剣の天地」を『東京タイムズ』ほか五月十五日付～四十九年三月三十一日付、「鬼平犯科帳」を『オール讀物』一月号～十二月号、「剣客商売」を『小説新潮』一月号～十二月号、連作「必殺仕掛人」を『小説現代』二月号、七月号、九月号、十月号に連載。

一月、「剣客商売①」を新潮社、三月、「仕掛人・藤枝梅安——殺しの四人」を講談社、「黒幕」を東京文芸社、四月、「獅子」を中央公論社、五月、「池波正太郎自選傑作集①殺しの掟」、「同②あばた又十郎」を立風書房、「剣客商売②辻斬《つじぎ》り」を新潮社、六月、「食卓の情景」を朝日新聞社、九月、「池波正太郎自選傑作集⑤女毒」を立風書房、十二月、「剣客商売③陽炎《かげろう》の男」を新潮社、「池波正太郎自選傑作集③猛婦」「同④知謀の人」を立風書房、「鬼平犯科帳——追跡」を文藝春秋より刊行。

この年、「春雪仕掛針」で「小説現代読者賞」受賞。

四月より、テレビドラマ「剣客商売」放映。

「必殺仕掛人」映画化される。

昭和四十九年（一九七四）　五十一歳

「真田太平記」を『週刊朝日』一月四日号〜五十七年十二月十五日号、「男振」を『太陽』七月号〜五十年九月号、「男のリズム」を『現代』十月号〜五十年九月号、「映画日記」を『小説現代』十月号〜五十九年二月号、「鬼平犯科帳」を『オール讀物』一月号〜十二月号、「剣客商売」を『小説新潮』一月号〜十二月号、「仕掛人・藤枝梅安」を『小説現代』二月号、四月号、五月号、八月号、十一月号に連載。

五月、「仕掛人・藤枝梅安——梅安蟻地獄《ありじごく》」を講談社、「闇の狩人《かりゅうど》」を新潮社、八月、「剣客商売④天魔」を新潮社、十二月、「雲霧仁左衛門」前・後を新潮社、「真田太平記①天魔の夏」を朝日新聞社、「鬼平犯科帳——密告」を文藝春秋より刊行。

十一月、「秋風三国峠」上演される。

二月、「必殺仕掛人」映画化される。

昭和五十年（一九七五）　五十二歳

「仕掛人・藤枝梅安」を『小説現代』二月号、四月号、五月号、八月号、十一月号、「鬼平犯科帳」を『オール讀物』七月号〜十二月号、「剣客商売」を『小説新潮』七月号〜十二月号に連載。

二月、「剣客商売⑤白い鬼」を新潮社、三月、「江戸古地図――下町の回想」を平凡社、五月、「戦国と幕末」を東京文芸社、八月、「真田太平記②秘密」を朝日新聞社、十月、「忍びの女」上・下を講談社、「男振」「続・江戸古地図散歩――山手懐旧」を平凡社、「剣の大地」を新潮社、十一月、「映画を食べる」を立風書房より刊行。

この年、「梅安最合傘」にて「小説現代読者賞」受賞。

二月、「出刃打お玉」歌舞伎《かぶき》座、六月、「剣客商売」帝国劇場、九月、「必殺仕掛人」明治座、十一月、「手越の平八――あばれ狼《おおかみ》」明治座で上演される。

昭和五十一年（一九七六）　五十三歳

「必殺仕掛人・梅安迷い箸《ばし》」を『小説現代』二月号に発表。

「散歩のとき何か食べたくなって」を『太陽』一月号〜五十二年六月号、「おとこの秘図」を『週刊新潮』一月一日号〜五十二年五月十二日号、「又五郎の春秋《しゆんじゆう》」を『中央公論』七月号〜五十二年六月号、「鬼平犯科帳」を『オール讀物』一月号〜十二月号、「剣客商売」を『小説新潮』一月号〜十二月号に連載。

一月、「真田太平記③上田攻め」を朝日新聞社、「新鬼平犯科帳――一本眉《まゆ》」を文藝春秋、「男の系譜」を文化出版局、二月、「男のリズム」を角川書店、三月、「剣客商売⑥新妻」を新潮社、「池波正太郎作品集②剣客商売／仕掛人・藤枝梅安」を朝日新聞社、四月、「同①鬼平犯科帳」を朝日新聞社、五月、「同③火の国の城」を朝日新聞社、六月、「同⑤錯乱／獅子他」を朝日新聞社、七月、「同⑧近藤勇白書」を朝日新聞社、「鬼平犯科帳――五月闇」を文藝春秋、八月、「真田太平記④甲賀問答」を朝日新聞社、「池波正太郎作品集④戦国幻想曲他」を同じく朝日新聞社、九月、「同⑥侠客他」を朝日新聞社、十月、「同⑨にっぽん怪盗伝他」を朝日新聞社、「剣客商売⑦隠れ簑《みの》」を新潮社、十一月、「池波正太郎作品集⑦おれの足音」を朝日新聞社、「池波正太郎の映画の本」を文化出版局、「回想のジャン・ギャバン――フランス映画の旅」を平凡社、十二月、「池波正太郎作品集⑩芝居八種」を朝日新聞社より刊行。

四月、「黒雲峠」（作・演出）、五月、「江戸女草紙・出刃打お玉」（作・演出）、十月、「侠客幡随院長兵衛《ばんずいいんちょうべえ》」上演される。

昭和五十二年（一九七七）　五十四歳

「必殺仕掛人・さみだれ梅安」を『小説現代』八月号に発表。

「鬼平犯科帳」を『オール讀物』一月号～十二月号、「剣客商売」を『小説新潮』一月号～十二月号、「忍びの旗」を読売新聞夕刊十一月二十六日付～五十三年八月二十二日付に連載。

二月、「新・鬼平犯科帳——雲竜剣」を文藝春秋、「動乱の男たち」をゆまにて出版、三月、「真田太平記⑤秀頼《ひでより》誕生」を朝日新聞社、五月、「剣客商売⑧狂乱」を新潮社、六月、「又五郎の春秋」を中央公論社、「新年の二つの別れ」を朝日新聞社、七月、「おとこの秘図①襲撃」を新潮社、八月、「おとこの秘図②京の春」を新潮社、「新・鬼平犯科帳——影法師」を文藝春秋、「私のスクリーン&ステージ」を雄鶏社、十月、「真田太平記⑥風雲」を朝日新聞社、「仕掛人・藤枝梅安——梅安最合傘」を講談社、十二月、「おとこの秘図③江戸の空」を新潮社、「散歩のとき何か食べたくなって」を平凡社より刊行。

四月、「鬼平犯科帳」「剣客商売」「仕掛人・藤枝梅安」を中心とした作家活動によって、第十一回吉川英治文学賞受賞。

二月、NHK「この人と語ろう」に出演、「市松小僧の女」(作・演出)、十一月、「真田太平記」上演される。

この年初夏、初のヨーロッパ旅行。

昭和五十三年(一九七八) 五十五歳

「鬼平犯科帳」を『オール讀物』一月号~十二月号、「剣客商売——春の嵐《あらし》」を『小説新潮』一月号~十二月号、「旅路」を『サンケイ新聞』五月十三日付~五十四年五月七日付に連載。

一月、「おとこの秘図④八代将軍」を新潮社、二月、「池波正太郎の男の系譜——江戸篇」を文化出版局、「池波正太郎短篇小説全集①殺気」を立風書房、三月、「同②老虎《ろうこ》」を立風書房、四月、「同③夜狐」を立風書房、「剣客商売⑨待ち伏せ」を新潮社、五月、「真田太平記⑦家康東下」を朝日新聞社、「池波正太郎短篇小説全集④強請」を立風書房、六月、「新・鬼平犯科帳——鬼火」を文藝春秋、「池波正太郎短篇小説全集⑤坊主雨」を立風書房、七月、「同⑥秘仏」を立風書房、八月、「おとこの秘図⑤歳月」を新潮社、「池波正太郎短篇全集⑦おせん」を立風書房、九月、「同⑧稲妻」を立風書房、十月、「剣客商売⑩春の嵐」を新潮社、「フランス映画旅行——池波正太郎のシネマシネマ」を文藝春秋、「池波正太郎短篇小説全集⑨刺客」を立風書房、十一月、「真田太平記⑧夜雨」を朝日新聞社、「新・鬼平犯科帳——草《くさ》雲雀《ひばり》」を文藝春秋、「池波正太郎短篇小説全集⑩昼と夜」を立風書房、十二月、「おとこの秘図⑥賀茂川櫛《かもがわぐし》」を新潮社、「池波正太郎短篇小説全集別巻運の矢」を立風書房より刊行。

この年、「市松小僧の女」にて第三回大谷竹次郎賞受賞。

二月、「あいびきの女」(作・演出)歌舞伎座、十一月、「狐火」(作・演出)明治座で上演される。

七月、「雲霧仁左衛門」映画化される。

昭和五十四年(一九七九) 五十六歳

「鬼平犯科帳」を『オール讀物』一月号～十二月号、「剣客商売」を『小説新潮』一月号～十月号、「仕掛人・藤枝梅安——梅安針供養《はりくよう》」を『小説現代』二月号～七月号、「日曜日の万年筆」を『毎日新聞』二月四日付～五十五年一月二十七日付、「よい匂《にお》いのする一夜・日本の宿」を『太陽』七月号～五十六年五月号に連載。

二月、「忍びの旗」前・後を新潮社、「私の歳月」を講談社、六月、「真田太平記⑨関ケ原」を朝日新聞社、七月、「旅路」上・下を文藝春秋、八月、「仕掛人・藤枝梅安――梅安針供養」を講談社、十一月、「剣客商売⑪勝負」を新潮社、十二月、「新・鬼平犯科帳――霧の朝」を文藝春秋より刊行。

この年秋、ヨーロッパ旅行。

昭和五十五年（一九八〇）　五十七歳

「味の歳時記」を『芸術新潮』一月号～十二月号、「鬼平犯科帳」を『オール讀物』一月号～六月号、「剣客商売」を『小説新潮』二月号～七月号、「旅は青空」を『小説新潮』八月号～十二月号に連載。

二月、「映画を見ると得をする」をごま書房、四月、「真田太平記⑩紀州九度山」を朝日新聞社、六月、「新・鬼平犯科帳――助太刀」を文藝春秋、「旅と自画像」を立風書房、七月、「日曜日の万年筆」を新潮社、「最後のジョン・ウェイン――池波正太郎の映画日記」を講談社、九月、「真田太平記⑪二条城」を朝日新聞社、「剣客商売⑫十番斬り」を新潮社、十二月、「夜明けの星」を毎日新聞社より刊行。

この年初夏、ヨーロッパ旅行。

昭和五十六年（一九八一）　五十八歳

「仕掛人・藤枝梅安――梅安雨隠れ」を『小説現代』一月号、「フランスで食べたもの」を『小説新潮スペシャル』冬、「鬼平犯科帳」を『オール讀物』二月号、四月号、十月号、「剣客商売」――「消えた女」「波紋」「剣士変貌《へんぼう》」を『小説新潮』二月号、五月号、八月号に発表。

「映画歳時記」を『芸術新潮』一月号〜十二月号、「むかしの味」を『小説新潮』一月号〜五十七年十二月号、「黒白《こくびゃく》」を『週刊新潮』四月二十三日号〜五十七年十一月四日号に連載。

四月、「よい匂いのする一夜――あの宿この宿」を平凡社、「男の作法」をごま書房、五月、「真田太平記⑫大坂入城」を朝日新聞社、七月、「旅は青空」を新潮社、十月、「真田太平記⑬真田丸」を朝日新聞社、十二月、「田園の微風」を講談社より刊行。

昭和五十七年（一九八二）　五十九歳

「剣客商売――敵」を『小説新潮』一月号、「鬼平犯科帳」を『オール讀物』三月号、「仕掛人・藤枝梅安――梅安乱れ雲」を『小説現代』四月号〜十二月号、「ドンレミイの雨」を『小説新潮』九月号に発表。

「新潮45＋封切館」を『新潮45＋』五月号〜五十八年四月号に連載。

四月、「真田太平記⑭大坂夏の陣」を朝日新聞社、「男の系譜」（全）を立風書房、「新・鬼平犯科帳――春の淡雪」を文藝春秋、五月、「味と映画の歳時記」を新潮社、九月、「一年の風景」を朝日新聞社、十月、「真田太平記⑮落城」を朝日新聞社より刊行。

この年夏、ヨーロッパ旅行。

昭和五十八年（一九八三）　六十歳

「剣客商売——夕紅大川橋」を『小説新潮』九月号に発表。

「仕掛人・藤枝梅安——梅安乱れ雲」を『小説現代』一月号～二月号、「鬼平犯科帳」を『オール讀物』五月号～十二月号、「雲ながれゆく」を『週刊文春』一月六日号～八月十八・二十五日合併号、「食卓のつぶやき」を『週刊朝日』十月十四日号～五十九年七月二十日号に連載。

二月、「黒白」上・中・下を新潮社、三月、「ドンレミイの雨」を朝日新聞社、四月、「ラストシーンの夢追い——池波正太郎の映画日記」を講談社、五月、「仕掛人・藤枝梅安——梅安乱れ雲」を講談社、十一月、「雲ながれゆく」を文藝春秋、「剣客商売⑬波紋」を新潮社より刊行。

昭和五十九年（一九八四）　六十一歳

「フランスの旅・その落日」を『週刊朝日』一月三十日号～二月二十八日号、「乳房」を『週刊文春』一月五日号～七月二十六日号、「鬼平犯科帳」を『オール讀物』一月号～三月号、「剣客商売——暗殺者」を『小説新潮』四月号～十月号、「夜明けのブランデー」を『週刊文

春』十月四日号〜六十年七月十一日号に連載。

一月、「むかしの味」を新潮社、三月、「新・鬼平犯科帳──迷路」を文藝春秋、五月、「梅安料理ごよみ」を講談社、「食卓のつぶやき」を朝日新聞社より刊行。

この年秋、ヨーロッパ旅行。

昭和六十年（一九八五）　六十二歳

「まんぞくまんぞく」を『週刊新潮』五月三十日号〜十一月二十八日号、「秘伝の声」を『サンケイ新聞』八月十九日付〜六十一年四月三十日付に連載。

一月、「剣客商売⑭暗殺者」を新潮社、二月、「スクリーンの四季──池波正太郎の映画日記」を講談社、三月、「池波正太郎のパレット遊び」を角川書店、四月、「東京の情景」を朝日新聞社、七月、「ルノワールの家」を朝日新聞社、十一月、「乳房」「夜明けのブランデー」を文藝春秋、十二月、「池波正太郎の銀座日記」を朝日新聞社より刊行。

昭和六十一年（一九八六）　六十三歳

「剣客商売──おたま」を『小説新潮』二月号に発表。

「鬼平手帖《てちょう》」を『ＮＥＸＴ』一月号〜十二月号、「秘密」を『週刊文春』二月六日号〜九月十一日号、「鬼平犯科帳」を『オール讀物』八月号〜六十二年一月号、「ル・パスタン」を『週刊文春』十一月六日号〜六十三年十二月一日号、「仕掛人・藤枝梅安──梅安影法師」を

『小説現代』十二月号～六十二年五月号に連載。

　四月、「まんぞくまんぞく」を新潮社、五月、「新・私の歳月」を講談社、八月、「人斬り半次郎」（日本歴史文学館第三十一巻）を講談社、十月、「秘伝の声」上・下を新潮社より刊行。

　三月、「黒雲峠」（作・演出）、長谷川伸原作「夜もすがら検校《けんぎょう》」（脚色・演出）新国劇で上演される。

　この年春、紫綬褒章《しじゅほうしょう》受章。

昭和六十二年（一九八七）　六十四歳

「原っぱ」を『波』一月号～六十三年二月号、「剣客商売――二十番斬り」を『小説新潮』四月号～九月号に連載。

五月、「新・鬼平犯科帳――炎の色」を文藝春秋、「仕掛人・藤枝梅安――梅安影法師」を講談社、十月、「剣客商売⑮二十番斬り」を新潮社より刊行。

一月、池袋・西武百貨店にて「池波正太郎展」開催。

昭和六十三年（一九八八）　六十五歳

「江戸切絵図散歩」を『小説新潮』一月号～十二月号に連載。

四月、「原っぱ」を新潮社より刊行。

十二月、「大衆文学の真髄である新しいヒーローを創出し、現代の男の生き方を時代小説の中に活写、読者の圧倒的支持を得た」として第三十六回菊池寛賞を受賞。

五月、フランス旅行。九月、最後のヨーロッパ旅行（西独、フランス、イタリア）。

平成元年（一九八九）　六十六歳
「剣客商売――浮沈」を『小説新潮』二月号～七月号に連載。同じく「剣客商売　庖丁《ほうちょう》ごよみ」を二月号～平成三年一月号に連載（但《ただ》し没後は既作品よりの抜粋）。「仕掛人・藤枝梅安――梅安冬時雨《ふゆしぐれ》」を『小説現代』十二月号～平成二年四月号、「鬼平犯科帳」を『オール讀物』十二月号～平成二年四月号に連載（いずれも未完）。
三月、「江戸切絵図散歩」を新潮社、十月、「剣客商売⑯浮沈」を新潮社より刊行。
五月、銀座「和光」にて「池波正太郎絵筆の楽しみ展」を開催。

平成二年（一九九〇）　六十七歳
三月、急性白血病で三井記念病院入院。

五月三日、同病院にて死去。

五月六日、東京・千日谷会堂にて葬儀、告別式。戒名は「華文院釈正業」。西浅草・西光寺に葬られる。

同月、勲三等瑞宝章《ずいほうしょう》受章。

六月、「仕掛人・藤枝梅安——梅安冬時雨」を講談社、七月、「新・鬼平犯科帳——誘拐」を文藝春秋より刊行。
二月、「鬼平犯科帳——狐火」歌舞伎座で上演される。
この年、テレビドラマ「鬼平犯科帳」放映開始、人気を博す。

平成三年（一九九一）
四月、「剣客商売　庖丁ごよみ」を新潮社より刊行。

平成十年（一九九八）
五月、「完本　池波正太郎大成」（全三十巻、別巻一）を講談社より刊行開始。
十月より、テレビドラマ「剣客商売」放映開始。
十一月、長野県上田市に「池波正太郎真田太平記館」開館。

初出一覧

池波正太郎［剣客商売］を語る

私のヒーロー　'72年発表 初出不詳／『小説の散歩みち』（朝日文庫）
京都・寺町通り　「太陽」'76年8月号「京都・寺町通り」より／『散歩のとき何か食べたくなって』（新潮文庫）
小鍋だて　「芸術新潮」'80年2月号／『味と映画の歳時記』（新潮文庫）
連想　「週刊朝日」'83年12月9日号／『食卓のつぶやき』（朝日文庫）
芝居と食べもの　「週刊朝日」'83年12月2日号／〃
大根　「週刊朝日」'84年1月20日号／〃
ハンバーグステーキ　「週刊朝日」'84年1月27日号／〃

＊

池波正太郎インタヴュー　「小説新潮」臨時増刊（'88年1月）／『必冊池波正太郎』筒井ガンコ堂著（'99年平凡社）／『池波正太郎の春夏秋冬』（文春文庫）
秋山小兵衛とその時代

＊

又五郎なくして小兵衛なし　書き下ろし

［剣客商売］事典

〔剣客商売〕作品一覧　本書初出／挿画は「小説新潮」および「週刊新潮」連載時挿絵より

〔剣客商売〕人物事典　「剣客商売全集」付録（'92年新潮社）／挿画は「小説新潮」連載時挿絵より

〔剣客商売〕挿絵で見る名場面　画・「小説新潮」'96年12月号特集再編集
文・「波」'77年7月号掲載／『私の歳月』（講談社文庫）所収「江戸に生きる実感」より抜粋

〔剣客商売〕料理帖
池波作品の中の食べ物　書き下ろし
食べ物一覧　『剣客商売　庖丁ごよみ』（新潮文庫）より再構成

〔剣客商売〕年表　「剣客商売全集」付録（'92年新潮社）

〔剣客商売〕色とりどり
本書初出。但し、210頁-211頁（藤田まこと　談）は、「小説新潮」'98年11月号掲載「藤田まこと／さいとう・たかを特別対談〈ぼくたちの『秋山小兵衛』〉より、212頁-213頁（さいとう・たかを　談）は、「波」'98年8月号掲載さいとう・たかを「シニア・コミックの開拓を目指して」より抜粋

［剣客商売］の楽しみ

〔剣客商売〕の読み方　『必冊池波正太郎』（'99年平凡社）
男の流儀　「小説新潮」'98年11月号
剣の達人に見た人生の達人　「プレジデント」'94年7月号
鐘ケ淵まで　「完本池波正太郎大成　第十三巻」月報（'98年）
〔剣客商売〕江戸散歩　「小説新潮」'92年5月号／挿画は「小説新潮」連載時挿絵より

〈剣客商売〉私ならこう完結させる　「プレジデント」'94年7月号

池波さんのこと

「時代小説の名手」その人と作品への旅　「プレジデント」'94年7月号
池波さんはツラかった　「小説新潮」'95年9月号
一冊も読んでいない後輩　「小説新潮」'95年9月号
「原っぱ」のつきあい　「小説新潮」'90年6月号
晴れた昼さがりの先生　「小説新潮」'90年6月号
「青春忘れもの」の頃　「完本池波正太郎大成　第十二巻」月報（'98年）
若いころの池波さん　「小説新潮」'90年6月号

池波正太郎年譜

「池波正太郎作品集　第十巻〈芝居八種〉」（'76年朝日新聞社）収録「池波正太郎略年譜」を、「剣客商売全集」付録（'92年新潮社）収録時に加筆訂正

池波正太郎著　剣客商売

白髪頭の粋な小男・秋山小兵衛と巌のように逞しい息子・大治郎の名コンビが、剣に命を賭けて江戸の悪事を斬る。シリーズ第一作。

池波正太郎著　剣客商売②　辻斬り

闇の幕が裂け、鋭い太刀風が秋山小兵衛に襲いかかる。正体は何者か？　辻斬りを追跡する表題作など全7編収録のシリーズ第二作。

池波正太郎著　剣客商売③　陽炎の男

隠された三百両をめぐる事件のさなか、男装の武芸者・佐々木三冬に芽ばえた秋山大治郎へのほのかな思い。大好評のシリーズ第三作。

池波正太郎著　剣客商売④　天魔

「秋山先生に勝つために」江戸に帰ってきたとうそぶく魔性の天才剣士と秋山父子との死闘を描く表題作など全8編。シリーズ第四作。

池波正太郎著　剣客商売⑤　白い鬼

若き日の愛弟子を斬り殺された秋山小兵衛が、復讐の念に燃えて異常な殺人鬼の正体を追及する表題作など、大好評シリーズの第五作。

池波正太郎著　剣客商売⑥　新妻

密貿易の一味に監禁された佐々木三冬を秋山大治郎が救い出すと、三冬の父・田沼意次は嫁にもらってくれと頼む。シリーズ第六作。

池波正太郎著　剣客商売⑦　隠れ簑

盲目の武士と托鉢僧。いたわりながら旅を続ける年老いた二人の、人知をこえた不思議な絆を描く「隠れ簑」など、シリーズ第七弾。

池波正太郎著　剣客商売⑧　狂　乱

足軽という身分に比して強すぎる腕前を持ったがゆえに、うとまれ、踏みにじられる侍の悲劇を描いた表題作など、シリーズ第八弾。

池波正太郎著　剣客商売⑨　待ち伏せ

親の敵と間違えられた大治郎がその人物を探るうち、秋山父子と因縁浅からぬ男の醜い過去が浮かび上る表題作など、シリーズ第九弾。

池波正太郎著　剣客商売⑩　春の嵐

わざわざ「名は秋山大治郎」と名乗って辻斬りを繰り返す頭巾の侍。窮地に陥った息子を救う小兵衛の冴え。シリーズ初の特別長編。

池波正太郎著　剣客商売⑪　勝　負

相手の仕官がかかった試合に負けてやることを小兵衛に促され苦悩する大治郎。初孫・小太郎を迎えいよいよ冴えるシリーズ第十一弾。

池波正太郎著　剣客商売⑫　十番斬り

無頼者一掃を最後の仕事と決めた不治の病の孤独な中年剣客。その助太刀に小兵衛の白刃が冴える表題作など全7編。シリーズ第12弾。

剣《けん》客《かく》商《しょう》売《ばい》読《どく》本《ほん》

新潮文庫　い－16－83

平成十二年四月一日発行
平成十二年四月二十五日二刷

著者　池《いけ》波《なみ》正《しょう》太《た》郎《ろう》ほか
発行者　佐藤隆信
発行所　株式会社新潮社
郵便番号　一六二―八七一一
東京都新宿区矢来町七一
電話　編集部(〇三)三二六六―五四四〇
読者係(〇三)三二六六―五一一一
振替　〇〇一四〇―五―八〇八

価格はカバーに表示してあります。
乱丁・落丁本は、ご面倒ですが小社読者係宛ご送付ください。送料小社負担にてお取替えいたします。

印刷・二光印刷株式会社　製本・憲専堂製本株式会社

ISBN4-10-115683-2 C0195